謎の来訪者
「……どうしたんだ、ロールズ？」
「こ、この方々が、カナタの仕事ぶりを見てみたいって……」
ロールズ
オドオドした態度でそう口にしたロールズが作業部屋に入ってくると、その後ろから二人の人物が姿を見せた。二人は明らかに貴族然としており、何より無視できないほどの不思議なオーラを纏っている。
錬金鍛冶師の生産無双 2
生産＆複製で辺境から成り上がろうと思います
Watari Ryuto 渡琉兎 [ill.] くろでこ

ライルグヴッド
アルフォンス
「……これ、カナタ君一人で全部を読めって、無理な話じゃない？」
「……読んだところで、全部を覚えられないって」
錬金鍛冶の大調査！

カナタ
リッコ
王城に眠っていた錬金鍛冶について記された資料。
錬金鍛冶の更なる成長の為に、
カナタはそれらを一心不乱に読み込んでいった。

エリン
「……これでダメなら、諦めます。
だから頼む、ぶっ壊れてくれよ！」
そう口にしたカナタは、
両手を広げて錬金鍛冶を発動させた。
鍛冶場跡に転がっている全ての鉱石に対して。
鍛冶場跡一帯から強烈な光が溢れ出し、
戦場を明るく照らしている。
錬金鍛冶の
進化と真価

錬金鍛冶師の生産無双 2

生産&複製で辺境から成り上がろうと思います

Watari Ryuto
渡琉兎
[ill.] くろでこ

口絵・本文イラスト：くろでこ
デザイン：杉本臣希

CONTENTS

◆◇◆◇プロローグ◇◆◇◆

『——ガルアアアアァァアアァァァッ！！！』

巨大《きよだい》な魔獣《まじゆう》の大咆哮《ほうこう》が森の中に響《ひび》き渡《わた》る。

その場にいた者たちは歴戦の騎士《きし》や冒険者《ぼうけんしや》だったが、多くの者が大咆哮に萎縮《いしゆく》してしまう。

さらに巨大な魔獣の周りには他にも多くの魔獣が付き従っており、このままでは全滅《ぜんめつ》必至という状況《じようきよう》にまで追い込《こ》まれていた。

「お前たちは周りの魔獣を倒《たお》すのだ！」

「あの魔獣の相手は」

「私たちがやってやるわ！」

しかし、大咆哮を全身に浴びても萎縮することなく、各々《おのおの》の武器を手に前へ出る人物が三人。

鋭《するど》い瞳《ひとみ》と、日の光を浴びて輝《かがや》きを増す金髪《きんぱつ》を揺《ゆ》らす男性。

白銀に輝く鎧《よろい》を身に纏《まと》った銀髪の騎士。

そして、美しい淡《あわ》い青を基調とした美しい直剣《ちよつけん》を振《ふ》るう茶髪の女性。

「き、危険です、殿下《でんか》！　お下がりください」

萎縮していた騎士の一人が、金髪の男性——アールウェイ王国の皇太子殿下であるライルグッド・アールウェイを制止しようと声をあげた。

「ならん！　この場でこいつの相手ができるのは俺《おれ》たちだけだ！」

「で、ですが――」

「ご安心を。殿下は私が命を賭《と》してお守りするとお約束いたします」

食らいつく騎士の言葉を遮《さえぎ》ったのは、ライルグッドの護衛騎士である銀髪の騎士――アルフォンス・グレイルードだった。

「私の実力を知らないわけではないでしょう。それに、殿下も王国で屈指《くっし》の実力者です」

「それに、私もいるからね！」

アルフォンスに続いて並び立ったのは茶髪の女性――リッコ・ワーグスタッドである。

彼女《かのじょ》が握《にぎ》る美しい直剣は、傍《はた》から見ても業物《わざもの》であることが一目でわかり、騎士はそれだけの実力を持っている冒険者なのだろうと判断した。

「……わかりました。では、私たちは周りの魔獣を片づけます！　ご武運を！」

騎士はライルグッドのことをアルフォンスとリッコに託《たく》し、当初の指示通りに動くことを決めた。

『……ガルアアァァァァ』

「あーらら、めっちゃこっちを睨《にら》んできますね」

「怖《こわ》いならお前も下がっていいんだぞ、リッコ」

苦笑《にがわら》いを浮《う》かべながらリッコがそう口にすると、ライルグッドが茶化すように声を掛《か》ける。

「ここまで来て、下がるとかあり得ませんよ。さっきの人にも任されちゃいましたからね」

「それに私たちには、これがあります」

そんなライルグッドにジト目を向けたリッコだったが、その隣《となり》ではアルフォンスがその手で握る武具に視線を落としながらそう口にした。

三人の手には、とある人物が作り出した武具が握られている。

ライルグッドとアルフォンスの武具は、この場にあるどんな武具よりも高い等級を誇《ほこ》っている。

リッコの直剣は等級こそ劣《おと》るものの、その切れ味は上の等級の武具と比べても遜色《そんしょく》ない仕上がりになっていた。

「確かに。私たちには、カナタ君が作ってくれた武具があるわ！」

「あぁ。これだけのものを用意してもらって、負けましたでは顔を合わせられん！」

「その通りです。では、やりましょう！」

『ガルアアアァァアアァァッ！！！』

再びの大咆哮が契機《けいき》となり、巨大な魔獣とリッコたちの戦いの火蓋《ひぶた》が切られるが――これはもう少し先の話である。

◆◇◆◇第八章：カナタの日常◇◆◇◆

アールウェイ王国の南西に位置するワーグスタッド騎士爵《きししやく》領。

元は貧乏《びんぼう》騎士爵が治める領地だったのだが、とある商会が台頭してきてからは右肩《みぎかた》上がりに領地経営を回復させている。

その商会の名前は――ロールズ商会。

そして今、ロールズ商会のカウンター奥《おく》にある作業部屋では、錬金鍛冶《れんきんかじ》という規格外の力に目覚めたカナタが仕事に従事している。

彼《かれ》が元々いた環境《かんきよう》――元ブレイド伯爵《はくしやく》家では鍛冶師としての実力が劣《おと》っていると冷遇《れいぐう》されて、ろくに鍛冶の訓練を積むこともできなかった。

しかし、カナタはどういうわけか錬金鍛冶という規格外の力に目覚めると、辺境にあるワーグスタッド騎士爵領でその力を存分に振《ふ》るっていた。

――ガチャ。

作業をしていると部屋のドアが突然《とつぜん》開き、カナタはそちらへ視線を向けた。

「カナタ……素材を、持ってきたわよ！」

重そうな木箱を抱《かか》えて入ってきたのは、桃髪《ももがみ》が特徴《とくちよう》的な小柄《こがら》な少女――ロールズだった。

「お前、荷物があるなら俺《おれ》を呼べって言っただろう」

慌《あわ》てて椅子《いす》から立ち上がったカナタは、ロールズから木箱を受け取ると空いている机に置いた。

「ありがとう、カナタ。ふぅー……呼びに行く時間も勿体《もったい》ないからね」

「まあ、それだけ忙《いそが》しいっていうのはありがたいことだよな」

ロールズ商会を立ち上げた当初はどうなることかと、カナタは内心で心配していた。

目の前の可愛《かわい》らしい少女がこのロールズ商会の商会長であり、ワーグスタッド領に来た時の同行者は彼女《かのじょ》の叔父《おじ》であるボルクスだけだった。

商会長を務めた経験を持つボルクスがいたとしても、たった二人で、しかも全く知らない土地で商会を立ち上げたのだから、心配になるのも当然かもしれない。

「そうね！　みんなが頑張《がんば》ってくれているのに、私が楽をするわけにはいかないでしょ！」

だが、ロールズはやり遂《と》げた。

立ち上げて早々にバルダ商会という、ワーグスタッド領の中央都市スライナーダを牛耳《ぎゅうじ》っていた商会に目を付けられたが、全員で力を合わせて乗り越《こ》えることができた。

そこにはリッコや彼女の父親であり、ワーグスタッド領の領主でもあるスレイグ・ワーグスタッド、さらにはBランク冒険者《ぼうけんしゃ》パーティの紅蓮《ぐれん》の牙《きば》もおり、多くの人たちがロールズ商会に力を貸してくれている。

だからこそ、ロールズも毎日の仕事を張り切ってこなしているのだ。

「こっちの素材を作り終わったら休憩《きゅうけい》に入っていいからね！」

「わかった。……って、めちゃくちゃ大量に入っているんだが？」

返事をしながら木箱を開けたカナタがうんざりした様子でそう口にすると、ロールズはニコリと笑いながら答えた。

「だって、それがカナタの仕事でしょ！　それじゃあ、任せたからね！」

そう言い残しながら部屋を出ていったロールズを見送り、カナタは木箱の蓋《ふた》に張り付けられていた注文書に目を通していく。

「……これ、スレイグ様からの依頼《いらい》じゃないか。私兵への装備か」

スレイグが抱えている私兵にはバルダ商会とのいざこざの時も、ワーグスタッド領が保有している鉱山を開発する時も助けてもらっている。

「気合いを入れて作らないといけないな」

腕《うで》まくりをしたカナタは素材として入っていた精錬鉄《せいれんてつ》を一つ手に取ると、頭の中にいくつかの武器をイメージする。

これらは過去に、カナタが作り上げてきた作品の数々だ。

その中から注文書に書かれた人数分の武具が作れる作品を選択《せんたく》し、複製の錬金鍛冶を発動させた。

――カッ！

強烈《きょうれつ》な光が精錬鉄から放たれる。

すると、光の中で精錬鉄がひとりでに形を変えていき、あっという間に複数の、全く同じ規格の直剣《ちょっけん》が完成した。

これが錬金鍛冶であり、カナタの中で目覚めた規格外の力でもあった。

「さて、直剣二〇本は完成で、あとは短剣《たんけん》が一五本、長槍《ながやり》と戦斧《せんぷ》が一〇本ずつだな」

注文書を見ながら立て続けに短剣、長槍、戦斧の順番に、注文本数分で複製していく。

合計で五五本もの武具を作り上げたカナタは、出来上がった作品を見ながら満足げに頷《うなず》いた。

「……よし、休憩だ！」

普通《ふつう》の鍛冶師がこれだけの数を用意するとなれば、一日、二日では終わらないだろう。

それをカナタは一時間足らずで終わらせてしまった。

「うぅ～ん……あぁ、疲《つか》れた。一度休憩を挟《はさ》むとするかなぁ」

大きく伸《の》びをしてから何度か屈伸《くっしん》を入れていると――

――コンコン。

ドアがノックされ、聞き慣れた声が聞こえてきた。

『――カナタ君、大丈夫《だいじょうぶ》かしら？』

「大丈夫だよ、リッコ」

声を聞いただけで誰《だれ》が待っているのかわかったカナタは、名前を呼びながら返事をする。

ゆっくりとドアが開くと、そこに名前を呼んだ人物の笑顔《えがお》がカナタの視界に飛び込《こ》んできた。

「お疲れ様、リッコ」

「それはこっちのセリフよ。お疲れ様、カナタ君」

作業台に並べられた五五本の武具を横目に見ながら中に入ってきたリッコがそう口にする。

「全部複製で作った作品だし、そこまで疲れていないよ」

「そう言えちゃうカナタ君がすごいわ。前はナイフ数本で倒《たお》れていたもんね。本当に成長したんだあ～、お姉さん、嬉《うれ》しいな～」

「……お姉さんって柄《がら》か？」

リッコの冗談《じょうだん》にジト目を向けながら返したカナタ。

「ひっどーい！　ふんっ！」

二人の関係は初めて出会った時から今日に至るまでの間で深まっており、こうして冗談を冗談で返すことができるようになっている。

しかし、これは友人としての関係性が深まっただけであり、男女の関係が進展したわけではない。

今のカナタの目標はリッコを振り向かせることであり、彼としてはまだまだ頑張らなければならないなと思う原動力にもなっていた。

「リッコは依頼を受けてきたのか？」

「その逆ね。紅蓮の牙と一緒《いっしょ》に朝から依頼を受ける予定だったんだけど、まーたオシドが寝坊《ねぼう》しちゃってねー」

「あはは、オシドさんらしいというか、なんというか」

朝にめっぽう弱いオシドはよく寝坊してしまう。

それをパーティメンバーは十分に理解しているのだろうが、まさか臨時パーティを組む時にまで寝坊をするのかと、カナタは内心で呆《あき》れていた。

しかし、相手がリッコだからということもあるかもしれないと、一応の納得《なっとく》もしている。

「リッコは紅蓮の牙のことをよく知っているし、相手もそうだろう？」

「付き合いは長いからね。まあ、それとこれとは別だけどね！　合流したらガツンと言ってやるんだから！」

（きっとセアさんからもいろいろ言われているだろうし……オシドさん、ドンマイ）

自業《じごう》自得なので仕方ないのだが、それでも気落ちしないでほしいと思ってしまう。

カナタの性格を知っているからか、リッコは彼が心配そうな顔をしているのを見ると、快活な笑《え》みを浮《う》かべて口を開いた。

「……仕方ない、手加減しておくとしますかね！」

「午後は依頼を受けるんだろう？　その方がいいんじゃないかな」

「まあ、何を言っても変わらないから、文句を言う手間が面倒《めんどう》なだけなんだけどねー」

「……そ、そうなのか。まあ、オシドさんだもんな」

とはいえ、オシドを含《ふく》めた紅蓮の牙は鉱山開発が行われていた時に比べて精力的に冒険者ギルドで依頼を受けている。

その理由として大きいのが、鉱山開発の時に戦ったAランク魔獣《まじゅう》であるオルトロスとの一戦だ。

若くしてBランクに上がり、勢いそのままにAランクまで上がれると思っていた紅蓮の牙だったが、オルトロス相手には手も足も出ず、防戦一方だった。

その場にリッコや元Aランク冒険者のスレイグ、そして元Sランク冒険者で冒険者ギルドのギルドマスターであるローズがいなければ、どうなっていたかは想像に難《かた》くない。

オルトロスとの一戦が紅蓮の牙の向上心に火を点《つ》けており、精力的に依頼をこなして実力を付けようとしていたのだ。

「今日は鉱山周りの魔獣狩《が》りね。少しずつだけど大規模な魔獣狩りを行った時に逃《に》げていった魔獣が戻《もど》ってきているから、お互《たが》いの縄張《なわば》りをしっかりと示しておかないといけないのよ」

「魔獣が自分の縄張りだと認識《にんしき》したら、どんどん増えてしまうからな」

「ロックハートは採掘《さいくつ》の要だからね。ここは人間の意地を見せつけてやらなきゃ！」

鉱山開発の際に出来上がった鉱山街ロックハート。

最初は簡易な建物や屋台を出して商人が商売をしていたのだが、気づけば店舗《てんぽ》として使えるくらいにしっかりとした建物が完成していき、ロックハートは造られた。

現在では採掘の中心地になっており、魔獣の侵入《しんにゅう》を絶対に阻止《そし》しなければならない場所になっている。

「それじゃあ、ちょっと行ってくるわね！」

「んっ？　何か用事があって寄ったんじゃないのか？」

「カナタ君の顔を見に来たのよ。それじゃあね！」

そう言い残したリッコは、笑顔のまま部屋をあとにした。

「……去り際《ぎわ》にそんなことを言うのは、反則だろう」

友人であれば顔を見に来るくらいするのかもしれないが、元家族からは冷遇され続け、家に押《お》し込められていたこともあり、友人と呼べる者はリッコと出会うまで誰一人としていなかった。

だからなのか、カナタはリッコのちょっとした行動にも好感を抱《いだ》くようになっていた。

「……休憩したら、また頑張るかな」

グッと拳《こぶし》を握《にぎ》りしめたカナタは、まずは休憩だと部屋の隅《すみ》に用意してもらっている仮眠《かみん》用のベッドで横になり、あっという間に眠《ねむ》りについたのだった。

「「「「――お疲れ様でしたー！」」」」

その日の営業終了《しゅうりょう》後、店員たちとロールズ商会の前で挨拶《あいさつ》を交《か》わし、それぞれの家へ帰っていく。

カナタはロールズとボルクスと彼らを見送り、最後に彼も二人へ振り返った。

「それじゃあ、俺も行くよ」

「カナタもお疲れ様」

「お疲れ様でした、カナタ様」

「ロールズもボルクスさんもお疲れ様でした」

会釈《えしゃく》をしたカナタも歩き出し、泊《と》まっている宿屋へと向かう。

ロールズ商会唯一《ゆいいつ》の職人であり、スレイグからも一目置かれているカナタだが、いまだに宿屋暮らしをしている。

ロールズ商会との専属契約《けいやく》によって、超《ちょう》一流の職人が提示される割合で報酬《ほうしゅう》を受け取っていた。

なので、スレイグの紹介《しょうかい》があれば格安で家を購入《こうにゅう》することも可能なはずだが、カナタは宿屋暮らしを続けている。

「あぁー、お腹《なか》すいたなぁ。早くおばちゃんの料理が食べたいよ」

元々貴族だったために自分が家庭的ではないことを十分に理解しているカナタは、家を購入したとしても清潔に保てる自信が全くなかった。

特に料理は作ったためしがなく、毎日の食事を宿屋の食堂で済ませている。

お金が掛《か》かったとしても、家事を一切《いっさい》やらずに済む今の状況《じょうきょう》がカナタには合っていたのだ。

「おーい、カナタくーんー！」

月明かりが照らす通りを歩いていると、先の方から名前を呼ぶ声が聞こえてきた。

「お疲れ様、リッコ！　それに、紅蓮の牙の皆《みな》さんも」

現れたのはリッコと紅蓮の牙の面々だった。

「依頼を終えたところなのか？」

「そうよー。本当ならもっと早く終われたはずなんだけどねー」

オシドが寝坊したことを聞いていたカナタは、苦笑《くしょう》しながら彼に視線を向けた。

「こうして依頼は達成できたんだからいいじゃないかよ。なあ、カナタ！」

「あはは。まあ、そうですね」

ガシッと肩《かた》を組んできたオシドに対して、カナタは苦笑いを浮かべる。

「ちょっと、オシド！　カナタ君が困っているじゃないのよ！」

「然《しか》り。離《はな》れた方がいいだろうな」

「カナタさんのお洋服が汚《よご》れてしまいますよ」

「おっと。悪いな、カナタ」

「いえいえ、大丈夫ですよ」

オシドはパーティメンバーであるセア、ドルン、エリンからも注意を受けてしまい、すぐに両手をあげてカナタに謝罪した。

カナタもそこまで気にしていなかったので大丈夫だと伝えると、話題を変えるために口を開いた。

「今から冒険者ギルドに達成報告ですか？」

「おうよ！　今日もバッチリ稼《かせ》がせてもらったぜ！」

「オシドのせいでくたくただけどねー」

「早く食事をして休みたいな」

「リッコさんはカナタさんと一緒に戻っていてもいいですよ」

「えっ！　でも……いいの、エリンさん？」

オシドたちがカナタの質問に答えている間、エリンはリッコに声を掛けていた。

「それもそうね！　リッコちゃん、行ってきなよ！」

「こっちは俺たちが報告しておこう」

「んだよ、リッコもカナタも一緒に飯でも――ぐふっ⁉」

『飯でも行こう』とオシドが提案しようとした直後、セアが彼のお腹にパンチを見舞《みま》い苦悶《くもん》の声が漏《も》れた。

突然の出来事にカナタは驚《おどろ》いてしまったが、他の面々は当然だと言わんばかりに苦笑しながらため息をついていた。

「……な、何すんだよ、セア！」

「空気を読めないからよ！　さあさあ、リッコちゃん、カナタ君」

苦しむオシドに冷たい態度を取りながら、セアはカナタとリッコの背中を押していく。

カナタが口を挟める状況ではなかったので横目にリッコを見ていると、彼女は申し訳なさそうに振り返りセアたちに頭を下げた。

「ありがとうございます、セアさん、みんな」

「いいって、いいって。それじゃあ、また明日ね」

「報酬はギルドに預けておきますね」

「しっかり休めよ、二人とも」

「うぐ……そ、それじゃあなぁ……」

ただ一人、お腹を殴《なぐ》られて背中を曲げているオシドとセアたちを見送ったカナタとリッコは、二人で宿屋の方へ歩いていく。

「今日の依頼はどうだったんだ？」

「以前に比べて魔獣が増えているのは確かねー。でも、私たちの敵じゃないから安心して」

「そこは安心しているよ。何せ、紅蓮の牙がついているからな」

Ｂランク冒険者パーティが一緒だからとカナタが口にすると、リッコは何故《なぜ》か頬《ほお》を膨《ふく》らませてしまう。

「……どうしたんだ？」

「……私一人でも、全然戦えるわよ」

「わかっているって。でも、一人よりは大勢の方が安全だろう」

「それはそうだけど……なんだか私だけじゃ危ないって言われているみたいで……」

「……拗《す》ねたのか？」

「拗ねてないから！　ふんっ！」

リッコの態度にカナタはクスクスと笑い、それを見たリッコはさらに頬を膨らませてしまったが、すぐに笑みを浮かべて会話を楽しんでいた。

しばらくしてカナタが泊まっている宿屋に到着《とうちゃく》すると、リッコがボソリと呟《つぶや》いた。

「……まだ宿屋を利用しているのね」

「まあ、身の回りのことはほとんどしてもらえるし、ありがたいことにお金もあるからな」

「家を買ったらいいんじゃないの？」

「そしたら炊事洗濯《すいじせんたく》、家事の全《すべ》てを自分でやることになるだろう？　……俺、できる自信がない」

カナタの本音を聞くと、今度はリッコがクスクスと笑い始めた。

「い、いいだろう！　家事なんて、ほとんどやったことがなかったんだから！」

「確かにそうね。……でも、それなら一つ提案があるんだけど」

何やら言い難《にく》そうにしているリッコを見て、カナタは顔を向けて首を傾《かし》げる。

「どうしたんだ？」

「えっと……これはお父様も勧《すす》めてくれていることなんだけど」

「スレイグ様も？」

スレイグの名前まで出てきたことで、いったいどんな提案が飛び出すのだろうかとカナタは僅《わず》かに身構えてしまう。

「あっ！　そ、そんな大変なことじゃないのよ！　むしろ、カナタ君にとっては本当に良い提案だから！」

「そ、そうなのか？」

「うん！　……その……わ、私たちの家に引っ越してこないかな！」

「…………えっ？　……ひ、引っ越し？　それも、スレイグ様の屋敷《やしき》に？」

驚きの提案にカナタはすぐに言葉が出てこなかった。

貴族の屋敷に招待されるだけでも光栄なことなのだが、それだけにとどまらず住まないかと提案されたのだから当然だ。

「いや、でも、それはさすがに迷惑《めいわく》だろう」

「迷惑じゃないわ！」

「もしそうじゃなかったとしても、俺がスレイグ様の屋敷でお世話になる理由がない」

「いや、あるから！　私たち、カナタ君にものすごくお世話になっているからね！」

事実、ワーグスタッド領はカナタのおかげで今があると言ってもいいかもしれない。

あくどい商売を行っていたバルダ商会を潰《つぶ》したことも、鉱山開発が成功したことも、カナタがいなければ成し遂げることはできなかっただろう。

特に鉱山開発はスレイグが王命を受けており、国が絡《から》んだ一大事業になっていた。

スレイグからしてもカナタとの出会いは奇跡《きせき》的だと思っており、彼のためならば何をしてもいいと考えてもいる。

そのことをリッコが説明したのだが、カナタの反応はいまいちだった。

「うーん……でも、やっぱりそこまでお世話になるのはなぁ」

「どうしても嫌《いや》なの？」

「嫌ってわけじゃないんだけど、俺なんかがスレイグ様の屋敷でお世話になるのは恐縮《きょうしゅく》というか、なんというか……」

「俺なんかって……わかったわ！」

カナタの自己評価の低さに頭を抱えながらも、リッコはここで別の提案を口にした。

「カナタ君、一度みんなで食事をしましょうよ！」

「食事かぁ……まあ、食事くらいならいいのかな」

「当然よ！　それじゃあお父様にも言っておくから、日程が決まったら教えるね！」

「あぁ、わかったよ」

「お母様もみんなもカナタ君に会いたがっていたから、楽しみだなー」

「……えっ？」

カナタの中ではリッコとスレイグ、それに自分を加えた三人での食事だと思っていた。

「……あ、あの、リッコ？　今、お母様やみんなって言ったか？」

「そうよー。だって、お家《うち》で食べるんだから家族がいるのは当然じゃないのよ！」

「……そ、外で食べるんじゃないのか！　スレイグ様の屋敷で、家族と一緒に食べるのか!?」

「もちろんよ！　あっ、それじゃあ私はそろそろ行くわね！」

「いや、ちょっと待って、リッコ！」

カナタが呼び止めるのも気にせず、リッコは満面の笑みを浮かべながら、手を振り去っていった。

残されたカナタは遠ざかっていくリッコの背中に手を伸ばした体勢で固まってしまい、しばらくしてだらりと手を下ろした。

「……ど、どうしよう。まさか、ワーグスタッド騎士爵家と一緒に食事なんて」

最低限の礼儀作法《れいぎさほう》しか学んでいないカナタとしては、緊張《きんちょう》以外の何ものでもない。

とはいえ、嬉しそうにしていたリッコの期待を裏切ることもできず、どうしたものかと考えながら宿屋に足を向ける。

（……まあ、悪いようにはならないはず……だよな？）

この日は先のことが気になり過ぎて、寝《ね》つくまで頭の中が落ち着かないカナタなのだった。

◆◇◆◇

翌日となり、カナタが仕事に集中していると、部屋のドアがノックされた。

『――カナタ君、入るわよー』

「り、リッコ⁉」

まさか昨日の今日で顔を出してくるとは思わず、カナタは驚きの声をあげた。

彼が立ち上がる前にドアが開き、リッコが顔だけを覗《のぞ》かせる。

「ごめん、大丈夫だったかしら？」

「あ、あぁ、大丈夫だけど……今日はどうしたんだ？」

昨日の話を思い出してドキドキしながら聞いてみたのだが、彼女の口から飛び出した言葉はまさにそのことだった。

「お父様に話をしたら、今日の夜に来てほしいって言われたの」

「…………き、今日だって！　いきなり過ぎないか⁉」

「私もそう言ったんだけど、こういうのは早い方がいいに決まっているとか言っちゃってね……まあ、私としてもその方がいいかなって思っているし、よろしくね！」

「よろしくねって、言い方が軽すぎるって！　おい、リッコー！」

自分の用事だけを済ませると、リッコはすぐに顔を引っ込めてドアを閉めた。

ここでも呼び止めようとしたカナタだったが、彼の言葉はドアに阻《はば》まれただけだった。

「……今日、仕事できるかなぁ」

カナタが口にした通り、この日の作業はノルマを達成することはできたものの、魔力《まりょく》を無駄《むだ》に多く使い過ぎてしまったのか疲労感《ひろうかん》が残る一日になったのだった。

営業終了となりカナタが外に出ると、すでにリッコが待っていてくれた。

「お疲れ様、カナタ君」

「……お、おう」

作業をしながらもスレイグの屋敷に向かう覚悟《かくご》を決めていたつもりだったが、リッコを前にすると改めて緊張が増してくる。

そんなカナタの姿を見たリッコは、軽く笑いながら口を開いた。

「そこまで緊張することじゃないわよ。みんなで食事をするだけなんだからね」

「そ、そうは言ってもなぁ……最低限の礼儀《れいぎ》しか教えられていないし、失礼な態度にならないか心配なんだよなぁ」

「お父様とはギルドビルで何度も会っているじゃないのよ」

「それは仕事相手としてだろう？　プライベートで会うのは今回が初めてじゃないか」

「大丈夫よ！　お父様はそこまで気にしていないからさ！」

「だからといって無礼を働くわけには――」

「もう！　みんなカナタ君が来るのを楽しみにしているんだから、さっさと行くわよ！」

「うわっ！　ちょっと、リッコ！」

なかなか首を縦に振らないカナタに業を煮《に》やしたリッコが彼の腕を取ると、そのまま引っ張っていくようにして歩き出した。

「なあ、わかったから！　自分で歩くから離してくれよ！」

「ダーメーよー！　カナタ君、逃げ出しそうなんだもの」

「いや、マジで逃げないから」

「ダメなものはダーメー！」

何を言っても腕を離してはくれず、最終的にはカナタも諦《あきら》めた。

大通りを女性に腕を引かれながら進むのは少しばかり恥《は》ずかしかったが、相手がリッコならばとカナタも諦めがついたのだ。

（……いつか、俺がリッコの手を引いて歩ける日は来るのかなぁ）

まだまだ先の話になるだろう願いを考えながら歩いていると、スレイグの屋敷にいつの間にか到着していた。

元ブレイド伯爵の屋敷よりかはこぢんまりとしているものの、スライナーダにある建造物の中ではギルドビルに次ぐ大きさを誇《ほこ》っている。

門の前にはスレイグの私兵である門番が立っており、リッコが声を掛けると敬礼に続いて門が開かれた。

玄関《げんかん》までのアプローチでは、左右に丁寧《ていねい》に刈《か》られた芝生《しばふ》が広がり、奥の一角には花畑が色とりどりの花を咲《さ》かせている。

そして、門の開く音が屋敷にまで聞こえていたのか、アプローチの半ば付近で玄関の扉《とびら》がゆっく

り開くと、五人の男女が姿を現した。

「待っていたぞ、リッコ、カナタ」

「リッコちゃん、カナタ君、おかえりなさ〜い」

「ただいま戻りました、お父様、お母様」

最初に出迎《でむか》えてくれたのはスレイグと、リッコの母親であるアンナ・ワーグスタッドだ。

二人の後ろには三人の男の子が控《ひか》えており、全員が興味津々《きょうみしんしん》な瞳《ひとみ》をカナタに向けていた。

「お父様は何度も顔を合わせているけど、お母様やお兄様、それと弟たちには初めてよね」

「あっ、はい。俺……いえ、私はロールズ商会で専属鍛冶師をしています、カナタと申します」

「うふふ〜。カナタ君、普段《ふだん》通りで構いませんよ〜。私はリッコの母で、スレイグの妻のアンナよ〜。よろしくね〜」

スレイグと出会った時のように、アンナからも普段通りで構わないと言われてしまう。

どうしたものかと思案していると、二人の後ろからリッコの兄と二人の弟が前に出てきた。

「お初にお目に掛かります。僕《ぼく》は長男のアルバ・ワーグスタッドです」

「俺はキリク！　よろしくな、カナタ兄！」

「……ぼ、ぼくは、シルベル。よろしくおねがいしましゅ」

「今日はお世話になります、よろしくね」

しっかりとした言葉遣《ことばづか》いのアルバに、活発な印象のあるキリクに、まだまだ幼いシルベルからの挨拶を受けて、カナタも丁寧に返事をする。

「ちょっと、キリク！　言葉遣いがなってないわよ！」

「そういうリッコ姉もそうじゃんかよー！」

「なんですってぇ！」

顔を合わせて早々に言い合いを始めてしまったリッコとキリクを見て、カナタは自然と笑みを浮かべてしまう。

「……ちょっと、カナタ君。なんで笑っているのよ！」

「いや、仲がいいんだなと思ってさ。それに、似た者姉弟《きょうだい》じゃないか」

「「ええっ！　どこが⁉」」

「いや、似てるじゃないか」

完全に声が揃《そろ》ったリッコとキリクを見て、カナタはさらに笑みを深めていく。

「それに、家族だから雰囲気《ふんいき》も似ているなと思ったんだよ」

「それはわかる！　私はお母様似だもんねー！」

「「えっ？」」

今度の驚きの声はカナタとキリクのものだった。

「……キーリークー？」

「だって、リッコ姉はどう見ても親父《おやじ》似だろう。なあ、カナタ兄？」

「俺もそう思うけど……って、カナタ、兄？」

「ん？　違《ちが》うのか？」

弟がいなかったカナタにとって、兄と呼ばれることに違和《いわ》感を覚えないわけがない。

彼としては気分が悪いということはなく、むしろ嬉しい気持ちの方が大きい。

だが、突然の兄呼びに関しては不思議でならなかった。

「どうして俺のことをカナタ兄って呼ぶんだ？」

「えっ？　だって、カナタ兄はリッコ姉と付き合ってるんじゃ――」

「キリク！　うるさいわよ！」

「……へ？　俺とリッコが？」

「な、ななな、なんでもないからね、カナタ君？」

「そうなのか？　私はてっきり――」

「黙《だま》れ、バカ親父！」

まさかスレイグからも勘違《かんちが》いをされているとは思わず、カナタは苦笑いを浮かべながらはっきりと口にした。

「あの、俺は別にリッコと付き合っているわけじゃないですよ？」

「そ、そそそ、そうなんだからね！」

「……はっきり言われて本当はショックなくせに」

「黙れ、キリク！」

キリクの言葉にリッコが声を荒《あら》らげると、彼はヤバいと思ったのかゆっくりと後退《あとずさ》る。

「ちょっと、こっちに来なさい！」

「絶対に嫌だね！　リッコ姉、殴るだろ！」

「当然でしょ！」

カナタの周りを逃げ回り、追い掛け始めた二人。

相手がリッコだけなら文句の一つも言えたのだが、初対面のキリクまでいるこの状況だと、カナタはただ苦笑いを浮かべることしかできない。

「……また始まってしまったか」

「うふふ。賑《にぎ》やかね～」

頭を抱えるスレイグとは違い、アンナは微笑《ほほえ》みを浮かべたままだ。しかし――

「……でもねぇ、二人とも～？」

「「――!?」」

「お客様の前で恥ずかしくないのかしら～？　ねぇ～、リッコ～？　キリク～？」

表情は変わっていない。それでもアンナから放たれる雰囲気が一変したのは明らかだ。

その証拠《しょうこ》にリッコとキリクはその場で立ち止まると、指の先まで伸ばした直立不動の態勢になっていた。

「……うふふ。いい子ね～、二人とも～」

「も、もちろんよ、お母様！　私たち、仲良しだものね！」

「お、おう！　リッコ姉、大好きだぜ！」

「「……あ、あはは～！」」

最後にはお互いに肩を抱《だ》き合い、左右に軽く揺《ゆ》れながら作り笑いを浮かべていた。

「……この家で一番強いのはお母様だから、怒《おこ》らせないようにね」

「……わ、わかりました」

三人のやり取りを呆気《あっけ》に取られながら見ていたカナタへ、アルバがこっそり耳打ちをする。

言われなくても理解できていたカナタも小さな声で返事をした。

「聞こえているわよ～、アルバ～？」

「まあまあ、母上。カナタ君の前だしさ」

「……うふふ、それもそうね～。ごめんなさいね～、カナタ君」

「い、いえ！　全然大丈夫です！　はい！」

「ははうえはいつもやさしいですね！」

「ありがとう、シルベル～」

先ほどのアンナを見ても動じていないシルベルだけは、無邪気《むじゃき》に彼女へ抱きついている。

もしかすると、ワーグスタッド家の中で一番の大物はシルベルなんじゃないかと思えてならない。

「そ、それはそうと、カナタよ。今回はよくワーグスタッド家へ来てくれた」

「こちらこそ、食事にお招きいただき感謝しております」

「……カナタよ、前にも言ったが普段通りで構わないのだぞ？」

「それは……はい、わかりました」

家族の前だからこそ、父親の威厳《いげん》は大事かと思い断ろうとしたカナタだったが、スレイグからの無言の圧を受けてしまい、渋々《しぶしぶ》頷くことにした。

「さあさあ、みんな～。玄関でずっとお喋《しゃべ》りをするのもなんですから、中に入りましょうか～」

軽く手を叩《たた》きながらアンナがそう口にすると、リッコは早足で彼女の隣《となり》に並んでカナタを見た。

「ようこそ、カナタ君！　ワーグスタッド家の屋敷へ！」

「招いてくれてありがとうございます、リッコ、皆さん」

ワーグスタッド家からの歓迎《かんげい》を受けて、カナタは屋敷へ入っていった。

元ブレイド家の屋敷のような豪奢《ごうしゃ》な飾《かざ》りがあるわけではなく、必要最低限の装飾《そうしょく》だけが揃えられている玄関ホールを抜《ぬ》けた先にはリビングがあり、すでにいくつかの料理がテーブルに並べられている。

「すぐに温かい料理の仕上げも済ませるから、座《すわ》って待っていてちょうだいね～」

「お母様、手伝います」

「大丈夫よ～。リッコはカナタ君の相手をしてあげてね～」

ニコニコ笑いながら台所へ向かったアンナに肩を優《やさ》しく叩かれ、リッコはカナタの隣に腰掛《こしか》ける。

「すごい料理の数だな」

「お母様が張り切ってくれたみたい。料理が好きなのよ」

豪華《ごうか》な料理の数々にやや気圧《けお》されながらも、さらに増えていく温かな料理が加わり、カナタにとっては久しぶりの大勢での夕食が始まった。

「いただきます」

しばらくは料理に舌鼓《したつづみ》を打ち、時折会話を挟みながらも静かに時間が流れていく。

アンナの手料理は素朴《そぼく》なものもあれば、香辛料《こうしんりょう》を存分に使った刺激《しげき》的な料理もあり、飽《あ》きることなくお腹を満たすことができた。

カナタだけではなく、リッコやスレイグ、食べ盛《ざか》りのアルバやキリクも満腹になったところで、紅茶を飲みながらの雑談タイムに入った。

「カナタよ、こちらの屋敷で生活を共にするという話だが、どうだ？」

とはいえ、スレイグが確認《かくにん》したいのは引っ越しのことであり、単刀直入に本題に入ってきた。

「リッコにも話しましたけど、やっぱりお断りさせていただき――」

「えぇーっ！　カナタ兄、来ないのか？」

「カナタおにいさま、こないのー？」

カナタが断りの言葉を口にした途端《とたん》、キリクとシルベルが残念そうな声をあげた。

「ちょっと、キリク、シルベル！」

「そうはいっても、やっぱり残念だよ、リッコ」

リッコが二人を注意しようとしていたのだが、そこにアルバも参戦してくる。

「僕たちはリッコの話を聞いて、カナタ君に会うのを楽しみにしていたんだよ」

「それは、わかっているんですけど……」

「カナタ君。差し支《つか》えなければ、どうして断るのか理由を聞いてもいいかな？」

アルバの言葉がワーグスタッド家の総意なのか、全員の視線がカナタへ向いている。

これは理由を伝えなければ話が終わらないと悟《さと》ったカナタは、仕方なく口を開いた。

「……俺なんかがワーグスタッド騎士爵のお世話になるのは、ご迷惑かと」

「迷惑だと？　私はそのようなことを言った覚えはないが？」

「……だって、俺はもう平民ですし、元ブレイド家の人間だからって、ちゃんとした教育を受けたわけでもない。そんな人間が、貴族の屋敷で生活するだなんて、あり得ませんよ」

自分の心情を吐露《とろ》したカナタの表情は、無理やり笑っているように見えた。

「それは違うぞ、カナタ」

そんなカナタに対して、スレイグは真剣《しんけん》な面持《おもも》ちで語り掛けた。

「私たちは元ブレイド伯爵家のカナタ・ブレイドを屋敷に招きたかったわけではない。私たちを助けてくれた、カナタという一人の人間に感謝を伝えるために招いたのだ」

「俺という、一人の人間、ですか？」

「その通りだ。カナタがいなければバルダの悪事を公《おおやけ》にできなかっただろうし、鉱山開発もいまだに進展がなかっただろう。君がいてくれたからこそ、全ての物事が上手《うま》く進んでいるのだ」

「それは……買いかぶり過ぎです」

「いいや、事実だ。それとも君は、私たちが今までに提供した素材や時間を無駄にしたとでも言いたいのかい？」

「そんなことはありません！　鉱山開発で行った大量の錬金鍛冶、あれがあったからこそ、俺は成長することができたんです！」

「そして、そのおかげで、私たちも鉱山開発を成功させることができた。違うかな？」

スレイグの言葉に反論できなくなったカナタは、口を噤《つぐ》んで小さく頷いた。

「カナタが本当に迷惑だと思っているなら、私たちも無理強《じ》いはしない。だが、そうではないのであれば、私たちの好意を受け取ってはくれないか？」

「……本当に、いいんですか？」

「もちろんだ。むしろ、恩人を宿屋住まいにさせていることの方が大問題だよ」

最後の方は冗談交じりに肩を竦《すく》めながらだったこともあり、カナタも軽く笑みを浮かべながら姿勢を正した。

「……わかりました。それでは、お世話になります。本当にありがとうございます」

返事をしながら頭を下げると、スレイグは苦笑を浮かべ、アンナは柔和《にゅうわ》な笑みで彼を見つめる。

「そんなに、かしこまらないでくれ」

「そうよ～。同じ屋敷で暮らすということであれば、カナタ君はもう、私たちの家族も同然なんだからね～」

「……家族も同然、ですか？」

家族と言われて最初に思い浮かんだのは、ブレイド家での嫌な思い出の数々だった。

屋敷では冷遇されて食事も別で、鍛冶についてもまともに教えてもらえなかった。

外にも出してもらえず、自室で暇《ひま》を持て余すばかり。

良い思い出と言える出来事は何一つとしてなく、どうにかして家を出たい、人生をやり直したいと考えていたことを思い出すと、自然と表情が暗くなってしまう。

「大丈夫だよ、カナタ君」

そんなカナタに声を掛けたのは、リッコだった。

彼女はいつの間にか力の入っていたカナタの拳を自分の両手で優しく包み込み、柔《やわ》らかな声音《こわね》で語り掛けていく。

「私たちはカナタ君のことを冷遇なんて絶対にしないわ。むしろ、みんなが構いすぎてカナタ君の方が迷惑だと思っちゃうかもしれないわよ？」

「リッコ……」

「そうだよ、カナタ君。僕は君の活躍《かつやく》を本人の口から聞きたくて、うずうずしているんだからね」

「俺も、俺も！　カナタ兄がどうやって大量の武具を準備したのか、見せてくれよ！」

「ぼくもみたい！　カナタおにいさま、おねがい！」

隣に腰掛けていたリッコだけでなく、アルバたちもわざわざ椅子から立ち上がりカナタの周りに集まってくれた。

「私も聞きたいわ～。スレイグの口からだけでなく、カナタ君の口から直接ね～」

「アンナ様まで……」

ブレイド家では優しくされた記憶《きおく》がないカナタは、リッコたちがあまりにも優しすぎてどのように反応すればいいのかわからなくなってしまう。

「……自分の思うままに、感情を出せばいいのだよ、カナタ」

そんなカナタを見かねたスレイグが助け舟《ぶね》を出した。

「思うが、ままに？」

「その通りだ。私たちは王族であるわけでもなく、公爵《こうしゃく》家のような大きな貴族でもない。であれば、子供は子供らしくあればいいのだよ」

「子供は、子供らしく……」

「その通りよ～」

カナタの言葉に相槌《あいづち》を打ちながら立ち上がったアンナは、ゆっくりとカナタの後ろへ歩いていく。

そして――優しく彼を抱きしめた。

「この屋敷にいる間は、ここを自分の家だと思いなさい。私たちを親だと思いなさい。そして、子供らしく親を頼《たよ》って、自分の未来を照らしていくのですよ～」

その言葉を聞いて、カナタは他人に向けられる優しさとは違うものを感じていた。

ブレイド家では感じたことのない摩訶不思議《まかふしぎ》なその感覚はとても心地《ここち》よく、その身を委《ゆだ》ねてもいいと思わせる温かさを併《あわ》せ持っていた。

「……カナタ君？」

「……どうしたんだ、リッコ？」

「その……どうして泣いているの？」

「……え？　俺、泣いてる、のか？」

アンナがカナタへ向けていたのは、母が子へ向ける大きな慈愛《じあい》だ。

ブレイド家では向けられることが一切なかった、初めてのものだ。

だからこそ、カナタは自分でも気づかないうちに大きな慈愛に包まれて、涙《なみだ》を流していた。

「……辛《つら》かったのね～。でも、ここにいる間は忘れなさい。カナタ君はもう、私たちの子供なんだからね～」

「……ありがとう……ありがとう、ございます……アンナ様」

そこからの記憶をカナタはほとんど覚えていない。

唯一覚えていたことといえば、アンナの腕を掴《つか》みながら大粒《おおつぶ》の涙を流し続けたことだけだった。

◆◇◆◇

「……気まずいなぁ」

翌朝、目覚めてみると、そこは見たことのない部屋の一室だった。

ここがスレイグの屋敷の一室なのだろうということにはすぐ思い至ったが、昨日のことを思い出すと恥ずかしくなり顔が赤くなってしまう。

これから部屋を出て、どんな顔をしてみんなと会えばいいのか。スレイグやアンナは大人の対応を見せてくれるだろうが、リッコやその兄弟たちはどうだろう。

いきなりからかわれると仲良くなる足がかりを上手く掴めなくなりそうで怖《こわ》いと、勝手ながら思ってしまう。

「……まあ、行くしかないよなぁ」

部屋に閉じこもっているわけにもいかず、腹をくくったカナタは気持ちを強く持って最初に案内されたリビングへ向かう。

カナタに与《あた》えられた部屋は二階に上がったところを右に曲がった角部屋だった。

いくつかのドアの前を通り過ぎていると、一つのドアが開かれて中からアルバが姿を現した。

「お、おはようございます、アルバさん」

「おはよう、カナタ君」

ニコリと笑顔を見せながら挨拶を交わす二人だったが、カナタの表情はどこか硬《かた》い。先ほどの考えが顔に出てしまったのだ。

「……昨日のことは気にしてないからね」

カナタの考えていることがわかったのか、アルバは彼の顔を見ながら柔和な声でそう口にした。

「……お恥ずかしいところをお見せしました」

「そんなことはないさ。ワーグスタッド家はそうでもないけど、他の貴族家では子供にいろいろと苦労を強いているところもあると父上から聞いているからね。ブレイド家でもそうだったんだろうなって、みんな理解しているんだ」

「……ありがとうございます」

アルバの言葉を聞いたカナタの表情は、苦笑ではあるけれど自然なものに変わっている。

そのまま二人でリビングに向かうと、すでに他の家族たちは集まっていた。

「おはようございます、父上、母上」

「お、おはようございます」

「あぁ、おはよう。二人とも、席に着きなさい」

スレイグがそう促《うなが》すとアルバが移動し、そのまま手招きされたので隣の空いている席に座ると、メイドがすぐに料理を運んでくれた。

「では、いただこうか」

スレイグの言葉で食事が始まり、カナタも料理を堪能《たんのう》していく。

ブレイド家の料理よりも質素なものだが味は負けておらず、むしろこちらの方が美味《おい》しいと思えるほどだ。

みんなが食事を堪能したあと、アンナが微笑みながら口を開いた。

「引っ越し作業は今日から始めるのよね～？」

「そうですね。でも、仕事もありますから、そのあとになると思います」

「そうよね～。……それじゃあ、ロールズちゃんには残業にならないよう言っておいてね～」

「わかりました、伝えておきます。……あれ？　アンナ様はロールズを知っているんですか？」

ロールズ商会は新興商会だ。それにもかかわらずアンナが知っていることにカナタは驚いていた。

「うふふ～。領内のことは結構把握《はあく》しているのよ～」

「それに、ロールズ商会はバルダ商会を潰すのに、カナタと共に力を貸してくれたからね。私から話題に挙げていろいろと話をしていたのだよ」

カナタの疑問にアンナだけではなくスレイグも答えてくれた。

「そうだったんですね」

「ロールズちゃんも頑張っているようだけど、今日だけはね～」

アンナがそう口にすると、家族全員が大きく頷いていた。

「……ロールズ、これから苦労しそうだなぁ」

自分がワーグスタッド家の家族になったことで、今後は彼らからいろいろと注文を付けられるかもしれないと考えると、ロールズが気の毒に思えてきた。

（……でもまあ、なんとかなるだろう。頑張ろうな、ロールズ）

とはいえ、その苦労を作り出しているのは自分なのだが、彼もロールズからの無茶ぶりを受けて苦労をさせられていることもあり、最終的には心の中でエールを送るだけにとどめていた。

その後、朝食を終えたカナタはロールズ商会へ向かうため、新しい家族に見送られながら屋敷をあとにした。

ロールズ商会に到着して早々、ロールズが歓喜《かんき》の声をあげながら詰《つ》め寄って来た。

「ついにロールズ商会の名前が王国全土に轟《とどろ》く時が来たわよ！」

「……いや、いきなりそんなことを言われても」

「嬉しくないの、カナタ！」

「……せ、説明を求める」

興奮したロールズの説明は要領を得なかったが、カナタは最後まで話を聞き終えると、確認の意味も込めていくつかの質問を口にした。

「――えっと、最初の確認なんだが、王都の冒険者ギルドオークションでロールズ商会の作品が出品されて高値がついたと」

「うんうん！」

「……それで、その話を耳にした王都のいくつかの商会から商品を卸《おろ》して欲《ほ》しいと話が来たと」

「そうそう！」

「……それって、結構な量になるよな？」

「そういうこと～！」

「…………今日は定時で帰るぞ？」

「なんでよ！　稼ぎ時なんだけど！」

カナタはそこでワーグスタッド家に引っ越しをすること、そして今日は定時で帰ってくるようにアンナから言われていることを伝えた。

「……え、ええええぇ？」

「いや、俺に言われても。抗議《こうぎ》ならワーグスタッド騎士爵様にしてくれよ？」

「……その役目、代わってくれない？」

「いやいや。俺は早く帰りたいし、引っ越し作業もあるから」

「………そ、そんなあぁぁぁぁ～」

悲痛な叫《さけ》び声をあげたロールズだったが、これぱっかりはカナタも仕方がないと思うしかない。

「無理を言ってはダメだよ、ロールズ」

「お、叔父様～！」

二人のやり取りを隣で聞いていたボルクスが間に入るが、ロールズはこの機を逃《のが》したくないと本気で思っているのか、諦めきれないといった感じで声を漏らした。

「……今日はさすがに難しいけど、明日以降ならちょっとは無理をしてもいいよ」

すると、カナタはロールズを助けるためにとそう口にした。

「ほ、本当、カナタ！」

「無理な注文は断ってくれてもいいのですよ、カナタ様」

「ロールズ商会と専属契約を結んだ時点で、無理は承知の上ですよ。それに、ここが頑張りどころなんだろう？」

「う、うん！」

「なら、頑張っているロールズを支えるのも、俺の仕事ってわけだ」

「……か、カナタ～！　ありがど～！」

カナタの言葉にドバッと涙を流したロールズ。

その姿に苦笑を浮かべながら、カナタは腕まくりをする。

「それじゃあ、今日は今日でしっかりと働かせてもらうよ」

「すでに素材は作業部屋に運び入れてあるから、よろしくね！」

「……仕事が速いじゃないか」

「ロールズ商会、一世一代の大チャンスだからね！　無駄な時間はなるべく省きたいのよ！」

先ほどの涙はどこへやら、ロールズの表情はすでに商人のものに早変わりしている。

「……本当によろしいのですか、カナタ様？」

ロールズが一人で考え始めていると、こっそりとボルクスが声を掛けてきた。

「大丈夫ですよ、ボルクスさん。それに、今は仕事ができることの方が嬉しいですし、数をこなしていると成長を実感することもできるんです。俺にとっても今が頑張り時なんですよ」

一日に作れる作品の数が日を重ねるごとに増えてきている。

今はまだ既製品《きせいひん》の販売《はんばい》で手一杯《ていっぱい》なのでオーダーメイドは受け付けていないが、カナタの中では過去の作品を超《こ》えた最高の一振りを作り出せるのではないかとワクワクが止まらない。

このまま実力をつけていけば、ロールズ商会だけではなく、職人カナタの名前も王国全土に響《ひび》き渡《わた》る日が来るのではないかと、ちょっとした期待を胸に抱き始めていた。

「それじゃあ、仕事を始めますね」

「本当に、ご無理だけはなさいませんよう、よろしくお願いいたします」

「頼《たの》んだわよ、カナタ！」

「おう」

軽く返事をしたカナタは作業部屋に入っていく。

そこには作業をするのに必要な最低限のスペースを残して、作業台が素材の入った木箱で埋《う》め尽《つ》くされている。

普通であれば、いったいどれだけの数を受注したのかと文句を言いたくもなるが、今のカナタはむしろやる気の炎《ほのお》を激しく燃やしていた。

「……よし！　それじゃあ、やってやるか！」

ブレイド家で冷遇されていた中でもやる気を失わずに耐《た》えてきたカナタは、生来《せいらい》の負けず嫌《ぎら》いでもあった。

だからこそ、自分を鼓舞《こぶ》してロールズの無茶ぶりですらこなしてやろうと思えている。

休憩を挟みながらも作業は順調に進んでいき、日が地平線の先へ姿を隠《かく》し始めた時には、ロールズの想定以上の数が商品として完成することになるのだった。


「――カナタ、あがっていいわよ」

最後にもう一仕事、と気合いを入れていたタイミングで、ロールズから声が掛かった。

「あれ？　もうあがりの時間か？」

「違うけど、引っ越しの準備もあるんでしょう？　今日は早めにあがっていいわよ」

「……あのロールズが、早あがりを許す、だと⁉」

カナタはあまりの驚きに思わず声が出てしまい、その姿を見たロールズは頬を膨らませながら言葉を続けた。

「わ、私だって、働いてくれているみんなのことを考えているんだからね！」

「その言葉、過去の俺に言えるか？」

「うっ⁉　……と、とにかく！　今日はもうあがっていいから！　リッコも迎《むか》えに来ているんだからね！」

「えっ、リッコが？」

まさか迎えに来てくれているとは思わず、カナタは慌てて帰宅の準備を始めた。

「全く、仲の良いことで」

「なんだ、羨《うらや》ましいのか？」

「そ、そんなんじゃないわよ！」

「冗談だよ。……ありがとう、ロールズ」

「……ほら、さっさと行きなさいよ！」

改まってお礼を言われたことが恥ずかしかったのか、ロールズは頬を赤らめながらそっぽを向いてそう口にする。

その姿を見たカナタは笑みを浮かべ、ボルクスにも頭を下げてからロールズ商会の外に出た。

「お待たせ、リッコ」

扉を出ると、そこには笑顔のリッコが待っていてくれた。

「ううん、私も来たばっかりだから。宿屋に行くんでしょう？　荷物を運ぶのを手伝うわ」

「いいのか？　冒険者活動で疲れているだろうに」

「今日は用事があるってセアさんたちに説明したら、パーティの買い出しに付き合わされただけで、実は全く疲れていないのよー」

そう口にしながら力こぶを作ってみせ、カナタはその姿を見て小さく笑う。

楽しい時間はあっという間で、気づけば宿屋に到着していた二人。

カナタはお世話になった宿屋の店主と食堂のおばちゃんにも声を掛け、今日で出ていくことを告げてお礼を口にした。

「そうか、寂《さび》しくなるなぁ」

「食堂は誰でも利用できるから、またいつでもいらっしゃいな」

「お世話になりました。それじゃあ、荷物を取ってきます」

挨拶をしたカナタはリッコと一緒に部屋へと向かい、荷物をまとめていく。

とはいえ、カナタの荷物は実家から追い出された時からさほど変わっておらず、リッコが手伝う必要もなく終わってしまった。

「……カナタ君の荷物、少なすぎない？」

「男の一人暮らしなんて、こんなものじゃないか？」

そんなことを口にしながら部屋を出ると、宿屋の入り口では先ほど挨拶を交わした店主とおばちゃんが待っていてくれ、笑顔で見送ってくれた。

ちょっとした人と人との出会いが、今のカナタにはとても嬉しかった。

店主とおばちゃんに大きく手を振り返し、二人はスレイグの屋敷へ足を向ける。

日はすでに隠れており、当たりは暗くなっている。

そんな中でもワーグスタッド家の屋敷の明かりは煌々《こうこう》と灯《とも》っており、二人の帰りを待っていた。

そうして到着した屋敷の門を潜《くぐ》ると、玄関の前では子供たちが出迎えてくれた。

「おかえり、カナタ兄！」

「おかえりなさい、カナタおにいさま！」

「ちょっと！　私もいるんだけど！」

「あはは。おかえり、二人とも。準備はできているから、中に入ろうか」

キリクとシルベルにリッコが頬を膨らませるが、すぐにアルバがフォローを入れて中へ入るよう促してくれる。

「……た、ただいま」

『おかえり』という言葉が嬉しかったカナタは、少しだけ恥ずかしそうに『ただいま』と口にする。

するとリッコに怒られていた二人が満面の笑みを浮かべてカナタの手を取りリビングへと走っていく。

つられてカナタも走る格好《かっこう》になったが、その顔は笑っている。そして——

「「カナタ君！　ようこそ、ワーグスタッド家へ！」」

リビングへ入るとすぐに、スレイグとアンナが拍手《はくしゅ》で迎えてくれた。

「……あ、ありがとうございます、スレイグ様、アンナ様」

「うふふ～。また泣いちゃうかしら～？」

「も、もう泣きませんよ！」

「泣いてもいいんだぞ？」

「スレイグ様まで！」

「ほらほら！　入り口で立ち止まっていたら後ろがつっかえちゃうから、早く中に入ってよー！」

からかわれるカナタを助けるようにリッコが後ろから声を掛けると、全員が笑いながらそれぞれの席に着く。

テーブルにはすでに豪華な料理が並べられており、それを見るだけでお腹が音を立ててしまう。

「昨日の今日で、いいんですか？」

「昨日のはただの食事会だ。そして、今日はカナタの歓迎会《かんげいかい》だからな」

「はいは～い！　それじゃあ、いただきましょ～！」

アンナの合図を受けて、カナタにとってこれまでで一番楽しい夕食が始まった。

その日のワーグスタッド家の屋敷は夜遅《よるおそ》くまで光が明かりが灯っており、そして賑やかな声が遅くまで響いていたのだった。

◆◇◆◇閑話《かんわ》：ライルグッド・アールウェイ◇◆◇◆

——時は少し遡《さかのぼ》り、カナタたちがバルダを捕《と》らえ、鉱山開発のために動いていた頃《ころ》。

王都アルゼリオスでは赤と青を基調に彩《いろど》られた豪奢《ごうしゃ》な馬車が王城へと続く跳《は》ね橋を渡《わた》り、門を潜《くぐ》った。

馬車は広々としたアプローチの途中《とちゅう》にある噴水《ふんすい》前で止まり、白銀の鎧《よろい》を身に纏《まと》った銀髪《ぎんぱつ》の騎士《きし》が華麗《かれい》に馬から降りると、扉《とびら》を開けて中の人物に声を掛《か》けた。

「ライルグッド皇太子殿下《でんか》、どうぞ」

「あぁ。急ぐぞ、アル」

「はっ！」

馬車から降りてきたアールウェイ王国の皇太子であるライルグッド・アールウェイは、銀髪の護衛騎士アルフォンス・グレイルードに声を掛けて早足で城の中へ入っていく。

突然《とつぜん》の帰還《きかん》となったライルグッドに、すれ違《ちが》う家臣たちは驚《おどろ》きと共に首を垂れるが、彼《かれ》は構うことなく、迷いなく広大な廊下《ろうか》を突《つ》き進んでいく。

向かう先は到着《とうちゃく》の前から決まっており、何よりも優先するべきだと彼の中では判断されている。

だからこそ、先触《さきぶ》れを出すこともなく、ノックをすることもなく、ライルグッドは城の中でも特別豪奢であり、緻密《ちみつ》な細工が施《ほどこ》された扉を勢いよく開いた。

「陛下！　ご報告がございます！」

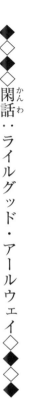

そこはアールウェイ王国の国王の私室であり、今まさに執務《しつむ》をこなしている最中だった。

「……はぁぁ。ライルよ、先触れはどうした？」

突然の来訪に国王であるライアン・アールウェイは頭を抱《かか》えて大きくため息をつく。

その体躯《たいく》は2メートルに迫《せま》り、ガタイもいい。体に合わせて作られているだろう大きめな執務机でさえ小さく見えてしまい、とても窮屈《きゅうくつ》な印象を受けてしまうほどだ。

「申し訳ございません、陛下。ですが、先触れを送ることすら時間が勿体《もったい》ないと判断した事案がございます」

ライアンの指摘にも態度を変えないライルグッドを見て、彼はチラリと扉の前に控《ひか》えていたアルフォンスに視線を送る。

すると、アルフォンスが小さく頷《うなず》いたのを見て、本当に大事なのだと判断したのか表情を引き締《し》め直した。

「アルフォンスも入ってくるがいい」

「はっ！　失礼いたします！」

「して、地方視察で何があったのだ？」

ライルグッドが地方視察に出掛《でか》けていたのは王命であり、ライアンも把握《はあく》している。

本来であればあと一ヶ月ほど時間を要していたはずだが、それを中止してでも報告しなければならない事案が発生したということだ。

「単刀直入に申し上げます。例の件、見つかったかもしれません」

「なんだと！　それは真《まこと》か、ライルよ！」

『例の件』と耳にした途端《とたん》、ライアンの表情は緊迫《きんぱく》したものへと変わり、見つかったかもと聞くと両手を執務机にバンッと置いて立ち上がる。

「はい。ですが……あくまでも見つかったかも、ですが」

「歯切れが悪いな。詳《くわ》しく話せ」

「その可能性を持った者は、ブレイド家の人間でした」

「ブレイド伯爵《はくしゃく》家だと？　あそこは初代が勇者の剣《けん》を打ったことで爵位《しゃくい》を得て、今では落ちぶれていたはずだが……そうか、初代の血は絶えていなかったのだな」

ライアンも献上《けんじょう》されていたのが数年の間、ずっと同じ剣であることには気づいていた。

それでもなお処罰《しょばつ》せずに堪《こら》えていたのは、初代ブレイド伯爵が勇者の剣を打ったという事実が世《せ》間一般《けんいっぱん》に大きく知れ渡っていたからだ。

しかし、すでに我慢《がまん》の限界を迎《むか》えており、今回の視察で結果を出せなければ処罰を下すことも視野に入れていた。

我慢をした甲斐《かい》があった、ここまでの話でライアンは自分の判断が間違《まちが》っていなかったと感じていた。しかし——

「して、その可能性を持った者も連れてきているのだろう？」

「……」

「どうしたのだ、ライル？」

「……その者はブレイド伯爵の息子《むすこ》なのですが、何をどう間違えたのか、ブレイド伯爵は五男のカナタ・ブレイドは勘当《かんどう》していたのです！」

「……は？　…………すまん、もう一度言ってくれるか？」

ヤールスがブレイド家の当主になる前から、ブレイド領はすでに荒《あ》れていた。

だからこそ今回の視察では処罰を下す決断も致《いた》し方ないと考えていたのだが、まさか自分の息子すら守れないような人間が当主になっていたとは夢にも思っていなかった。

「……カナタ・ブレイドを、勘当していました」

「…………な、何を考えているのだ、当代のブレイド伯爵はあああっ！」

怒声《どせい》を響《ひび》かせたライアンが怒《いか》りに任せて逞《たくま》しい腕《うで》を執務机に振《ふ》り下ろす。

ドゴンッ！　と鈍《にぶ》い音を響かせると共に、執務机からはみしみしといった音が聞こえてくる。

「落ち着いてください、陛下。……机が壊《こわ》れてしまいます」

「むっ？　……あぁ、すまん。だが、安心せい。これは特別頑丈《がんじょう》に作られているからな」

冷や汗《あせ》を流すライルグッドの言葉に冷静さを取り戻《もど》したライアンは小さく息を吐《は》きながら、息子と同じ美しい金髪《きんぱつ》をかき上げてドカッと椅子《いす》に腰《こし》掛ける。

「……だが、どうしてその場に居もしなかったカナタ・ブレイドが例の件の可能性を持った者だと判断したのだ？」

「はい。こちらを見ていただけますか？」

ライルグッドがそう口にすると、アルフォンスが懐《ふところ》から丁寧《ていねい》に布に包《くる》んだ一振りのナイフを取り出した。

これはカナタが錬金鍛冶《れんきんかじ》で初めて作ったナイフであり、ヤールスがなまくらと言い切ったものだ。

「……ほほう。等級だけを見れば低いようだが……美しさは段違《だんちが》いだ。少しの無駄《むだ》もない。目が利《き》く者が見れば、誰《だれ》もが絶賛するほどの仕上がりだぞ」

ライアンもカナタのナイフの価値に気づいたのか、そう口にしている間もずっとナイフから視線を離《はな》そうとはせず、何度もその手の中で握《にぎ》り直している。

「その通りです。ですがブレイド伯爵は、これをなまくらと言い切りました」

「……待て、ライル。奴《やつ》は曲がりなりにも鍛冶師であろう？　これをなまくらと言ったのか？　いくら見ていても飽《あ》きないくらいに美しく、不思議と手に馴染《なじ》むこのナイフを？」

「……はい」

ここまで来ると、ライアンもあまりに呆《あき》れて言葉が出てこなくなってしまう。

無言の時間がしばらく続いたのだが、我慢ならずといった風に口を開いたのはライアンだった。

「……だ」

「……今、なんと？」

「爵位剥奪《はくだつ》だ！　奴はいったい何をしてきたのだ！　自らの役目も満足に果たせず、領民だけでなく家族すら守れず、挙げ句の果てに先祖が積み上げてきた功績すらも粉砕《ふんさい》しようとしているではないか！　我慢の限界だ、ブレイド伯爵の爵位を剥奪する！」

「はっ！　仰《おお》せのままに！」

ここにブレイド伯爵の爵位剥奪が決定されると、ライアンはあっという間に書状を完成させ、それに封蝋《ふうろう》をして王家の紋章《もんしょう》を刻《こ》み込んだ。

「ブレイド領は縮小！　東西南北に面する領地へ分配し、中央には新たな領主を配する！」

「ブレイド伯爵の処遇《しょぐう》については？」

「本来であれば極刑《きょっけい》であってもおかしくはないが、過去の当主たちの功績を鑑《かんが》みて鉱山送りとし、永久労働を課すこととする！　アルフォンス、これを法務大臣へ持っていくのだ！」

「はっ！」

ライアンから書状を受け取ったアルフォンスは部屋を出ると、その足で法務大臣のもとへ急いだ。

「……さて、ライルよ」

「はっ！」

気を取り直したライアンがライルグッドに声を掛けると、彼は片膝《かたひざ》をついて返事をした。

「我、ライアン・アールウェイの名において命ずる。必ずやカナタ・ブレイドを見つけ出し、王都へ連れてまいれ！　これは——王命である！」

「仰せのままに、ライアン・アールウェイ陛下！」

ライアンの王命を受けて、ライルグッドも部屋を飛び出していく。

残されたライアンはドサッと椅子に腰掛けると、その視線を窓の外に浮《う》かぶ真っ白な雲に向けた。

「……ブレイド家初代の血を継承《けいしょう》した者よ、生きていてくれよ」

誰にも届かないライアンの呟《つぶや》きが風に消えたあと、彼は再び執務に戻っていった。


——その後、ヤールス・ブレイドや妻のラミア、長男のユセフが鉱山送りを言い渡されるまで、そう時間は掛からなかった。

◆◇◆◇第九章：視察◇◆◇◆

カナタがワーグスタッド家で暮らすようになってから、一週間が経過した。

最初こそ彼《かれ》らの生活リズムに合わせなければと気を張っていたカナタだが、そのことがアンナにバレてしまった。

彼女《かのじょ》はすぐに自分のリズムで生活していいのだとカナタに伝え、彼もその通りにしている。

そのおかげでカナタはワーグスタッド家の生活リズムに自分の生活リズムを上手《うま》く溶《と》け込《こ》ませることができ、今では宿屋の時と同じような生活を送ることができていた。

「おはようございます」

「おはよう、カナタ君」

カナタがリビングに顔を出して挨拶《あいさつ》をすると、いつものように挨拶が返ってくる。

しかし、その中に一人だけ普段《ふだん》よりも暗い雰囲気《ふんいき》の人物がいることに気づき、声を掛《か》けてみた。

「……スレイグ様、どうかしたんですか？」

いつもならリッコのあとにスレイグが挨拶を返してくれるのだが、今日は最後に挨拶を返しただけでなく、その声音《こわね》にも元気がないように見えた。

「ん？　あぁ、なんでもない……いや、カナタにも関係があるか」

「もう、お父様？　あれは考え過ぎだって言ったじゃないのよ！」

「いや、だがなぁ……」

どうやらカナタがリビングに到着《とうちやく》するまでの間に何かが話し合われていたらしい。

そう思ったカナタは定位置となったリッコの隣《となり》の椅子《いす》に腰掛《こしか》けると、詳《くわ》しい話を聞いてみた。

「どうやら、ワーグスタッド領に皇太子殿下《でんか》が視察に訪《おとず》れるらしいのよ」

「皇太子殿下の視察？　それって何年かに一度行われているあれだろ？」

自分がブレイド領を追い出された時も、その数日後には視察が入ったはずだと思い出したカナタだったが、そこで疑問が一つ浮《う》かび上がった。

「あれ？　でも、例年だとだいぶ前に終わっているはずの視察だよな？　まだ来てなかったのか」

彼の記憶《きおく》だと、ブレイド領への視察が行われたのが三ヶ月以上も前だったはず。

さらにブレイド領からワーグスタッド領までは、間にスピルド領を挟《はさ》むだけなので三ヶ月も日数を要するはずもなく、カナタの言うように例年であれば視察が終わっていても不思議ではなかった。

「それもお父様に説明したのよ。今年はブレイド領の粛清《しゆくせい》と分割《ぶんかつ》、新領主の拝命もあったから遅《おそ》くなっているだけなんだって」

「あー、そういえばそうだったな」

「そうだったなって……カナタ君、本当にブレイド家のことをなんとも思っていないのね」

「まあ、そうなっても仕方がない境遇《きようぐう》を強《し》いられてきたからな。リッコも知っているだろう？」

「そりゃあねー」

以前にブレイド家が爵位《しやくい》を剥奪《はくだつ》され、ヤールス、ラミア、ユセフが鉱山送りとなり、残る兄たち三人が平民になったと聞かされた時も、カナタは特に気にしたそぶりを見せなかった。

それは長い間冷遇《れいぐう》されてきたという事実と、過去の栄光にしがみついて最終的には勘当《かんどう》されてしまった現実が彼にそうさせている。

リッコの軽い相槌《あいづち》も彼の境遇を知っているからこそであり、ワーグスタッド家の面々もスレイグから聞かされていたからか、全員が大きく頷《うなず》いていた。

「それじゃあ、スレイグ様は何を心配されているんですか？」

遅くなっている理由にも見当がついており、さらに言えば今年のワーグスタッド領は王命だった鉱山開発にも成功している。

褒《ほ》められることはあっても、皇太子殿下から叱責《しっせき》されるようなことは絶対に起きないはずだとカナタは思っており、何を心配しているのか見当がつかなかった。

「……鉱山開発において、最大の功労者であるカナタが引き抜《ぬ》かれないかを心配しているのだ」

「……俺《おれ》の引き抜き、ですか？」

カナタからすると予想外の答えに、彼は同じ答えを繰《く》り返すだけになってしまう。

「でも、俺はロールズ商会と専属契約《けいやく》を結んでいるんですよ？」

「そんなもの、王族の命令に比べれば紙屑《かみくず》も同然の契約になってしまうのだよ」

「……確かに、そうですね」

カナタが現れるまでは鉱山開発に着手すらできていなかった。

皇太子殿下からすれば、何があったのかと探《さぐ》りを入れたくなるのは当然だろう。

そうして出てきた力が規格外のものであれば、自分たち側へ引き入れたいと思うのも無理はない。

「もちろん、カナタの出世になることは間違《まちが》いない。だから、私はカナタが望むなら快く送り出すつもりではいるのだ。だがなぁ……」

「……いえ、俺はここを離《はな》れたいと思ったことは一度もありませんよ」

王族に認められるということは、それだけで大きなステータスとなり、大出世に繋《つな》がることにもなる。

カナタが望めば止めることはしないとスレイグは口にしたのだが、自分はそれを望まないと彼は口にした。

「いいの、カナタ君？　大出世だよ？　王都にも行けるんだよ？　もしかしたら王城勤務だよ？」

「大出世なのはわかるけど、まずはリッコやスレイグ様、ワーグスタッド領に恩を返さないといけないからな。自分の出世はそのあとにでもゆっくり考えるさ」

「王城勤務は？」

「むしろ遠慮《えんりよ》したいかな。窮屈《きゆうくつ》になりそうじゃないか？」

「王城勤務が窮屈か。……だが、そう言ってもらえると私としては嬉《うれ》しい限りだよ」

カナタにその気がないことがわかりホッとしたスレイグだったが、どちらにしても皇太子殿下の鶴《つる》の一声ならばどうしようもないことも事実だ。

「であれば、もしも皇太子殿下がカナタを望むと仰るなら、私もそれなりに交渉《こうしよう》をしてみるとしよう」

「大丈夫《だいじようぶ》なの、お父様？」

「大丈夫ではないが、試《ため》してみなければただ引き抜かれるだけだろう？」

「あの、ご無理だけはなさらないでくださいね？　俺のことよりも、ご家族のことが一番ですから」

スレイグが無理を言ってワーグスタッド家が存続の危機に陥《おちい》るのが怖《こわ》いと思いカナタは口にした

のだが、その言葉にスレイグとアンナは顔を見合わせると小さく笑った。

「家族というのであれば、カナタよ」

「あなたもすでにワーグスタッド家の一員なんだからね～。私たちの子供だと言ったでしょ～」

「あっ……えっと、その……」

アンナの言葉を聞いたカナタは嬉しくなりつつも、大泣きしてしまったことまで思い出してしまい、何も言えなくなってしまう。

「……と、とにかく！　ご無理だけはなさらないでくださいね、スレイグ様！」

「あぁ、わかったよ」

「うふふ、可愛《かわい》いわね～」

「それと！　皇太子殿下の視察はいつ頃《ごろ》になるんでしょうか！」

あまりにも恥《は》ずかしかったので、勢いに任せてスレイグに無理をしないよう念を押《お》したカナタだったが、アンナは変わらずからかうように微笑《ほほえ》みながら言葉を重ねてきた。

そのせいでさらに顔が赤くなってしまったが、カナタが別の話題を口にしたことで話はそちらの方向へ進んでいった。

「明日、明後日《あさって》ということはないだろう。むしろ、今回はさらに遅くなると思っている」

「そうなんですか？」

「ブレイド領が縮小、分配されたからねー。新領主を迎《むか》えている元ブレイド領はもちろん、領地を分配された東西南北の領地への視察が最優先されるはずだってー」

「なるほど、そういうことか」

「それなのにお父様は心配だー、心配だー、しか言わないんだからー」

「仕方ないだろう！　ならばリッコはカナタが王都へ引き抜かれてもいいというのか？」

「そうは言っていないでしょうよ！」

そこからまたリッコとスレイグの言い合いが始まる――のかと思ったが、そうはならなかった。

「あなた～？　リッコ～？　ま～だ朝の早い時間なんですけど～？」

普段と変わらない声音のはずなのだが、今回だけは不思議とズンと胸の奥《おく》に響《ひび》くようなアンナの声がリビングに広がった。

「朝から怒《おこ》らせないでくれるかしら～？」

「「……はい」」

表情もにこやかなのだが、笑っているはずの瞳《ひとみ》の奥からはふつふつと湧《わ》き上がってくる怒《いか》りが感じられ、それはカナタにも伝わっていた。

「……うふふ～。わかってくれたらいいのよ～、二人とも～」

全員が緊張《きんちょう》して背筋を伸《の》ばしたところで、アンナの怒りは収まったのか普段通りの雰囲気が戻《もど》ってきた。

リッコとスレイグは大きく息を吐《は》き出し、他の面々はホッと胸を撫《な》で下ろす。

そのまま食事を再開させたアンナに全員の視線が集まっているのだが、彼女は全く気にすることなく料理を口に運んでいく。

その姿を見たカナタたちも徐々《じょじょ》にではあるが食事を再開させ、最後には顔を見合わせたリッコとスレイグが苦笑《くしょう》を浮かべて食べ始める。

以降は普段通りの朝食となり、仕事や学園に出掛ける時間が近づくと一人ずつ席を立っていった。

◆◇◆◇

スレイグからの話があってからしばらくの間、カナタは緊張しながらもロールズから依頼《いらい》されていた王都へ卸《おろ》すための作品作りを続けていた。

とはいえ、朝食の席で話をした通りすぐに何かが起きるということはなく、彼の緊張は徐々にではあるが薄《うす》れていった。

そうして一週間が過ぎたのだが、このタイミングでワーグスタッド家はバタバタとし始めた。

「……何だか騒々《そうぞう》しいなぁ」

廊下《ろうか》を多くの人が何度も行き来している足音を聞き、カナタはいつもより少し早い時間に目を覚ました。

簡単にではあるが身支度《みじたく》を整えると、ドアを開けて顔だけを廊下に出して覗《のぞ》いてみる。

「あっ！　カナタ様、起こしてしまいましたか？」

「いえ、大丈夫ですよ。それよりも、何かあったんですか？」

申し訳なさそうに頭を下げたメイドに声を掛けつつ、何があったのかを確認《かくにん》する。

「リビングでスレイグ様からお話があると思いますので、ご準備ができましたらお越《こ》しください」

「……わかりました」

はっきりとした答えは聞けなかったものの、スレイグから教えてもらえると知り、カナタはそのままリビングへと向かう。

すでに全員が集まっていたのだが、その表情は普段と比べてやや硬《かた》く、先ほどのメイドの言葉が思い出された。

「おはようございます。あの、何かあったのですか？」

普段ならば挨拶が返ってくるのを待ってから着席するのだが、今回はすぐに何が起きたのか問い掛けながら席に着いた。

「皇太子殿下の視察日程が決まった。先触《さきぶ》れの話では、三日後だそうだ」

「えっ！　み、三日後ですか？」

従来は先触れが訪れたあと、一週間から二週間ほどの日数を掛けて皇太子殿下が姿を見せてきたが、今回はたったの三日しか猶予《ゆうよ》がない。

対外的には単なる視察なのでもてなしは不要と言われているが、それでも皇太子殿下を迎え入れる領地からすれば、言葉通りに受け止めて何もしないというわけにはいかず、王族を迎え入れるに足る準備を整え、誠心誠意もてなさなければならなかった。

「……だから朝からバタバタしているんですね」

「あぁ。今までのワーグスタッド領であれば、準備不足を露呈《ろてい》していたことだろうな」

「今までのということは、三日後の視察は問題ないみたいですね」

「それもこれも、我《わ》が領地の膿《うみ》を全《すべ》て叩《たた》き出してくれたカナタのおかげだ。重ね重ね、恩に着る」

バルダ商会の問題や鉱山開発について頭を悩《なや》ませている状態であれば、こうも上手く事を運ぶことはできなかっただろうとスレイグは口にした。

しかし、そうなるとカナタの立場はやはり難しいものとなる。

鉱山開発については真っ先に話題にあがるだろう。

そうなれば、話題の中心となるカナタに会いたいとなるに違《ちが》いない。

スレイグからすればなるべく隠《かく》し通しておきたい存在ではあるが、同じ屋敷《やしき》で生活を共にしているとなれば、対策もなく皇太子殿下の前に立たされることになってしまうのだ。

「お父様。視察の間だけでも、カナタ君は宿屋で寝《ね》泊《と》まりしてもらった方がいいんじゃないかしら？」

「私も同じことを考えていたよ、リッコ」

「心苦しいけど、それが一番かもしれないわね～」

リッコの提案にはスレイグとアンナも同じことを考えており、彼女らの視線はカナタへ向いた。

「俺は全然構いません。むしろ、スレイグ様たちのご迷惑《めいわく》にならないか心配です。その……絶対に呼ばれますよね？」

スレイグたちだけで鉱山開発を行ったとなれば、今まではどうしてできなかったのかと追及《ついきゅう》されかねない。

そうなった時にカナタの存在を隠せば、王族を騙《だま》した罪に問われる可能性だって出てきてしまう。

「こちらのことは気にするな。騎士爵《きししやく》とはいえ貴族としてそれなりに生きてきたのだ、化かし合いには慣れているさ」

「そうよ～。カナタ君は、自分のことだけを考えておきなさ～い」

守られているばかりで申し訳ないと思いつつ、その気持ちが嬉しくてついつい笑《え》みをこぼしてしまう。

「それなら痕跡《こんせき》はあまり残さない方がいいわよね？」

「あっ、それもそうだな。それなら……今日から一度、屋敷を出た方がいいか」

「えぇ～？　カナタ兄、宿屋に戻るのか？」

「カナタおにいさま、もどってくる？」

カナタの言葉にキリクとシルベルが残念そうな声をあげた。

「大丈夫だよ、二人とも。視察が終わったら、また戻ってくるからさ」

「そうなのか？　絶対だぜ、カナタ兄！」

「やったー！」

まだまだ子供であるキリクとシルベルは、皇太子殿下が訪れる視察の意味はしっかりと理解していない。

とはいえ、今は二人の純粋無垢《じゅんすいむく》な反応が緊張を緩和《かんわ》させてくれ、みんなの表情も柔《やわ》らかなものに変わっていく。

「宿屋には私の方から話しておこう。面倒《めんどう》を掛けるな、カナタ」

「俺にできることがあれば何でも仰ってください。まだまだ恩を返せていませんから」

そうカナタが口にしたところで仕事の時間が迫《せま》り、スレイグたちはバタバタと席を立ち始めた。

カナタもロールズ商会へ向かう時間が近づいてきており、料理を口に放《ほう》り込みながら立ち上がる。

「それじゃあ、いってきます！」

「必要なものは持っていくんですよ～」

「ありがとうございます、アンナ様！」

不安にならないようにと、アンナは普段通りの声音でカナタを見送り、笑顔《えがお》で手を振《ふ》ってくれた。

彼女の傍《かたわ》らにはキリクとシルベルもいて、カナタも笑顔で手を振り返す。

（もう一度、気を引き締《し》め直そう。ロールズにも事情を説明しておく必要があるかな）

そんなことを考えながら、カナタはロールズ商会へ足を向けたのだった。

◆◇◆◇

視察の日程を聞いた翌日、カナタはロールズ商会の作業部屋で大量の作品を複製していた。

ロールズが口にしていた王都の商会へ卸すための商品作りなのだが、その数が尋常《じんじょう》ではなかった。

「……お、終わりが、見えない」

どれだけ木箱の中の素材を空にしようとも、追加の木箱が運ばれてきては空になったものから下げられていく。

そうしてまた木箱を空にするものの、先ほど空にしたはずの木箱に新たな素材が補充《ほじゅう》されて再び運び込まれてくる。

一連の作業が何度も繰り返される中で、カナタは久しぶりに疲労《ひろう》を感じるところまで魔力《まりょく》を使用していた。

「……あと一時間で、休憩《きゅうけい》……のはずだよな？　……よし、もうひと踏《ふ》ん張り、頑張《がんば》るか！」

気合いを入れるために両頬《ほお》を叩いたカナタ。

パンッと音が作業部屋に鳴り響き、腕《うで》まくりをして作業を再開――させるつもりだったが、このタイミングでドアがノックされた。

「……はーい」

出鼻《でばな》をくじかれたような思いだったが、作業中の自分を訪ねてくるのはロールズくらいで、それも多くはノックすらせずに部屋へ入ってくる。

それにもかかわらず今回はノックがきちんとされたことが気になり、気持ちを切り替《か》えて返事をした。

「……し、失礼しまーす」

「……どうしたんだ、ロールズ？」

ゆっくりと開かれたドアの隙間《すきま》からロールズが顔を覗かせたのだが、何故《なぜ》か丁寧《ていねい》な物言いで、その表情も今まで見たことのない、非常に緊張しているように見えた。

「あー、えっとー……こ、この方々が、カナタの仕事ぶりを見てみたいって……」

オドオドした態度でそう口にしたロールズが作業部屋に入ってくると、その後ろから二人の人物が姿を見せた。

どちらも男性で端整《たんせい》な顔つきをしており、一人は金髪《きんぱつ》、もう一人は銀髪で帯剣《たいけん》した人物だ。

「仕事ぶりを見たいって……誰《だれ》なんだ？」

「それは、そのー……あ、あれよ！　王都の商会のお偉《えら》いさん！　わざわざスライナーダまでカナタの仕事ぶりを見に来てくれたんだー！　あは、あははー！」

明らかに何かを隠している素振《そぶ》りのロールズなのだが、男性二人は明らかに貴族然としており、何より無視できないほどの不思議なオーラを纏《まと》っている。

問い詰《つ》めたい気持ちはあったものの、彼らを脇《わき》に置いて二人だけで話をすることもできないと感じたカナタは、とりあえず確認すべき点だけを聞こえないように、簡潔に聞いていく。

「……仕事ぶりを見に来たって言ってたけど、錬金鍛冶《れんきんかじ》を見せてもいいのか？」

「……ふ、複製だけなら、大丈夫じゃないかと」

「……それ以外はやらなくていいんだよな？」

「……問題ないかと」

「……なんで言い切れないんだ？」

「……ごめん」

どうやら面倒事だと理解したカナタは内心でため息をつきながらも、ロールズの言った通り複製だけでなんとか乗り切ろうと頭の中を切り替えることにした。

「えっと、どのようにお呼びしたらいいでしょうか？」

「……ライルだ」

「その、そちらの方は？」

「……アルです」

「……それではライル様、アル様。ロールズから話を伺《うかが》いましたので、よろしければこちらに腰掛けて見学していただければと思います」

素っ気ない態度の二人にどう接すればいいかわからないカナタは、とりあえず座《すわ》らせておけば大丈夫だろうと椅子を勧《すす》める。

するとライルだけが椅子に腰掛け、アルは彼の後ろで直立不動のままだった。

「……そ、それじゃあ、俺は仕事に戻りますね」

横目に二人を見つつ、カナタは作業台の前に戻る。

ロールズは謝罪のジェスチャーを入れながら、ゆっくりと作業部屋を出てドアを閉めてしまった。

（……はぁぁ〜。まあ、ロールズが許可を出したんだから、信用できる人たちなんだろう）

自分にそう言い聞かせながら、カナタは木箱から取り出した素材を作業台へ大量に並べていく。

いつも通りの作業風景なのだが、錬金鍛冶を見たことのない二人からすればおかしな風景に映ったことだろう。

「……武具を作るのだろう？」

「……道具が何もありませんね」

（……全部聞こえているって）

全く隠しきれていない二人の会話に内心でツッコミを入れながら、カナタは錬金鍛冶の複製を発動させた。

素材が光り輝《かがや》き、それからすぐひとりでに形を変えていき、全く同じ規格の武具が次々に出来上がっていく。

あまりにも一瞬《いっしゅん》の出来事に、二人は目を大きく見開いたまま、最初と全く同じ体勢で固まってしまった。

「……よし、できた。それじゃあ次の素材を――」

「ちょっと待て！」

カナタが次の作業へ移るために作品を片づけようとしたところで、ようやく我に返ったライルが立ち上がって声をあげた。

「あっ、はい。どうなさいましたか？」

「……それは、なんだ？」

「なんだと言われましても、直剣《ちょっけん》ですけど？」

「作品の方ではない！　それを作り上げた謎《なぞ》の光のことだ！」

大声をあげるライルの後ろでは、アルが何度も頷いている。

最近のカナタは作業部屋でしか錬金鍛冶を使っていなかったので、力を見せて驚《おどろ》かれるということ自体が久しぶりだった。

「あー、そうですねぇ。なんと言えばいいのか、これが俺の作品を作る方法なんですよ」

「……こんなことが、あり得るのか？」

「はい。最初は俺も驚いたんですが、今ではもう慣れたものです」

そう口にしながらも、カナタは出来上がった作品を別の木箱に詰めていき、新しい素材を作業台に並べては、複製で作品を作り上げていく。

そんなカナタを見たライルは、力が抜けたのかドサッと椅子に腰掛ける。

まるで流れ作業のように作り出されていく大量の作品を前に、我に返ったはずのアルも再び口を閉ざし、ただ目の前の光景を眺《なが》めるだけだった。

一方でカナタは、ロールズに言われた通り複製の作業だけで二人を驚かせることができたので安《あん》堵《ど》しつつ、これ以上は突《つ》っ込まないでほしいと願っていた。

しばらくの間ただ黙《だま》ってカナタの作業を眺めていた二人だったが、ずっと同じ光景が続いたこともあってか、ついにライルが立ち上がった。

「……邪魔《じゃま》をしたな」

「あっ、いえ。その、お楽しみいただけたでしょうか？」

相手がロールズ商会の取引相手だと思っているカナタは、二人が楽しめたのかどうかが気になり声を掛けた。

「あぁ、とても有意義な時間だった」

「それならよかったです。今後ともロールズ商会をよろしくお願いします」

「ロールズ商会だな、覚えておこう」

最後にそうライルが口にすると、二人は作業部屋を出ていった。

「……あれ？　覚えておこうって、まさか知らなかったわけじゃないよな？　取引相手だし」

最後の言葉に何やら引っ掛かりを覚えたカナタは、自分だけになった作業部屋で首をひねってしまう。

「お疲《つか》れ様～、カナタ～」

そこへ何故か疲れた表情のロールズが入ってきたので、すぐに思考はそちらへ向いた。

「なんでロールズが疲れているんだ？　そんなに忙《いそが》しかったのか？」

「いいえ、店頭は普段通りよ。私の疲れは精神的なものだから、気にしないで～」

「いや、そっちの方が心配なんだが？」

彼女の顔を覗き込むようにしてカナタが目を合わせると、ロールズは逆に見返して小さく息を吐き出した。

「……はぁ～。ごめんね、カナタ」

「なんで謝《あやま》るんだ？」

「きっと謝ることになるから、先に謝っておこうと思ってね～」

「それって、さっきの二人組が関係しているのか？」

「それがぜ～んぶ言えたら、苦労はしないんだけどね～」

「……そういうことなら、わかったよ」

ロールズにもどうしようもないことが起きたのだろうと自分に言い聞かせ、カナタは仕事に戻る。

そんな彼の横顔を見つめながら、ロールズも申し訳なさそうな表情のまま仕事に戻っていった。

◆◇◆◇

翌日、宿屋で目を覚ましたカナタだったが、そこへ予想外の来訪者が現れた。

「……なんで朝からリッコがいるんだ？」

仕事へ向かおうと準備を済ませて廊下に出ると、そこには真剣《しんけん》な面持《おもも》ちのリッコが立っていた。

「……皇太子殿下が、来たわ」

「……えっ？　でも、視察の日程は明日だろう？」

視察の話が出てからまだ二日しか経《た》っていない。

予定を繰り上げて早くなることもあるが、そういった場合も通常は先触れが送られる。

だが、リッコの様子を見るにそうではなかったことがカナタからも見て取れた。

「突然《とつぜん》の来訪で、しかも視察も終えているんだって」

「はあっ⁉　それって、皇太子殿下だけでスライナーダを見て回ったってことなのか？」

「ここだけじゃなく、ロックハートにも足を運んだんだって」

「……マジかよ」

完全に予想外の行動に、カナタは呆気《あっけ》に取られてしまう。

それなら、どうしてリッコがここに来ているのか。

その理由に思考を巡《めぐ》らせた結果、宿屋に泊《と》まっていたのは全くの無駄《むだ》だったとすぐに理解してしまった。

「……もしかして、皇太子殿下から俺に会いたいって話が出たのか？」

「……うん。それで、私はカナタ君を呼びに来たの」

「まあ、そうなるよな。わかった、行くよ」

すぐに状況《じょうきょう》を理解したカナタはロールズへの連絡《れんらく》をどうするべきか悩んだが、そこはリッコが手を打っていた。

「ロールズ商会にはアルバお兄様が事情を説明しているから安心して」

宿屋とロールズ商会、二ヶ所を一人で回るのは時間が掛かると判断したのだろう、今回はリッコだけではなくアルバも動いてくれていたのだ。

これなら直接ワーグスタッド家へ向かえる。カナタはリッコと共に大急ぎで屋敷へ走ったのだった。

リビングへ入るや否《いな》や、カナタは飛び込んできた皇太子殿下の姿を見て全ての謎が解けた。

（……昨日のロールズの態度は、そういうことかぁ）

「待っていたぞ。カナタ・ブレイド」

カナタは椅子に腰掛けたまま声を掛けてきた金髪の男性に見覚えがあった。

それは昨日、ロールズ商会の作業部屋でカナタの複製作業を見学していた男性と同じ人物だったからだ。

「……昨日は皇太子殿下とは気づかず、大変失礼いたしました」

そして、すぐに昨日の態度を謝罪するべきだと判断して片膝《かたひざ》をつこうとしたカナタだったが、それをライル——否、ライルグッド本人に止められてしまった。

「構わん。身元を隠しての視察だったのだからな」

「……寛大《かんだい》なお言葉に、感謝いたします」

カナタとライルグッドのやり取りから、二人がすでに顔を合わせていたのだと知ったリッコは驚きを隠せず、スレイグはしてやられたと頭を抱《かか》えた。

とはいえ、ライルグッドも身元を隠していたのだとはっきり口にしており、カナタに落ち度がないことはすぐにわかった。

「それではワーグスタッド騎士爵よ。役者が揃《そろ》ったところで、話し合いを再開させようか」

「……かしこまりました、皇太子殿下」

役者の一人に抜擢《ばってき》されてしまったカナタはスレイグに促《うなが》され、彼の横の椅子に腰掛ける。

よく見るとライルグッドの後ろには銀髪の騎士――アルフォンスが直立不動で控《ひか》えており、彼がもう一人の人物なのだと今さらながら気がついた。

「まずは王命として期待されていた鉱山開発の件、感謝するぞ」

「とんでもありません。むしろ、時間を掛け過ぎていたことをお詫《わ》びしなければならないところでした」

「王命を出した時は別の場所にてスタンピードが発生していたからな。陛下も事情は十分に理解しておられる。根気強くやってくれたと褒めていらしたよ」

「恐悦至極《きょうえつしごく》に存じます」

鉱山開発の労がねぎらわれると、ライルグッドの視線はカナタへと向いた。

「そしてカナタよ。視察をしてみて思ったのだが、鉱山開発においてはそなたが一番の功労者ということで相違《そうい》ないか？」

急に話を振られたカナタはビクッと体を震《ふる》わせるが、ここで黙っていると失礼に当たることは理解しており、ライルグッドの質問を頭の中で繰り返しながら口を開いた。

「……そ、それは違います、殿下」

「……ほほう？　俺の判断が間違っていると？」

「そ、そういうことでは……ですが、私だけではなく、スレイグ様や兵士の方々、それに冒険者《ぼうけんしゃ》の方々も多大な貢献《こうけん》をしてくれました」

「ふむ。確かに、そなたの意見にも一理ある」

一瞬だが背筋に寒気を感じたカナタだったが、鉱山開発はかかわった全員が力を合わせたことで成すことができた偉業《いぎょう》である。

それを自分が一番の功労者かと聞かれたところで即答《そくとう》できるわけもなく、カナタは全員が功労者なのだと答えた。

「ここで自分の手柄《てがら》だと主張して、王族に媚《こび》を売ろうとは考えなかったのか？」

「……私一人では成すことのできなかった偉業でございますので、それは意味のないことかと」

全員が功労者だという事実だけは曲げたくないと、カナタは言葉を選びながら答えていく。

カナタを見据《みす》えるライルグッドの視線が強烈《きょうれつ》で、少しでも気を抜けば目を逸《そ》らしてしまいそうになる。

だが、それこそ無礼に当たる行為《こうい》だと自分に言い聞かせ、気持ちを強く持って見つめ返す。

「……」

「……ふっ。面白《おもしろ》い奴《やつ》だな、そなたは」

「……えっ？」

まさかの言葉に思わず変な声を出してしまったカナタだったが、ライルグッドは気にしていなかった。

「自分の手柄を主張する者の方が多いだろうに、そうではないと王族に食って掛かるとは」

「あっ、いえ、その、そういうわけでは……」

「いや、構わん。そういう奴の方が、俺は好きだからな」

そう口にしたライルグッドは、屋敷で顔を合わせてから初めて相好《そうごう》を崩《くず》した。

「ワーグスタッド騎士爵よ。これから話をする内容は他言無用のものが多い。故《ゆえ》に、そなたとカナタ以外は退出させてほしいのだが……構わんな？」

ライルグッドの発言には有無《うむ》を言わさぬ迫力《はくりょく》がある。

それはスレイグだけではなく、その場に居た全員が感じたことでもあり、アンナたちは席を立つとリビングから出ていこうとする。しかし――

「……リッコ、お前もだ」

「……嫌《いや》です、お父様」

「リッコ！」

「カナタ君がかかわっていることなのよ？　それなら、ここへ連れてきた私にも責任があるわ！」

「皇太子殿下のご命令であるぞ！」

なかなか席を立とうとしないリッコにスレイグが怒声《どせい》を響かせる。

「それでも私は――」

「よい」

そんな彼の瞳をまっすぐに見つめ返し、頑《かたく》なに座り続けているリッコに対して、ライルグッドが声を掛けた。

「ワーグスタッド騎士爵の娘《むすめ》……確か、リッコ・ワーグスタッドだったか」

「……はい」

「確か、冒険者ギルドに所属していて、Bランクの実力者だそうだな」

「……お調べになられたのですね」

「ふん。貴族の身辺調査など、どこの誰でもやっていることだろう」

再び表情が鋭《するど》いものへと戻り、軽く肩《かた》を竦《すく》めてみせる。

「話を聞けば引き返すことはできなくなる、その覚悟があるなら隣で聞いているがいい」

「よろしいのですか、殿下？」

ライルグッドの決断を聞いて、後ろに立っていた護衛騎士のアルフォンスが初めて口を開いた。

「構わん。自分の身は自分で守れるだろうからな」

「……かしこまりました」

確認だけのつもりだったのだろう、アルフォンスはすぐに身を引いた。

だが、彼の鋭い視線はリッコへ向けられており、本心では納得《なっとく》していないのが見て取れる。

リビングにはカナタ、スレイグ、ライルグッド、アルフォンス、そしてリッコが残された。

「……では、話そう。今年に限って、俺は領地視察を名目に別の王命を受けて動いていた。その目的がどうやらカナタ、そなたらしいのだ」

「お、俺……いえ、私でしょうか？」

まさかの言葉にカナタは驚きの声をあげた。

「このナイフ、作ったのはカナタであろう？」

「ナイフ？」

ライルグッドの言葉にアルフォンスが懐《ふところ》から布に包《くる》んだナイフを取り出して彼に手渡《てわた》す。

それをカナタが受け取って布を広げてみると、そこには懐《なつ》かしい作品が入っていた。

「これは……あっ！　初めて錬金鍛冶で作った作品！」

「やはり、そうだったか。ヤールスはなまくらと言っていたが、これは間違いなく八等級の中でも最高の出来のものと言っていい作品だ。それも奴は、そなたが鍛冶とは違う別の方法で作り出したと言っていた。錬金術《れんきんじゅつ》と口にしていたが……錬金鍛冶と言っていたのは、その力だな?」

何かを確認するような物言いに、カナタは一つ頷いた。

「これを作った時は、私もまだ錬金鍛冶の力に目覚めたばかりで、何が起きたのか理解できていませんでした。それも、すぐに父上に家を追い出されてしまって、検証も何もなかったもので」

「然《さ》もありなん。あれほどまでに無能だからな」

肩を竦めながらの言葉に、カナタは苦笑いを浮かべる。

とはいえ、カナタもヤールスが分不相応な立ち位置にいると感じていたところはあり、否定するつもりは毛頭なかった。

「でも、これくらいの作品であれば、私以外の腕の立つ職人なら簡単に作れるのでは?」

「大事なのはそこじゃない。鍛冶以外の方法でこれが作られた、という部分なのだ」

「……もしかして、錬金鍛冶の力でしょうか?」

カナタの言葉にライルグッドは小さく頷いた。

「さて、ここからが本題だ。カナタ・ブレイドよ、我らはそなたの力を欲《ほっ》している。俺と一緒《いっしょ》に王都へ来てもらうぞ」

「お、お待ちください、殿下!」

ライルグッドの言葉を受けて口を挟んだのは、当の本人であるカナタだった。

彼は王命に従って発言しており、ここで逆らおうものならどのような処罰《しょばつ》が下るかは明白——極刑《きょっけい》である。

隣ではスレイグとリッコが心配そうにカナタを見つめていた。

「……許す、言ってみよ」

「あ、ありがとうございます。……私は、王命に逆らうつもりはございません。王都へ向かうことも問題ありませんし、そこで私の力が必要だというのなら存分に働かせていただきます。……ですが、私はまだ、私を助けてくれたワーグスタッド家の皆様《みなさま》に恩返しができていないのです」

「ふむ……ではそなたは、ワーグスタッド騎士爵に恩返しが叶《かな》うまではこの地を離れたくない、ということか？」

「その通りです」

前のめりになっていたライルグッドが背もたれに体を預けると、一瞬にして弛緩《しかん》していた空気が一変し、リビング一帯は重たい雰囲気に包まれた。

「……そなた、王命を舐《な》めているのか？」

ライルグッドは前傾姿勢《ぜんけい》で目の前の机に肘《ひじ》を置き、顎《あご》を手に乗せてカナタを睨《にら》みつける。

「皇太子である俺が護衛を一人しかつけずに移動している意味を理解していないのか？　この事実を知る者を可能な限り少なくするためだ。リッコに伝えたのは、王都を知らないカナタのためを思ってのことだ。本来であれば、すぐにでも連れ出しているところだぞ？」

「……ご配慮《はいりょ》、感謝いたします。ですが、舐めてなどおりません。私は心ここにあらずの状態で殿下たちに満足していただける結果を出せるとは到底《とうてい》思えないのです。……私は、未熟な職人ですから」

「……それが、そなたの本音か？　違うだろう？」

まるで心の内を見透《みす》かされているような視線に、カナタは上辺だけの言葉では説得は難しいとすぐに理解した。

「……それも本音です。ですが、一番の理由は、私が私を許せないのです」

「そなたが自分を？　どうしてだ？」

「助けてくれた人たちに報《むく》いることのできない人間が、どうして殿下たちの期待に応《こた》えることができるでしょうか。私は、命を救ってもらったワーグスタッド領への恩返しが済むまでは、この地を離れることができないのです」

「鉱山開発、これが最大の恩返しの一つになるのではないか？」

「それは……」

ライルグッドの言葉は、何よりも大きな恩返しになる功績の一つだった。

そのことにはカナタも気づいていたが、あえてそれを口にはしなかった。

気づかれなければワーグスタッド領に残ることができると考えていたからだ。

しかし、ライルグッドははっきりと口にした。最大の恩返しの一つではないのかと。

カナタは何も言い返すことができず、それが一つの答えにもなっていた。

「……一つ、よろしいでしょうか、皇太子殿下」

静かな時間が流れ始めたリビングの中で、スレイグが静かに手を挙げた。

「……構わん、言ってみよ」

「ありがとうございます。……ワーグスタッド領としては、カナタから多くのものを与《あた》えていただきました。恩返しという言葉を彼は口にしていますが、今では私たちが彼に返さなければならないほど多くのものをもらっています」

「……スレイグ様」

心配そうな視線を向けてきたカナタに対して、スレイグはニコリと笑って小さく頷く。

「私から彼に何かを望むということはもうありません。ですが、彼は違う。ロールズ商会との契約もありますし、彼の気持ちの問題もあります」

スレイグは可能な限り、カナタの願いに沿った形で王都へ向かえるよう取り計らおうとしていた。

「だからカナタ・ブレイドの要望を呑《の》んでほしいと、そう言いたいのか？　曲がりなりにも貴族の人間だった男だぞ？」

「その貴族から冷遇され続け、貴族社会の常識すら教えてもらえなかった生活を続けてきたのも事実です」

「……なんだと？」

カナタがブレイド家の人間であることはライルグッドも知っていたが、そこでどのような生活を送っていたのかまではわかっていなかった。

驚きの表情でカナタを見たライルグッドに対して、彼は苦笑を浮かべながら口を開いた。

「……出来損《できそこ》ないと言われて続けて、屋敷から出してもらえる機会もほとんどありませんでした。私の知識は全て、本から得たものです」

「そうだったのか」

「だからこそ、カナタには自分の願いに沿った形で王都へ向かってほしいのです。他人が引いた道筋ではなく、自らが描《えが》いた道筋を進んでほしいのです」

スレイグの言葉に胸が熱くなったカナタは、自然と涙目《なみだめ》になっていた。

「……ワーグスタッド騎士爵からすれば、カナタ・ブレイドは他人であろう。どうしてそこまで肩《かた》入《い》れをするのだ？」

「彼はすでに私たちの子供のようなものです。子を助けるのが、親の務めでございましょう？」

「子供だと？　……ほほう、なるほどなぁ」

ニヤリと笑ったライルグッドがリッコへ視線を向けると、彼女は口を開くことはなかったが僅《わず》かに頬を赤く染めており、それが彼にとっては答えのようなものだ。

カナタ自身は食事の時に口にしてくれたスレイグとアンナの言葉のことだと思っており、リッコの反応には気づいていなかった。

「しかし、これは俺の言葉だが、王命でもある。カナタを王都へ連れていくことは確定事項《じこう》だ」

とはいえ、ライルグッドもライアンからの王命を受けてカナタのことを探していたのだから、諦《あきら》められるはずがない。

「……だが、カナタの境遇については理解した。故に、妥協案《だきょうあん》を出そうじゃないか」

「妥協案、ですか？」

「本来であれば、殿下から妥協案を出すなどあり得ないことです。そのことを胸にしっかりと刻んでおいてください」

ライルグッドからの提案だったが、その言葉を聞いたアルフォンスがやや冷たい声音でカナタへ言い放つ。

「も、申し訳ございません」

「構わん。アル、いい加減にしろ」

「ですが殿下」

「俺が構わんと言っているのだ、信じられないのか？」

「そういうわけではありません。殿下は優《やさ》しすぎるのです」

今度はすぐに引くことはなく、やや強気にライルグッドにも食って掛かっていくアルフォンス。しばらく睨み合いを続けていた二人だったが、最終的にはアルフォンスがため息をつきながら折れてくれた。

「……はぁ。わかりました、殿下」

「当然だ」

「ですが……」

アルフォンスの矛先《ほこさき》はライルグッドからカナタたちへと向いた。

「殿下のお言葉を無下にされるのは護衛騎士として納得いたしかねます。今後も同様の物言いがあれば、殿下が止めたとしても私から物申させていただきますので、そのおつもりで」

キッと睨まれてしまい、カナタたちは背中に大量の汗《あせ》をかいてしまう。

「睨むな、アル。お前は俺のことになると、どうにも熱くなりすぎる」

「あなたが自分の発言の重みを自覚されないからです、ライル様」

「呼び方が二人の時に戻っているぞ」

「……とにかく、お気をつけてください」

二人の関係性が垣間《かいま》見《み》えたやり取りだったが、思わずライル呼びした自分の失言が恥ずかしかったのか、アルフォンスは再びカナタへ視線を向けながらそう言い放った。

「……気をつけます」

「すまんな、カナタ。では、妥協案なのだが……正直なところ、絶対にその通りにできるとは言えん。先ほども言ったが、これは王命であり、最終決定権は陛下が持っている」

陛下という言葉が飛び出したことで、カナタたちはゴクリと唾《つば》を飲みながら耳を傾《かたむ》ける。

「俺から陛下に、カナタがワーグスタッド領で活動しながら協力したいと願い出ていることを伝えておこう。親代わりをワーグスタッド騎士爵がしていることも伝えれば、可能性はゼロではないだろうしな」

「あ、ありがとうございます、殿下！」

「感謝いたします、皇太子殿下」

「礼を言うのはまだ早い。陛下がそれを許さなければ、カナタは王命に従ってもらうこととなる、いいな？」

「はい！」

可能性が出てきたというだけでも、カナタにとっては大きな前進だった。

スレイグもホッと胸を撫で下ろしており、リッコも安堵の思いが顔に出ていた。

「……では、出発は三日後だ。リッコにはカナタの護衛としてついてきてもらうことになるが、構わないな？」

「……えっ？　わ、私ですか？」

突如《とつじょ》として名前を呼ばれたリッコが驚きの声をあげるが、ライルグッドからすれば当然の流れだった。

「カナタを王都へ連れていくのだから、そなたが行かねば誰が護衛をするのだ？　それに、最初に言ったであろう。引き返すことはできないとな」

ライルグッドの発言を思い出したリッコは、ハッとしながらもすぐに表情を引き締め直した。

「……わかりました、殿下」

「大丈夫なのか、リッコ？」

急な王都行きがリッコの予定を大きく狂《くる》わせないか、カナタはそこが気になってしまった。

「最初にも言ったけど、カナタ君をワーグスタッド領に連れてきたのは私だもの、その責任が私にはあるわ」

「無理、してないか？」

「してないわ。なんなら、普通《ふつう》に護衛依頼として紅蓮《ぐれん》の牙《きば》にもお願いしちゃおうかしら」

「オシドさんたちまで巻き込むつもりか？」

「詳しい事情さえ伏《ふ》せておけば大丈夫よ」

それはどうかと思ったカナタは横目でアルフォンスに視線を向ける。

しかし、彼は表情を変えることなく、事情さえ伏せていれば問題ないと言わんばかりの態度を取っていた。

「……あの、スレイグ様？」

「リッコよ、カナタのことを頼《たの》んだぞ」

「任せてちょうだい、お父様」

「ならば決定だな。行くぞ、アル」

「はっ！」

リッコとスレイグの意思が確認できたところで立ち上がったライルグッドは、アルフォンスと共に足早に屋敷をあとにした。

「「「……はあぁぁぁぁぁ～」」」

すると、緊張の糸が切れたのか三人揃って大きく息を吐き出した。

「皇太子殿下って、なんだかものすごい迫力があるお方なんですね」

「いやいや、カナタ君。殿下よりも後ろの護衛騎士！　めっちゃ敵意丸出しだったんだけど！」

「まあ、皇太子殿下の幼馴染《おさななじ》みだからな、あの方は。誰よりも殿下のことを傍《そば》で見てきて、守り抜いてきた方でもあるのだよ」

カナタとリッコが感想を口にしていると、スレイグが補足するかのように説明していく。

「それよりも……カナタ、守ってやれなくて本当に申し訳ない」

そして、カナタが王都へ向かうことになってしまった事実をスレイグは謝罪してきた。

「スレイグ様のせいじゃありません。皇太子殿下の言い回しだと、遅かれ早かれ俺の存在は知られていたでしょうから」

「それにしても、錬金鍛冶の力を探していたって、カナタ君に何をさせるつもりなのかしら？」

鍛冶以外の方法で作品が作られたことが大事だったとライルグッドは口にしている。

しかし、実際にカナタが王都で何をするのか、何をさせられるのか、そこまでは言及《げんきゅう》していない。

まだまだ謎は多く残されているが、王都行きが決定したことだけは間違いなかった。

「……ロールズには事情を説明しないといけないなぁ」

「でも、話しちゃって大丈夫なのかしら？」

「たぶん大丈夫だと思う。だって昨日、皇太子殿下と護衛の二人で俺の作業を見に来てたから」

「そ、それは本当なのか、カナタよ？」

驚きの声で確認してきたスレイグに、カナタは昨日のやり取りについて簡単に説明していく。

ロールズの態度が明らかにおかしかったことも付け加えると、彼女も王族の名前を出されて仕方なかったのではないかと口にした。

「まあ、皇太子殿下が帰られたあと、説明はできないけどごめんって謝られましたし、怒ってはいませんよ。ただ、しばらくは彼女の力になれないなと思って」

「きっと大丈夫よ、カナタ君！　私たちが帰ってくる場所は間違いなく、ここなんだからね！」

一緒に王都へ向かうことが決まってしまったリッコは、快活な笑みを浮かべてそう言い切った。

「リッコは本当によかったのか？　せっかく故郷に戻ってきたのに、いきなり王都なんて」

「冒険者なんて、あっちへ行ったり、こっちへ行ったりするのが普通なんだから問題ないわ」

そう口にしたリッコは立ち上がると、リビングの入り口へ歩き出した。

「どこに行くのだ、リッコ？」

「セアさんたちに護衛依頼を出しにね。上手く事情を伏せないといけないけど、どうしたもんかなぁ～？」

「俺も一緒に行こうか？」

「ううん、大丈夫。カナタ君はロールズちゃんとボルクスさんに説明しなきゃでしょ」

「……それもそうだな」

出発まで三日しかない。

王都へ向かう準備もそうだが、カナタとしてはロールズ商会に迷惑を掛けることだけはしたくないと考えている。

王都の商会との取引がこれで立ち消えになってしまったとなれば、ロールズ商会にとっては大打《だ》撃《げき》となるだろう。

カナタとしてもできる限りのことはしておきたかった。

「それじゃあ行ってくるわね、お父様」

「アンナ様たちによろしくお伝えください」

「気をつけていっておいで、二人とも」

こうして屋敷をあとにしたカナタは、リッコとも途中《とちゅう》で別れてロールズ商会へ向かったのだった。


「――本当に申し訳ありませんでした！」

ロールズ商会に入って早々、ロールズとボルクスからは何故か平身低頭で謝られてしまった。

「ど、どうしたんだ、二人とも？」

店員の目もあったことから、カナタは二人の顔を上げさせると、背中を押して作業部屋へ引っ込んでいく。

しかし、ドアを閉めたところでロールズが再び頭を下げた。

「ほんっとうにごめんなさい、カナタ！」

「いや、だからマジでどうしたんだ？」

顔を合わせていきなり謝られたことで、カナタも何がなんだか理解できていない。

そこでボルクスとロールズが申し訳なさそうに口を開いた。

「アルバ様よりお話を伺いました。皇太子殿下が店舗《てんぽ》に来られていたことは知っていたのですが、まさか視察目的で訪れていたとは……」

「その、王族に口止めされていたとはいえ、カナタに何も説明できなくて……本当にごめん！」

ロールズとしてはすぐにでも事情を説明したかった気持ちはあったものの、今では人を雇《やと》って給料を支払《しはら》っている身である。

吹《ふ》けば消されてしまうような立場の商会長が王族の意に逆らったことがバレてしまえば、商会自体を潰《つぶ》されてしまう可能性もあり、そうなると多くの店員を路頭に迷わせることになる。

ロールズとしても、それだけの危険を冒《おか》すことはできなかった。

「……なんだ、そんなことか」

「そんなことって、相手は王族だよ？　カナタ、大丈夫だったの？」

「大丈夫……だとは言い切れないか。その件でロールズにも話があるんだ」

ちょうどいいタイミングだと、カナタは王都へ行くことになった事情をロールズたちに説明した。

「――というわけで、三日後にここを発《た》たないといけなくなったんだ」

「そんな……三日後って、もうすぐじゃない」

「これは、取引先を絞《しぼ》る必要が出てきたねぇ、ロールズ」

カナタの説明に腕組《うでぐ》みをして考え始めたロールズとボルクス。

しかし、すぐに妙案《みょうあん》が浮かぶはずもなく、ただ唸《うな》り声を漏《も》らすばかりの時間が過ぎていく。

「……俺もギリギリまでは仕事をするつもりだから、その中で取引先をどうするか決めてくれ」

「えっ⁉　カナタ、準備とかで忙しいんじゃないの？」

まさか王都へ向かうことになるカナタがそのままギリギリまで仕事をしてくれるとは思っていなかったロールズは驚きの声をあげたが、彼はニヤリと笑って腕まくりをした。

「どうせ荷物も少ないんだし、この三日間をただボーッと過ごすのも勿体《もったい》ないだろう？」

「……あはは、さすがはカナタだわ」

「本当によろしいのですか、カナタ様？」

「任せてください！　少しだけお暇《いとま》をいただきますが、また戻ってくるつもりなので……ロールズ、潰すなよ？」

やや挑発《ちょうはつ》的にそう口にしたカナタを見て、ロールズはハッとした表情を浮かべたあとに拳《こぶし》をグッと握《にぎ》った。

「……当然よ！　むしろ、カナタが帰ってくる頃《ころ》にはもっと大きくしてみせるわ！」

「どれだけ時間が掛かるかもわかっていないのに、そんな大口を叩いていいのか？」

「任せてちょうだい！」

頼もしいロールズの返事を聞いたカナタは気合いを入れ直し、複製作業へと入っていく。

頭の中はまだまとまっていなかったが、仕事をしていた方が自然と整理もできるだろうと考えての行動でもあった。

――そしてこの日、カナタは過去最高の複製本数を記録して見せたのだった。

◆◇◆◇

王都へ出発するまでの三日間で、カナタはスライナーダで世話になった人たちへの挨拶回りも済ませていた。

職人ギルドのギルドマスターをしているリスティーもその一人なのだが、彼女からは絶対に戻ってくるようにと何度も念を押されてしまった。

「カナタ君は唯一無二《ゆいいつむに》の職人なんですから、絶対にスライナーダへ戻ってきてくださいね！」

「もちろんです、リスティーさん」

「戻ってくるまでは、私がロールズ商会に力を貸すことになったから、安心して仕事を終わらせてきてくださいね」

これが王命だとわかれば説得も忘れて心配の声を掛けてくれるはずだが、リスティーには事実を伏せている。

それが少しばかり心苦しいものの、カナタとしては戻ってくるつもりなのでこれでいいと思うようにしていた。

「何から何までありがとうございます」

「これくらいはお手伝いさせてください。……なのでカナタ君、必ず戻ってきてくださいね！」

最後の最後まで念を押されてから、カナタはギルドビルをあとにした。

今日が出発の日になっており、彼はその足でスライナーダの門の前へと向かっている。

そこには馬に跨《また》がったライルグッドとアルフォンスが待っており、少し離れた場所にリッコと紅蓮の牙が立っていて、その横には彼女らのために用意された馬が停《と》められていた。

「よう！　久しぶりだな！」

「お世話になります、オシドさん、皆《みな》さん」

カナタが挨拶を済ませると、すぐに出発の時間になった。

「準備はいいか？」

馬上の姿が様になっているライルグッドが近づいてきて声を掛けると、カナタは一つ頷いた。

「カナタ君は私とね」

「助かるよ、リッコ」

先にリッコが馬に乗り、手を差し出してくれたので、その手を取る。

グッと力強く引き上げられたカナタは、彼女の後ろに座《すわ》った。

「道中の露払《つゆはら》いは任せておけ！」

「その気合いが空回りしないようにね、オシド」

「よろしくお願いしますね、カナタさん、リッコさん」

「守りは任せておけ」

紅蓮の牙もそれぞれが馬に跨がり、ライルグッドに合図を送る。

「よし、では——出発だ！」

こうしてカナタは、人生初の王都へ向けてスライナーダを出発したのだった。

◆◇◆◇閑話《かんわ》：三人の兄たち①◇◆◇◆

——カナタたちがスライナーダを出発した頃、王都から南の森の中に位置している小さな村、アクゴ。

ここは夢を追い掛《か》けて王都へと向かい敗れた者や、事情があり地元から飛び出してきた者、やむなく地元に戻《もど》れなくなった者など、ちょっと訳アリの人間が集まって作られた村である。

そんなアクゴ村につい先日、三人の若者が流れ着いていた。

彼《かれ》らは鍛冶《かじ》師であり、地元ではかなり有名な三人だったが、それは腕《うで》が立つという意味ではない。

彼らの家庭環境《かんきょう》が有名だったのだ。

「……くそっ！　どうして俺《おれ》たちがこんな村で、こんなことをしなければならないんだ！」

その中の一人、赤髪《あかがみ》の長髪《ちょうはつ》を揺《ゆ》らしながら鎚《つち》を振《ふ》るっていた男性が、苛立《いらだ》ちながら声を荒《あら》らげた。

「そう言うなって、ヨーゼフ兄貴。俺たちがこうしていられるのは、平民として生きているからなんだからよぉ～」

「そ、その通り、だよ」

苛立つヨーゼフに声を掛けたルキアの意見に同意を示したローヤン。

彼らは元ブレイド家の子供たちであり、平民になることを受け入れて一からやり直しを図《はか》っている最中だ。

三人とも元は別々の鍛冶場で働いていたのだが、平民になったことで元ブレイド家の三人には周りの職人から批判が集中した。

それはヤールスの領地経営が領民たちの生活を困窮《こんきゅう》へと追い込《こ》み、その不満が貴族という後ろ盾《だて》を失った子供たちに向けられてしまったからだ。

元ブレイド領に残ることもできた三人だが、結果として住み続けることが困難となり、気づけばアクゴ村に至っていた。

三男のルキア、四男のローヤンはそれなりに平民としての生活を楽しんでいたのだが、ヨーゼフだけはそうもいかなかった。

実のところ、ヨーゼフは次男という立場にありながらも、長男のユセフが次期当主に相応《ふさわ》しくないと常日頃《つねひごろ》から感じており、自分が取って代われないか虎視眈々《こしたんたん》とチャンスを窺《うかが》っていた。

しかし、現実はブレイド家自体が爵位《しゃくい》を剥奪《はくだつ》されてしまい、当主になるどころか平民に落ちてしまった。

平民になることを拒《こば》んだユセフとラミアが鉱山送りになっているので最悪の状況《じょうきょう》というわけではないが、ヨーゼフからすれば思い描《えが》いていた未来予想図から大きく逸脱《いつだつ》した人生になっていた。

「お前たちはいいのか！　ブレイド家の血を引く私たちが平民だなんて！　必死に働いてようやく一日の食事にありつけるかどうかだなんて！」

鎚を手放し、拳《こぶし》を作業台に叩《たた》きつけるヨーゼフ。

その姿を見たルキアとローヤンは顔を見合わせると、軽く首を横に振った。

「んなこと言われても、陛下の決定に逆らうわけにはいかないだろう～」

「さ、逆らえば、僕《ぼく》たちも、鉱山、送り」

「わかっている！　……これも全《すべ》てカナタのせいだ、あいつが変なものを作らなければ！」

親子だからなのか、それともそういう性格なのか。

ヨーゼフもヤールスと同じように、全ての元凶《げんきよう》はカナタにあると考えている。

しかし、彼にはヤールスのような行動力はなく、アクゴ村で恨《うら》み節を口にすることくらいしかできなかった。

「俺たちは自分の分の仕事は終わらせたから、先にあがるぜぇ～」

「お、お疲《つか》れ、様です」

彼の悪態を聞くのに嫌気《いやけ》がさした二人は、先に仕事を終えていたこともあり、そそくさと借り受けている鍛冶場をあとにする。

残されたヨーゼフは怒《いか》りが収まらないのか、何度も、何度も、拳を作業台に叩きつけていた。

「くそっ、くそっ！　くそっ‼」

拳の皮が剥《は》がれ、作業台に血痕《けつこん》が付き始めた時だった。

「──ヨーゼフ・ブレイド様でしょうか？」

「だ、誰《だれ》だ⁉」

ヨーゼフたちはアクゴ村にやってきた時、すでにブレイドの家名を捨てている。

だからこそブレイドと呼ばれた彼は驚《おどろ》きの声と共に勢いよく振り向いた。

「驚かせてしまい申し訳ございません。私、流れの商人をしている者でございます」

「流れの商人だと？　……その流れが、どうして私のことを知っている？」

当然の疑問を口にしながら警戒《けいかい》を強めたヨーゼフだったが、黒いフードを目深《まぶか》にかぶった商人は気にすることなく鍛冶場の中に入ってくると、彼が作った作品を手に取り口を開く。

「……素晴《すば》らしい出来ではありませんか」

「……ふん、お世辞を言われたところで」

「お世辞だなんて！　私は本音を口にしているだけですよ」

にこやかな笑《え》みを浮《う》かべながらそう口にした商人は、数本の作品を手に取るとヨーゼフの前まで移動してお金が大量に入った袋《ふくろ》をドンと作業台に置いた。

「これらの作品を、この金額でいかがでしょうか？」

何を企《たくら》んでいるのかわからない行動に警戒していたヨーゼフだったが、袋の紐《ひも》が緩《ゆる》んでいたのか僅《わず》かに開いた口から大量の金貨がチラリと見えると目を見開いた。

「……こ、こんなに？」

「ヨーゼフ様の作品には、これくらいの価値はあると私は見ています」

「ふざけるな！　自分の作品の価値くらい、自分がよくわかっている！　それを、こんな額……」

「おや、足りませんか？　であれば……こちらはいかがでしょうか？」

足りていないわけがない。それはヨーゼフが一番理解している。

それでも彼は商人がいったい何を取り出すのか、それが気になってしまい口を噤《つぐ》んでしまう。

「こちらは別大陸より仕入れた貴重な壺《つぼ》でございます」

「……壺だと？」

しかし、取り出されたのがただの壺だとわかったヨーゼフは見た目にもわかりやすいくらいにがっかりしてしまう。

「お金の方がよいとは思いますが、今の私の手持ちはこちらが全てでございまして……ですが、こちらの壺は特別な代物《しろもの》なのですよ」

「……どういうことだ？」

「一度、ジーっと見つめていていただいてもよろしいでしょうか？」

「壺を眺《なが》めたところで何も起きんだろう」

「まあまあ、ヨーゼフ様。気持ちが楽になりますよ」

「気持ちが楽にだと？　まさか、そんなことがあるわけ……ない……」

商人の言葉を全く信じていなかったヨーゼフだったが、不思議なもので壺を見つめ続けてから数秒後には目が離《はな》せなくなり、すぐに言葉を失ってしまう。

しかし、これは気持ちが楽になっているわけではなく、彼の瞳《ひとみ》からは光が消え、ただボーッと壺を眺めているだけの置物と化していた。

「……くくくっ、上手《うま》くいったぞ」

にこやかな笑みを浮かべていた先ほどとは打って変わり、商人の表情は怒りに歪《ゆが》んでいた。

「まずは貴様から殺してやる。今に見ていろ——カナタ・ブレイド！」

商人はカナタの名前を呟《つぶや》きながら鍛冶場をあとにすると、その場には置物と化したヨーゼフと、その目の前には謎《なぞ》の壺が残されていた。

壺の中からは微《かす》かに紫《むらさきいろ》色の煙《けむり》が噴《ふ》き出しているように見えたが、今のヨーゼフには関係のないことだった。

◆◇◆◇第一〇章：いざ、王都へ◇◆◇◆

王都までの道のりは二週間にも及《およ》んだ。

道中では野営をすることも少なくなかったが、王族であるはずのライルグッドは慣れた様子でアルフォンスと共に準備を行っている。

二人の正体を知らない紅蓮《ぐれん》の牙《きば》だったが、身なりや行動から高貴な人物だろうということは予想しており、そんな人たちが野営慣れしているというのは驚《おどろ》き以外の何ものでもなかった。

「あの二人、マジで何者なんだ？」

「はーい、詮索《せんさく》しない約束でしょ、オシドさーん」

思わずといった感じで呟《つぶや》いたオシドに対して、リッコが注意するような口調で告げる。

「おっと、すまん」

「もう！　オシドはすぐに口を滑《すべ》らせるんだから！」

「いや、だがなぁ……お前も気になるだろ、セア？」

「秘匿《ひとく》義務だ、オシド」

「そうですよ、オシドさん」

紅蓮の牙も野営の準備をしていたのだが、こちらは無駄口《むだぐち》が多いのかなかなか進んでいない。

無駄口が多いのはオシドだけなのだが、そのせいで他の面々の手も止まってしまっている。

しかし、仲間を作ろうと思っていたオシドの言葉には全員が否定的な言葉を返し、彼《かれ》はいじけた様子でテントを立て始めた。

「本当にごめんね、リッコちゃん」

「オシドさんの性格も織り込《こ》み済みでお願いしたんですから、気にしていませんよ」

「それなら教えてくれてもいいだろう？　それにライルさんの方はどっかで見たことが――」

「オ～シ～ド～？」

セアにジト目を向けられてしまい、今度こそオシドは諦《あきら》めた。

「しっかし、あの二人さぁ。どっちも強いよねぇ」

「それは私もびっくりした。銀髪《ぎんぱつ》のアルさんが強いのはなんとなくわかっていたけど、まさかライルさんまで強いとは」

「リッコちゃんも知らなかったの？」

「はい。あっちの方は単に護衛されるだけの人だと思っていたので」

カナタたちはライルグッドとアルフォンスのことを愛称《あいしょう》で呼んでいる。

これはライルグッドが決めたことで、皇太子殿下《でんか》は当然ながら、彼の名前はアールウェイ王国では広く知れ渡《わた》っている。

彼自身の露出《ろしゅつ》も多いのだが、それは貴族の前や王都内での話だ。

王都を拠点《きょてん》にしている冒険者《ぼうけんしゃ》であればいざ知らず、拠点を持たず常に依頼《いらい》を受けて移動している紅蓮の牙では、『見たことはあるが誰《だれ》かわからない』という感想をライルグッドに抱《いだ》いていた。

故《ゆえ》に、名前から身元がバレないようにと、道中では愛称で呼び合うことにしたのだ。

「最初はどうなることかと思いましたけどね」

「うむ。まさか、護衛対象から魔獣《まじゅう》と戦わせろと言ってきたのだからな」

基本的な露払《つゆはら》いは紅蓮の牙が行っていたのだが、暇《ひま》を持て余していたのか急にライルグッドが魔獣と戦いたいと口にしたのだ。

この言葉に一番驚いたのはアルフォンスである。

彼は絶対にダメだと頑《かたく》なな姿勢を見せていたが、アルフォンスを無視して前に出ていった時には頭を抱《かか》えながら一緒《いっしょ》に魔獣狩《が》りを決行した。

まさかの展開に紅蓮の牙は唖然《あぜん》としていたが、戦い慣れていた二人の動きを見てすぐに感嘆《かんたん》の声を漏《も》らしていた。

「そんな中、カナタ君はと言えば……」

オシドとドルンがテントを組み立てている横の芝生《しばふ》、そちらへ視線を向けたリッコが見たものは、息を切らせて倒《たお》れているカナタの姿だった。

「大丈夫《だいじょうぶ》かしらー、カナタくーん？」

「はぁ、はぁ、はぁ、はぁ……全然……大丈夫……じゃ、ない！」

肩《かた》で息をしながら言葉を発したが、最終的には体をガバッと起こしながら語気強めで言い放つ。

カナタの手には自作の短剣《たんけん》が握《にぎ》られており、彼の姿を見たオシドがニヤリと笑った。

「初心者にしては振《ふ》れている方だと思うぞ」

カナタは王都までの道中、オシドに師事して剣を習うことにした。

というのも、同行者の中で自分だけが非戦闘員《せんとう》だということが悔《くや》しく、また魔獣との戦闘を何度も目の当《ま》たりにしたことで、少しでも自衛ができるようにならなければという思いに駆《か》られたのだ。

昼休憩《きゅうけい》の前と野営の前の二回、カナタはオシドの指導を受け、こうして毎回倒れていた。

「とはいえ、訓練も今日で終わりだけどなぁ」

「ありがとうございました、オシドさん」

予定では明日、王都へ到着《とうちゃく》することになっている。

道程自体は順調に消化できており、イレギュラーも起きていない。

紅蓮の牙からすると拍子抜《ひょうしぬ》けの護衛依頼になってしまったが、それ以上に得るものがあった依頼でもあった。

「よし、準備完了《かんりょう》！　おーい、アルさーん！　最後の一戦、やろうぜー！」

カナタへの指導で疲《つか》れているはずのオシドだが、そのような素振《そぶ》りは一切《いっさい》見せずにアルフォンスの方へと駆け出した。

実はこの二人、オシドから声を掛《か》けて野営の前に一戦、模擬《もぎ》戦を繰《く》り返している。

最初こそ嫌々《いやいや》な感じで受けていたアルフォンスだったが、一戦交えたあとからはオシドの実力を認めたのか、毎日の日課のようになっていた。

「これが最後です。一本、取れたらいいですね」

「一本どころか、まだ一撃《いちげき》も与《あた》えられていないんだよなー」

「惜《お》しいところまでは来ているのです、期待していますよ」

そう口にしながらアルフォンスが直剣を抜《ぬ》くと、周囲の空気が一段下がったように感じられる。

オシドもその空気を感じ取ったのか、小さく息を吐《は》きながら直剣と小盾《こだて》を構えた。

「先手はいつも通りお譲《ゆず》りいたします」

「ありがてぇ。そんじゃまあ――いくぜ！」

地面を蹴《け》りつけてまっすぐに駆け出したオシドは、小盾を正面に突《つ》き出す。

シールドバッシュかのように見えた突進《とつしん》だが、オシドは奇襲《きしゅう》を考えていた。

「はっ！」

迫《せま》ってくる小盾めがけて直剣を振り抜いたアルフォンスだったが、乾《かわ》いた音が響《ひび》くだけで手応《てごた》えはない。

「目くらましですか！」

「取った！」

アルフォンスの側面をついたオシドの鋭《するど》い刺突《しとつ》。

しかし、アルフォンスの実力は剣技だけではなかった。

――ガキンッ！

周囲の空気が一段下がったように感じられたのは気のせいではない。

アルフォンスから漏れ出ていた氷の魔力《まりょく》が周囲の温度を下げており、オシドの刺突を防いだのは一瞬《いっしゅん》にして顕現《けんげん》した氷の壁《かべ》だった。

「マジかよ！」

「惜しかったですね！」

「うおっ⁉」

オシドの刺突を防いだ氷の壁だったが、アルフォンスの攻撃《こうげき》には一切の抵抗《ていこう》なく簡単に貫《つらぬ》かれてしまう。

氷の壁から飛び出してきた直剣の切っ先がオシドの目の前で寸止めされ、勝負は決した。

「……だぁーっ！　まーた負けたー！　完敗だ、完敗！」

「いえ、なかなか危なかったですよ。魔法《まほう》を使わされたのも久しぶりでしたしね」

お互《たが》いに直剣を鞘《さや》に収めながら、悔しそうにしているオシドにアルフォンスが声を掛ける。

「これからも精進《しょうじん》してくださいね、オシドさん」

「今度会う時には絶対に一撃入れてやるぜ！」

最後に拳《こぶし》と拳をぶつけ合い、夕食ののち休むことになった。

明日には王都へ到着する。

カナタにとって日常になり始めていた日常が終わりを迎《むか》え、新しい日々が始まろうとしている。

王都ではいったい何が待っているのか、そして錬金鍛冶《れんきんかじ》の力を何故《なぜ》王族が求めているのか。

その全《すべ》てがわかった時、カナタは自分が何を考え、どのように行動するべきなのかを思案することになるだろう。

（……だけど、俺《おれ》に錬金鍛冶の力が目覚めた理由、この力の使い道が、何かわかるかもしれない）

今はまだわからない錬金鍛冶という力の根本を知ることができるかもしれないという思いが、カナタが王都へ向かう理由の一つになっていた。

（……寝《ね》よう。そして、明日に備えるんだ）

テントの中で寝袋《ねぶくろ》に入りながら、カナタはゆっくりと眠《ねむ》りについたのだった。

◆◇◆◇

——そして、翌日。

朝から出発したカナタたちは、昼を少し過ぎた時間で王都へ到着した。

今まで見てきた中でも格段に高く、分厚い外壁《がいへき》が都市を囲んでおり、その中央には白を基調とした美しい王城がそびえ立っている。

東西南北に王都へ入る門があるのだが、その全てに多くの人や馬車が並んでおり、中に入るのにも時間が掛かる状況《じようきよう》になっていた。

「王都はこれがあるから面倒《めんどう》なんだよなぁ」

先頭で文句を漏らすオシドだったが、今回はライルグッドたちが一緒ということもあり、行列に並ぶ必要はなかった。

「ご安心ください。こちらへどうぞ」

最後尾《さいこうび》に並ぼうとしていたオシドにアルフォンスが声を掛けると、別の入り口へと向かって馬を歩かせる。

東西南北にある一般《いつぱん》の門とは異なり、その間には王侯貴族《おうこうきぞく》のみが利用できる門が存在している。

警備は一般の門に比べて厳重になっている——はずなのだが、アルフォンスが門番に声を掛けると一切のチェックを受けることなく、紅蓮の牙も含《ふく》めてすぐに中へ入れてくれた。

「……いったい、どうなっていやがるんだ？」

連れているのが皇太子殿下なので当然なのだが、その事実を知らないオシドからすれば困惑《こんわく》は仕方のないことだろう。

とはいえ、中に入れたのだから彼らの依頼は完了である。

「そんじゃあ、俺たちは冒険者ギルドに依頼完了を申請《しんせい》してくるぜ」

「ここまでありがとう、オシドさん」

「いんや、俺も楽しめたし、他の奴《やつ》らもそうじゃねえかな」

依頼主《いらいぬし》であるリッコがお礼を口にすると、オシドはセアたちに視線を向ける。

彼女《かのじょ》たちも大きく頷《うなず》き、そして門の前で別れた。

「オシドさんたちは、このあとどうするんだ？」

「しばらくは王都の依頼を受けるんだって。タイミングが合えば、私たちの帰りの護衛も依頼できるんだけどねー」

しかし、こればかりはカナタたちがどうこうできる問題ではない。

陛下からどのような言葉を受け取ることになるのか、そして何を求められているのか。内容によってはすぐにワーグスタッド領に戻《もど》れない可能性だってあるのだ。

「行くぞ、カナタ、リッコ」

そこへライルグッドが声を掛けてきた。

「あっ……はい、わかりました」

「あまり深刻に考えるな。俺もカナタの願いが叶《かな》えられるよう、陛下へ進言してやるから」

「……ありがとうございます、殿下」

期待と不安がない交ぜになったような感情のまま、カナタは王城を目指したのだった。

貴族門から王城までは一直線の幅広《はばひろ》い通りを進むだけだった。

左右には王城と同じ白を基調とした建物が並んでおり、貴族向けの商品を扱う店舗《てんぽ》が軒《のき》を連ねている。

平民になったカナタからすると自分とは無縁だと思っていた通りを進みながら、この場が全く別の空間なのではないかと錯覚《さっかく》してしまうほど美しい街並みを眺めていた。

「王都の平民街も、ここまでとは言いませんが美しい街並みですよ」

「そうなんですね」

「でもさぁ。アルフォンス様、最初に比べてだいぶあたりが柔《やわ》らかくなりましたよねー」

カナタがワーグスタッド領に残りたいと話した最初の出会いの時、アルフォンスはライルグッドの後ろに立ち、威圧《いあつ》を放つほどだった。

それが今ではライルグッドだけではなく、カナタやリッコに対しても柔らかな話し方をするようになっていた。

「あの時は殿下をお守りする使命がありましたし、お二方の人となりもわかりませんでしたから」

「ものすごい威圧を放っていたもんねー」

「本当に怖《こわ》かったですね、あの時のアルフォンス様は」

「申し訳ございません」

「おいおい、お前ら。アルを苛《いじ》めてやるな。こいつは、こいつの仕事を全《まっと》うしていただけなんだ」

そこへライルグッドが助け舟《ぶね》を出すと、カナタとリッコが顔を見合わせて軽く笑った。

「わかっています、殿下」

「アルフォンス様、本当に良い人ですもんねー。殿下もこれくらい優《やさ》しくなってもらわないと」

「……リッコは俺に気安く接し過ぎじゃないか？」

「殿下がそれをお許しになったんですからねー」

元々がお堅《かた》い態度を嫌《きら》うライルグッドは、紅蓮の牙に身分を隠《かく》すため愛称呼びを許していたが、それに加えて気安い態度で接することを許していた。

最初こそ緊張《きんちょう》が解けないカナタだったが、リッコは許しを得た途端《とたん》から気安く話し掛け、それを見たライルグッドも楽しそうに会話をしていたのだ。

「あれ、いいんですか、アルフォンス様？」

「殿下は自分で口にしたことを曲げる方ではありませんので、公的な場でなければまあ、仕方ありません」

やや諦め気味のアルフォンスに同情しつつ、カナタたちは王城の前に到着した。

王城の周囲には、王都を囲う外壁と同じ高さ、分厚さの壁が築かれている。

門の前まで大きな溝《みぞ》が掘《ほ》られており、跳《は》ね橋を下ろさなければ届かないようになっている。

それだけ厳重に警備されている王城へと続く門までの道のりなのだが――ここでもライルグッドがいるからという理由であっさりと跳ね橋が下ろされ、門が開かれた。

「すぐに謁見《えつけん》という流れになるだろう。二人とも、気持ちの準備をしておいてくれ」

「でも、陛下との謁見ですよね？　そんな簡単にできるものなんですか？」

「普通《ふつう》は無理です。ですが、今回は王命を受けている殿下からの謁見申請ですので、陛下も即座《そくざ》に対応してくださるかと」

リッコの疑問にアルフォンスが答えている間も、ライルグッドはずんずんと真っ赤な絨毯《じゅうたん》が敷《し》かれた広く高い廊下《ろうか》を突き進んでいく。

しばらく進むと巨大《きょだい》で豪奢《ごうしゃ》な扉《とびら》の前に到着し、その向かいの部屋へ案内された。

「こちらでしばらくお待ちください」

アルフォンスがそう伝えると、ライルグッドと共に部屋をあとにする。

残されたカナタとリッコがふかふかのソファに腰《こし》掛《か》けて待っていると、すぐにアルフォンスが顔を見せた。

「お待たせいたしました、参りましょう」

「あら、ふかふかのソファだったのに、残念だわ」

「あまり経験できない気持ちよさだったな」

「王都でも指折りの職人が作り上げたソファです。ご実家にお送りいたしましょうか？」

「いえ、止《や》めておきます。……そんなお金、支払《しはら》えそうもありませんし」

鉱山開発が進んでからは貧乏《びんぼう》貴族ではなくなったはずのワーグスタッド家だが、それでも長い間質素な生活を送ってきたリッコにとって、すぐに決断できるようなことではなかった。

「ご購入《こうにゅう》をお考えになる時にはいつでも声を掛けてください。では、向かいましょう」

アルフォンスがニコリと笑ってそう告げると、そのまま退出を促《うなが》されたのでソファから立ち上がり部屋を出る。

豪奢な扉の前にはすでにライルグッドが立っており、カナタたちを目にすると親指で自らの背後に並ぶよう合図を送る。

「では、行くぞ」

ライルグッドのすぐ後ろにアルフォンスがつき、彼の背後にカナタとリッコが並ぶ。

「――ライルグッド・アールウェイ！　アルフォンス・グレイルード！　リッコ・ワーグスタッド！　カナタ！　ご入場！」

巨大な扉の前に立っていた騎士《きし》が声を張り上げると、次第《しだい》に扉が開かれていく。

カナタだけではなく、リッコも陛下との謁見は初めてであり、緊張を隠せない。

「陛下は温厚《おんこう》な方だ。あまりにも酷《ひど》い態度でなければ大概《たいがい》は許してくれるだろう」

「……その酷い態度の範囲《はんい》が、俺にはわからないんですが」

「まあ、なんとかなるだろう」

「……ライル様の答えは、答えになってないんですよね！」

「殿下、お二方、すぐに入場しますよ」

緊張をほぐそうとしたライルグッドの言葉だったが、それに対してカナタから疑問の声があがると、その答えを聞いたリッコが抗議《こうぎ》する。

しかし、すぐに扉が完全に開かれたこともあり、アルフォンスが口を挟んでやり取りは強制終了《しゅうりょう》となった。

結局のところ、どうしたらいいのかはわからず、カナタたちは緊張したまま巨大な扉を抜け、謁見をする王の間へ足を踏《ふ》み入れる。

王の間は広大な空間になっており、奥《おく》の壁際《かべぎわ》に向かうにつれてだんだんと高くなっていく。

最も高くなった場所には豪奢な椅子《いす》があり、そこには王冠《おうかん》を戴《いただ》いた偉丈夫《いじょうふ》の男性が腰掛けていた。

「お久しぶりでございます、ライアン・アールウェイ陛下」

先頭を進んでいたライルグッドがそう口にして片膝《かたひざ》を床《ゆか》につくと、それに続いてアルフォンス、最後にカナタとリッコが膝をついた。

「よい。顔を上げよ」

「はっ！」

重く、太いライアンの声が響くと、ライルグッドが返事をして立ち上がる。

「アルフォンスとそちらの二人も顔を上げるのだ」

「はっ！」

「「は、はっ！」」

アルフォンスに続いてカナタとリッコが返事をすると、二人は恐《おそ》る恐る立ち上がった。

「ライルグッド、そしてアルフォンスよ、大儀《たいぎ》であったぞ」

「いえ、むしろ時間が掛かってしまったこと、申し訳ございません」

「よい。して、そちらがカナタ・ブレイドであるか？」

簡単なやり取りを終えたライアンは、その視線をカナタへ向ける。

「は、はい！　元ブレイド伯爵《はくしやく》の五男でした、カナタと申します、陛下！」

「そう緊張しなくてもよいぞ。して、そちらのお嬢《じよう》さんがワーグスタッド騎士爵《しやく》の？」

「はい、陛下。ワーグスタッド騎士爵の長女、リッコ・ワーグスタッドでございます」

ライアンはリッコにも声を掛け、彼女も優雅《ゆうが》な動きで挨拶《あいさつ》を交《か》わした。

「鉱山開発の件も報告を受けている。大儀であったな」

「ありがたき幸せ。そのお言葉、ワーグスタッド騎士爵にも申し伝えたいと存じます」

「よろしく頼《たの》む」

ひとまずはこの場にいる全員に声を掛けたライアンは、居住まいを正してから改めて口を開く。

「では、本題に入るとしよう」

その言葉にカナタは姿勢を正し、何が語られるのか意識を集中させて耳を傾《かたむ》けた。

「……カナタ・ブレイド。鍛冶とは異なる方法で武具を作れると聞いたが、それは真《まこと》か？」

「は、はい。何か鉱石がございましたら、この場ですぐにお見せすることも可能です」

「そうか！　アルフォンスよ、国庫へ向かい精錬《せいれん》鉄を持ってまいれ！」

「はっ！」

ライアンが指示を出すと、アルフォンスは即座に動き出す。

王の間を飛び出してから数分後、五つの精錬鉄を抱えて戻ってきた。

「カナタ様、複製を三本と、今作れる最高の一本をお願いできますでしょうか？」

精錬鉄を手渡《てわた》しながらのアルフォンスの言葉に、カナタは念のためライアンへ視線を向ける。

すると、ライアンは無言のまま大きく頷き、問題ないとわかったカナタは集中力を高めるため一度大きく息を吐き出す。

「……ではまず、三本の複製を作製します」

精錬鉄で過去に作ったことのある一本をイメージし、それをライアンの目の前で複製していく。

視察の時に一度目の当たりにしたライルグッドとアルフォンスは感心したように見ていたが、ライアンは目を見開いて三本の複製が完成していく様子を見つめ続けている。

そして、全く同じ規格の三本が完成すると、それをアルフォンスが受け取りライアンへ献上《けんじょう》した。

「……これは、素晴《すば》らしい力であるなぁ」

「一度作製した作品であれば、魔力が続く限り何度でも複製することが可能です」

「そうか！　……だが、大事なのは次の一本だな」

「次の、一本……」

アルフォンスの提案は複製を三本と、今作れる最高の一本である。

つまり、ライアンが求めているのはカナタが作れる最高の一本だということだ。

一国の王であるライアンを満足させられる一本が作れるのかどうか、カナタの緊張はピークに達しようとしていた。

「そこまで気負うでないぞ、カナタ・ブレイドよ」

「えっ？」

「等級の高い武具を作り出せるのであれば、それに越《こ》したことはない。しかし、我が求めるはそれだけにあらず」

「……わかりました」

気になることは多い。

しかし、カナタからライアンに質問を口にするには立場が違《ちが》い過ぎた。

今のカナタにできること、それは今作れる最高の一本を作り上げてライアンへ献上すること、それだけなのだ。

「……では、作ります」

全身全霊《ぜんれい》を込めた作品を作る。

とはいえ、ただ作るだけでは最高の一本などできないとカナタは感覚的に理解していた。

ならばどのようにして作り上げるのか。

（……陛下に献上するための武具を作るんだから、陛下に合わせて作るべきだろう）

錬金鍛冶という力を持っているとはいえ、カナタは一介《いっかい》の職人であることに変わりない。

そんな自分がライアンのために武具を作ることが不敬に当たらないのか不安ではあったが、彼が望むものを作るのであればそうするしかないので、カナタは意を決して作品のイメージを固めていった。

（複製で作ったような規格じゃあ、陛下の体格には合わないだろう。手元にある精錬鉄は二つだし、掛け合わせて一本の大剣にする感じだな）

過去に大剣を作ったのは、セアへのセミオーダーメイド作品が最高で六等級の中位。

全作品の中ではリッコに贈《おく》った五等級の下位が最高になっており、カナタはそれを超《こ》える作品を目標にすることにした。

（陛下の体格に合わせた最高の一本……よし、やるか！）

イメージは固まった。

深呼吸を一度挟み、カナタは精錬鉄を床に置いて手をかざす。

複製の時と同じように精錬鉄から光が放たれたのだが、その光量が先ほどとは桁違《けたちが》いに強《つよ》かった。

これだけの光量はライルグッドとアルフォンスも見たことがなく、カナタ以外の全員が目を腕《うで》で覆《おお》った。

「な、何が起きているのだ！」

「ご安心ください、陛下！　これがカナタ君の、錬金鍛冶の真骨頂なのです！」

唯一《ゆいいつ》、強い光量から出来上がった作品を見たことがあるリッコがそう叫《さけ》ぶと、以降は誰も口を開くことなく、光が収まるのを今か、今かと待ちわびる。

どれだけ光が放たれ続けただろうか。

カナタの額には大粒《おおつぶ》の汗《あせ》が浮《う》かび上がっているが、それを拭《ぬぐ》うような仕草は見せず、集中を切らすことなく手をかざし続けている。

それからしばらくして――光は徐々《じょじょ》に収まっていった。

「……見えるな」

ライアンがそう口にすると、ライルグッドもゆっくりと目を開いていく。

アルフォンスに至っては警備上の問題もあってか、自然と腰《こし》に提《さ》げた直剣の柄《つか》に手が伸《の》びている。

そんなこととはつゆ知らず、カナタは渾身《こんしん》の一本を作り上げた達成感と疲労《ひろう》感がない交ぜとなり、その体をふらつかせた。

「カナタ君」

そこへリッコの手が伸び、彼の肩を後ろから優しく支えた。

「あっ……助かる、リッコ」

「最高の一本、できたんじゃないの？」

「……あぁ。今の俺にできる、最高の一本だと思う」

上手《うま》く足に力が入らず、リッコに支えられながらではあるが、力強く頷いた。

「アルフォンス様、こちらを陛下にお願いできますか？」

「待て、アル。……俺から陛下にお渡しする」

「かしこまりました、殿下」

あまりに美しい一本が出来上がったことで、ライアンへ手渡す栄誉《えいよ》を自らが賜《たまわ》りたいと願ったライルグッドがそう口にする。

アルフォンスも無言で頷いて一歩下がると、床に置かれた大剣を手にライルグッドがライアンが待つ玉座へ一段ずつ上がっていった。

「どうぞ、陛下」

「うむ」

逞《たくま》しい腕を伸ばして柄を握ったライアンは、背丈《せたけ》ほどもある大剣を片手で縦に持ち上げた。

「……なんと美しい大剣であろうか」

王の間の照明が剣身に反射することで光が広がり、見る者の視界を美しく照らしていく。

諸刃《もろは》の大剣は中心から左右対称《たいしょう》の模様が刻まれているのだが、それがまるで炎《ほのお》が上昇《じょうしょう》していくような力強さを物語っていた。

「これは、四等級上位……いや、三等級下位に迫るほどの作品であるな」

「おそらく、四等級上位の作品になるかと思います」

ライアンの言葉を受けて、カナタは作り上げた作品の等級に言及《げんきゅう》した。

「精錬鉄で作ることのできる最高等級が確か、四等級だったはずですから」

「そうか……ならば、三等級に限りなく近い四等級上位、といったところだな」

大剣を眺《なが》めながらそう口にしていたライアンだったが、それをライルグッドへ返すと肘掛《ひじか》けに手を置き、力強く立ち上がった。

「して、カナタよ。体調はどうだ？　苦しくないか？」

「申し訳ございません、陛下。魔力を大量に消費したせいか、体に力が入らない状態でして」

「アルフォンスよ」

「用意しております、陛下」

いつの間にと言いたくなるくらいの速さで、アルフォンスは指示される前から椅子を用意していた。

「これから本題に入るのだが、カナタは座《すわ》って聞いてほしい」

「そ、そんな！　陛下の前で座ったまま話を聞くだなんて！」

「我がよいと言っているのだから、よいのだ」

さらにライアンから座るように促されては、不敬だとわかっていてもカナタは断るわけにはいかなかった。

「……そ、それでは、お言葉に甘《あま》えさせていただきます、陛下」

「うむ」

リッコに支えられながらアルフォンスが用意してくれた椅子に腰掛けると、ライアンは再び玉座に戻っていく。

大剣はライルグッドからアルフォンスへと渡り、そのままライアンが口を開いた。

「カナタの力は、我らが求めていたものに間違《まちが》いない」

満足げにアルフォンスが持つ大剣に視線を向けながらそう口にすると、次いでカナタを見た。

「カナタ・ブレイド……いいや、カナタよ。我らに力を貸してくれないか?」

「陛下に力をお貸しすること、この上なく光栄でございます。ですが……私はいったい何をすればよいのでしょうか? それに、陛下はこの力……錬金鍛冶について、何かご存じなのでしょうか?」

力を手にしたカナタですら、錬金鍛冶というものがどうして自分に目覚めたのかわかっていない。

そんな力を王族が求めたということで、彼はライアンが何か知っているのではないかと考えていた。

「……『魔王《まおう》の目覚めが近づく時、神の力を宿した生産職が現れて地上人に武具をもたらしてくれるだろう』という伝承が、我ら王族には伝わっておる」

「……神の力を宿した、生産職? それが、錬金鍛冶だということでしょうか?」

「我はそう考えておる。事実、ブレイド家の初代が勇者の剣を作ったという事実は御伽噺《おとぎばなし》にもなって伝わっておるが、それがカナタの持つ錬金鍛冶に似た力だった、ということまでは伝わっておらなんだ」

「錬金鍛冶が、勇者の剣を作った力?」

魔力を使い過ぎて疲れているということもあるかもしれないが、話が壮大《そうだい》になり過ぎて今のカナタでは思考が全く追いつかない。

(魔王の目覚め? 神の力? 勇者の剣? ……ダメだ、疲れて頭が回らない)

そんなカナタに気づいたのか、ライアンはここで一度言葉を切ると、ゆっくりと口を開いた。

「……今日はここまでにしておこう」

「えっ？」

「情報を整理する時間が必要、ではないか？」

「……そう、かもしれません」

カナタも自分の状態を理解しており、これ以上はただ時間を無駄《むだ》にするだけだとライアンの提案を受け入れた。

「別室にてしばし休め。城に部屋を用意させることもできるが……どうするかな？」

「いえ、護衛の冒険者の方と同じ宿を取っていますので、私たちはそちらへ向かおうと思います」

「わかった。ではまた明日、登城してくれるか？」

「かしこまりました、陛下」

ライアンとのやり取りを全てリッコが対応し、カナタは彼女の手を借りて王の間をあとにした。

最初に待機していた向かいの部屋でしばらく休んだあと、カナタとリッコは王城を出た。

一人で歩けるまでは回復しており、少しずつ頭の中もスッキリしていた。

「……リッコ。さっきの話、どう思う？」

「魔王だか、勇者だかの話でしょ？　正直なところ、あんまり実感は湧《わ》かないかなぁ」

「だよなぁ」

自分のことであるにもかかわらず、やはり事が壮大過ぎて自覚を得ることができない。

そもそも、魔王の存在は御伽噺でしか聞いたことがないし、それを聞いて現実と結びつけること自体が難しかった。

「でも、陛下がわざわざ俺たちを呼び出して冗談《じょうだん》を言うはずもないしなぁ」

「ということはやっぱり、本当に魔王の目覚めが近づいているってことなの？」

頭の中はスッキリしている。だからといって、魔王の目覚めという現実離《げんじつばな》れした話をすぐに信じられるかと聞かれると、それはまた別の話なのだ。

「っていうかさぁ、陛下も陛下で王命だと言ってカナタ君を従わせることもできるわけでしょ？　どうしてそれをしないのかなぁ？」

「言われてみると確かにそうだな。魔王なんて存在がかかわっていることだ、王命で従わせるのが普通な気もするんだが」

わからないことが多すぎる。

二人は考えることを一度放棄《ほうき》すると、その足で冒険者ギルドへ向かった。

魔王の復活、という現実離れした話ではなく、何かしらそれに起因した出来事が起きていないかを調べてみることにしたのだ。

「情報を集めるなら、冒険者ギルドが早いからね」

「冒険者のリッコが考えつきそうな情報源だな」

「貴族には貴族の、冒険者には冒険者の、他にもそれぞれの情報源ってのがあるからね」

そうして足を運んだ冒険者ギルドだったが、そこはリッコが予想していた以上に殺伐《さつばつ》とした雰囲《ふんい》気《き》が充満《じゅうまん》していた。

「……何かあったのかしら？」

そう口にしながら周囲に視線を向けると、リッコは目的の人物たちを見つけて声を掛けた。

「セアさん！」

「リッコちゃん！」

紅蓮の牙を見つけたリッコが歩き出し、それにカナタも続く。

冒険者ギルドの壁際で合流したカナタたちは、そこで情報交換《こうかん》をすることになった。

「この空気、何かあったんですか？」

「いや、今の時点で何かあったわけじゃないみたいだ」

「今の時点で？　これから何かあるってことですか？」

歯切れの悪い言い回しに、リッコがさらに質問を口にする。

「ここ最近、魔獣の活発化が確認《かくにん》されているらしいのよ」

「通常の魔獣よりも強い個体、強化種の姿も頻繁《ひんぱん》に確認されているらしい」

「強化種が、王都周辺で？」

強化種と聞いたリッコの表情が一気に曇《くも》る。

「リッコ、強化種って？」

この中でカナタだけが強化種という言葉を知らず、確認のために声を掛ける。

それに答えてくれたのは、ドルンとエリンだった。

「強化種というのは、通常の個体よりも倍以上の強さを持った魔獣のことだ」

「進化の条件はわかっていないのですが、長年生きていたのか、共食いを繰り返してきたのか、魔獣研究者の中でも意見が分かれているようです」

「でも、そんな個体が王都の近くに現れるものなんですか？」

「それがおかしいのよねー」

カナタの言葉にリッコが反応を示す。

「王都の魔獣はある程度把握《はあく》しているつもりだったが、さすがに強化種は予想外だったぜ」

「オシド、危《あや》うくやられるところだったもんね」

「う、うるせえな！　やられなかったからいいんだよ！」

王都には数回足を運んだことのあった紅蓮の牙は、冒険者ギルドで常に新しい情報を得ている。その中で強化種の話を聞いたのだが、実際に戦ってみなければわからないと魔獣狩りへ出かけたところで遭遇《そうぐう》し、危うくやられるところだったらしい。

「事前に情報を得ていたのに、普段《ふだん》と変わらない立ち回りをしたオシドが悪い」

「本当に気をつけて下さいね、オシドさん」

「ど、ドルンにエリンまで！」

「オシドさんならやりそうだなー」

「リッコまで言うのか！　……か、カナタ～！」

「いや、俺に言われましても」

何も知らないカナタに泣きついてきたオシドを見て、彼以外の全員が冷めた視線を向けていた。

「とにかく、強化種が王都の近くに頻発しているってことは事実なのね」

「ええ。だからリッコ、あなたも外に行く時は気をつけるのよ」

「あぁー、しばらくは大丈夫かな」

「王都で忙《いそが》しくやっているみたいだな」

「うーん、そんなところかなー」

明日も登城しなければならないので、魔獣狩りをしている暇はない。

しかし、それを口にするわけにもいかず、リッコは軽く笑いながらそう口にした。

「まあ、警戒《けいかい》しておくに越したことはないだろう」

「カナタさんも気をつけてくださいね」

「わかりました。エリンさんたちも気をつけてください」

魔獣の強化種についての情報を得たリッコたちは、紅蓮の牙も今日は休むということで、全員で宿屋に戻っていった。


全員で宿屋の食堂で夕食を終えると、各自の部屋へと戻っていく。

カナタとリッコはそれぞれ個室を取っており、カナタは今日のことを一人ベッドで横になりながら考えていた。

――コンコン。

すると、ドアがノックされたこともありベッドから降りてドアを開けた。

「リッコ、どうしたんだ？」

「少し話せるかしら？」

「あぁ、大丈夫だ。中に入れよ」

「ありがとう」

紅蓮の牙の姿はなく、ライアンから聞いた話についてだとすぐに理解した。

「セアさんから聞いた強化種なんだけど、魔王の目覚めと関係あると思う？」

「可能性はゼロではないだろう。まあ、魔王なんて存在自体がよくわからないんだけどな」

全てにおいて可能性の話しかできず、強化種に関しては明日にでもライアンに確認する必要があると二人は考えた。

「でも、王都周辺の強化種だろ？　すでに情報は把握しているんじゃないのか？」

「だからこそ調査をして、何かしら情報を得ている可能性があるはずよ」

魔王の目覚めに起因しての魔獣の活性化や、強化種が頻発しているとなれば、王都周辺だけの話ではなくなってしまうかもしれない。

「……ワーグスタッド領は、大丈夫かしら」

「きっと大丈夫さ。スレイグ様もいるし、ギルマスもいるんだから」

「そうだよね……うん、きっと大丈夫だよね」

僅《わず》かに不安そうな顔を見せたリッコだったが、カナタを動揺《どうよう》させてはいけないと思ったのか、すぐに笑《え》みを浮かべる。

その笑みがカナタから見ても作り笑いであることがすぐにわかったので、彼はリッコを優しく抱きしめた。

「か、かかかか、カナタ君⁉」

「俺が言っても安心できないと思う。でも、スライナーダには俺が作った作品も大量に置いてあるんだ。魔獣の活性化がワーグスタッド領でも確認されたのなら、きっとロールズが動いてくれる」

できるだけ優しい声音《こわね》で、リッコが落ち着けるように、カナタは語り掛けていく。

「陛下のお願いを受けないわけにはいけないけど、それが終わればすぐにでもワーグスタッド領に帰ろう。大丈夫、殿下もきっと掛け合ってくれるさ」

「……うん、そうだね。ありがとう、カナタ君」

リッコの体から少しずつ力が抜けていくのを感じたカナタが力を緩《ゆる》めると、体を離《はな》して見つめ合う。

「……まさか、カナタ君に慰《なぐさ》められるなんてね」

「たまにはいいだろう？　いつも俺が助けてもらっていたんだから」

「まあ、悪い気はしないわね」

「ただ言葉を重ねることしかできないけどな」

苦笑《くしょう》しながらそうカナタが口にすると、リッコは首を横に振った。

「ううん、その言葉がとても嬉《うれ》しかった。……よーし、そうと決まれば明日はすぐに登城して協力を約束しちゃいましょう！」

「あぁ。それで、やれることを全力でやって、すぐにワーグスタッド領へ戻るんだ！」

お互いにやることは決まったと、先ほどとは打って変わり晴れ晴れとした表情を浮かべる。

リッコが部屋に戻っていくと、カナタは明日に備えてすぐに休むことにした。

「……俺にできることは少ないけど、やれることを全力でやろう」

それがリッコの助けになると信じて、カナタは眠りについたのだった。

◆◇◆◇

翌朝、カナタとリッコは朝食を早くに済ませると、紅蓮の牙に断りを入れて先に宿屋を出た。

紅蓮の牙は今日も冒険者ギルドで依頼を受けると口にしており、別れる間際には強化種に注意するようリッコが念を押《お》していた。

王都を拠点にしている冒険者の数は多く、リッコや紅蓮の牙と同じBランクやAランクの冒険者も少なくはない。

それにもかかわらず殺伐とした雰囲気になっているということは、それだけ強化種が手ごわい相手だということだ。

「もう油断はしない、任せておけって！」

朝に弱いオシドが快活な笑みを浮かべながら見送ってくれたが、リッコからするとあまりに珍《めずら》しすぎて逆に不安になってしまう。

「オシドさん、朝から体が動くのかしら」

そんなことを考えながら通りを進み、再び王城の前にやってきた。

「陛下への謁見をお願いいたします」

「リッコ・ワーグスタッドと、職人のカナタです」

門番に声を掛けると、話が通っていたのか本人確認を行ったところで跳ね橋が下ろされていく。

下りている間には連絡《れんらく》を受けた別の門番が先触《さきぶ》れとして駆け出しており、ライアンとの謁見の準備が着々と進められる。

「お待たせいたしました、どうぞ中へ」

完全に跳ね橋が下り、門が開かれていく。

そうして中に入ったカナタたちだったが、門の内側にはすでに見知った顔が待っていてくれた。

「おはようございます、カナタ様、リッコ様」

「わざわざアルフォンス様がお出迎《でむか》えですか？」

「お二方は私たちにとって大事な客人ですからね。門番には、私にも連絡するよう伝えておいたのですよ」

そう説明しながらアルフォンスが歩き出し、それにカナタとリッコが続く。

昨日と同じ王の間へ通されるのかと思っていたのだが、アルフォンスが案内したのは全く別の場所だった。

「こちらです」

「えっ？　……ここ、ですか？」

カナタが驚きの声を漏らしたのも無理はない。

昨日とは打って変わり、門を潜《くぐ》りはしたものの王城の中には入らず、敷地《しきち》内に建てられた四阿《あずまや》に案内されたのだ。

「きれいな場所ですね」

そこには大きな池があり、周囲には色とりどりの花が植えられており、蝶《ちょう》が舞《ま》っている。

岸から池の中央へ向けて橋が架《か》けられており、四阿は埋《う》め立てられた中央の島に、周りを見渡《みわた》せるよう建てられていた。

「あれ、陛下と殿下よね？」

「はい。室内では居心地《いごこち》が悪いだろうと、こちらで話をすることになりました」

「警備面で問題があるんじゃないですか？」

「私と殿下もいますし、何より陛下が私たちよりも強いですから」

そういう問題ではないと思ったものの、ここまで来て別の場所で話をしようとは言い出せるわけもなく、カナタたちは橋を渡って四阿に到着した。

「よく来た、カナタにリッコよ」

「このような場所ですまないな、二人とも」

「むっ、このような場所とはなんだ、ライルよ」

「極秘《ごくひ》の話をしようというのに、このような拓《ひら》けた場所で話し合いなど、普通は考えません」

昨日は公的な立場での謁見だったからか堅い感じで話をしていた二人も、この場では親と子といった風な気楽な話をしているように見える。

その雰囲気がカナタたちにも伝わったのか、二人は呆気《あっけ》に取られてしまう。

「心配するでない。この四阿には結界が張られている故、外からの攻撃にはめっぽう強いし、防音対策もされておる」

「それは理解していますが……いえ、もういいです。カナタ、リッコ、こっちに座れ」

「……あっ、はい。わかりました」

呆気に取られたまま、言われた通りにライルグッドから示された椅子に腰掛ける。

アルフォンスは定位置なのか、ライルグッドの後ろに立った。

「昨日は休めたか?」

「はい。おかげさまで頭の中も整理できました」

「それはよかった。では、単刀直入に問おう。我らに協力してくれるだろうか、カナタよ?」

到着早々の確認に、カナタは表情を引き締《し》めると、彼を見つめながら答えた。

「私にできることであれば、全力で取り組ませていただきます」

「おぉっ! それは真《まこと》か、カナタよ!」

「はい。……ですが、一つだけお願いしたいことがございます」

協力の約束はしたが、条件があるとカナタは告げる。

本来、一国の王に平民が条件を付けるなど、もってのほかだ。

だが、カナタにはそれを成さなければならない理由がある。

ここで不敬だと言われたとしても、この条件だけは取り付けなければならなかった。

「ライルから聞いておる。ワーグスタッド領に戻りたいのであろう?」

「はい。実は昨日、王城を出たあとに冒険者ギルドへ足を運びました。そこで魔獣の活性化や強化種が王都周辺で確認されているという情報を耳にしたのです」

カナタの言葉を受けて、ライアンたちの表情は険しいものに変わった。

「その情報は我らの耳にも入っておる。目下、調査中だがな」

「そうでしたか。……これらの出来事が魔王の目覚めに起因しているのであれば、事は王都周辺だけでは収まらないのではないかと考えたのです」

「であろうな。だが、今のところは王都周辺以外でそのような話は出てきておらん」

「それは本当ですか、陛下！」

　思わずといった感じで声をあげたのはリッコだった。

「うむ。しかし、故郷を心配する気持ちはもっともだ。故に、まずはカナタに錬金鍛冶について、我らが知る全ての情報を与えたいと思う。そして、それらを得たところでワーグスタッド領に戻ることを許そう」

「よ、よろしいのですか、陛下？」

　今度はカナタが驚きの声をあげた。

「うむ。実のところ、こんな伝承も残されていてな。『力で従わせることなかれ、さすれば魔王の目覚めに際して地獄《じごく》を見ることとなるだろう』」

「……つまり、私が自主的に協力することが大事だった、ということでしょうか？」

「おそらくな。王命で従わせることもできただろう。だが、それだけでは魔王に対抗《たいこう》することができないと我は読み解いた。だからこそ、カナタが求める条件は可能な限り受け入れるつもりだ」

　そう言われたカナタは驚きと共に、錬金鍛冶の根底に触《ふ》れたような気がした。

　過去、カナタが錬金鍛冶を行った時の状況は全て、自らそうしたいと願った時ではないか。

　誰かに従わされ、無理やり錬金鍛冶を発動させたことがあっただろうか。

　……否、全てはカナタの意思で行われた錬金鍛冶だったはずだ。

　無理やりに錬金鍛冶を発動させたところで、その力を十全に発揮させることができないと、ライアンの言葉は伝えようとしたのではないだろうか。

「……俺が求めるのは、ワーグスタッド領に戻ること、ただそれだけです」

そして、それは相手からの要望だけでなく、自らの心構えにもあるのではないかと考えた。

一国の王が可能な限り条件を受け入れると言っているのだから、多少なりとも我がままを言ってもいいのではないかと普通は考えるだろう。

しかし、カナタはそれをしなかった。してはいけないという思いが心のどこかにあったのだ。

「欲がないな。何を言っても許されるのかもしれないのだぞ？」

「そうかもしれません。でも、それをしてはいけないような気がするんです」

「それは、錬金鍛冶に目覚めたからか？」

「わかりません。でも、そうじゃないかと思っています」

ライルグッドからの問い掛けに考えることなく即答《そくとう》するカナタを見て、彼は小さく笑った。

「なるほど。こういう男だからこそ、錬金鍛冶の力に目覚めたのだろうな」

「過去のブレイド伯爵が力に目覚めていたら、大変なことになっていたであろう」

「それは……まあ、否定できないかもしれません」

カナタが見たことのあるブレイド伯爵はヤールスと祖父だけだが、どちらも尊敬できるような人間ではなかった。

ヤールスに至っては勘当《かんどう》されてしまったのだから、尊敬も何もない。

もしかすると、初代ブレイド伯爵はカナタのような人物だったのではないかと思い、そうであればいいなと内心考えてしまう。

「さて、話を戻そうか。王族にのみ伝わっている錬金鍛冶について記された資料を、城の一室に運び入れている。カナタはそれを読み、錬金鍛冶についての知識を深めるがよいぞ」

一度パンッと手を叩《たた》いたライアンがそう告げると、カナタは満面の笑みを浮かべた。

「よ、よろしいのですか！」

「うむ。協力してくれるのであれば見せようと、最初から考えていたことでもあるからな」

「ありがとうございます、陛下！」

錬金鍛冶について何もわからないところから、探《さぐ》り探りで力を確かめていったカナタにとって、ライアンの提案は喉《のど》から手が出るほど欲《ほ》しい情報でもあった。

「ライルとアルもしばらくは体を休めよ。知識としてカナタと一緒に資料に目を通すことも許すがどうだ？」

「休みはいただきます。ですが、資料を読むのは遠慮《えんりょ》しておきましょう」

「私は一緒に読ませていただきます、陛下」

「なっ！　アル、お前がそちらに行ってしまうと、俺が自由に行動できないじゃないか！」

「であれば殿下もご一緒にどうですか？　文字を読むことは、今後の政務に繋《つな》がると思いますよ」

「よく言ったぞ、アル！　ライル、逃《に》げるでないぞ？」

結局、ライルグッドも含めた四人で資料が運び入れられている部屋へ移動することになった。

「陛下、この度は誠にありがとうございます」

「何を言うか。お礼を言うのは我の方だ。錬金鍛冶について、しっかりと学べよ」

「はっ！」

ライアンの激励《げきれい》を受け、カナタたちは席を立って移動を開始した。

王城の一室とライアンは言っていたが、そこはカナタだけでなくリッコも初めて見るような豪奢な装飾品《そうしょくひん》が置かれた、広々とした部屋になっていた。

「……壁にでっかい自画像が」

「……床一面を覆い隠す絨毯が」

「ここでゆっくり資料を読み込むがいい」

「……な、なるべく汚《よご》さないようにしよう」

「……そ、そうね。弁償《べんしょう》とか言われたら、支払えないわよ」

「陛下はそのようなことを仰《おっしゃ》りませんよ。なんなら一度、飲み物でも零《こぼ》してみましょうか?」

「「止めてください!」」

アルフォンスの冗談に聞こえない冗談を受けて、カナタとリッコは声を揃《そろ》えて怒声《どせい》をあげた。

「冗談はそれくらいにしておけ。あっちの机に資料は置いてあるからな」

「あれ? 殿下は読まないんですか?」

「それこそ冗談だろう。俺はこっちのソファで休ませてもらう」

リッコがにやにやしながら問い掛けていたが、ライルグッドは呆《あき》れた様子で肩を竦《すく》め、ソファに寝転《ねころ》がる。

その姿にアルフォンスはため息をついていたが、注意することもなくカナタたちを机の方へ案内した。

「リッコ様も一緒に読まれますか？」

「少しだけね。実は私も字を読むのは得意じゃないんですよ」

「俺は好きだな。……実家では本を読むくらいしかやることもなかったし」

「……カナタ君。それ、どう反応したらいいのか迷っちゃうんだけど？」

「別に反応しなくていいぞ。事実なんだから」

そんなことを口にしながら、カナタは資料の一つを手に取って表紙をめくっていく。

「……これ、勇者の剣について記された資料みたいですね」

「何よそれ。まさか陛下って、カナタ君に勇者の剣を作ってもらうつもりなんじゃないの？」

「いや、それはないだろう。勇者の剣は初代ブレイド伯爵が作ったわけだし、きっと保管されていたりするんじゃないか？」

「勇者の剣は現存していないぞ」

カナタとリッコのやり取りに口を挟んだのは、ソファで寝転がっているライルグッドだった。

「現存していないって、どういうことですか？」

「言葉通りの意味だ。ここ王都にも、聖都にも、本当かどうかはわからないが他国にも現存していないと聞いている。魔王と共に消滅《しょうめつ》したとか、封印《ふういん》されたとか、理由は諸説あるがな」

横目にこちらを見ながらそう告げたライルグッドは、再び顔を背《そむ》けて目を閉じた。

「……まさか、本当に作れってことなのかしら？」

「……いや、それを望まれても絶対に無理だろう」

「……もしや陛下は、だからこそこれだけの資料を提供したのではないでしょうか？」

最後にアルフォンスがそう口にすると、三人は机を埋め尽《つ》くすほどの資料に視線を向けた。

「……これ、カナタ君一人で全部を読めって、無理な話じゃない？」

「……読んだところで、全部を覚えられないって」

「……最初から、四人で全てに目を通せということだったのでしょうか？」

次いで三人の視線はソファに寝転がっているライルグッドに向いた。

「……アルフォンス様」

「……よろしくお願いします」

「……かしこまりました」

最後にリッコとカナタがそう口にすると、アルフォンスはゆっくりと歩き出してライルグッドの前に移動した。

「んっ？　どうした、アル？」

「殿下も一緒に資料を読みましょう。どうやら陛下は、私たち全員で勇者の剣について調べるよう考えていらっしゃるようです」

「まさか、考え過ぎだろう。勇者の剣を作るのであれば、カナタがその知識を有していなければならんだろうし、それならばカナタが読むべきだろう」

「その知識を私たちで協力し、探し出すのです。さあ、殿下。お立ちください！」

「おい、アル、お前なあ！」

無理やり立ち上がらせられたライルグッドは嫌《いや》そうな顔でカナタたちを見たが、彼らもアルフォンスと同じ考えなので何も言わない。

多数決であれば絶対に負けるこの状況に、ライルグッドはしばらく睨《にら》み合いを続けていたが、自分が折れることにした。

「……はぁ。わかった、わかったよ！　これでは十分に休めないではないか」

「これも王命だと思えばいいのです、殿下」

ニコリと笑いながらアルフォンスがそう告げると、ライルグッドはジト目を向けながら資料の一つを手に取りソファへ戻っていく。

その横にはテーブルが置かれており、そこへアルフォンスが追加の資料を置いた。

「……お前なぁ」

「私は殿下の倍以上は読ませていただきますので、よろしくお願いいたします」

「……はぁ～」

ため息をつきながらもしっかりと資料に目を通していくあたり、二人の間には強固な信頼《しんらい》関係が築かれているのだとカナタは感心してしまう。

「私たちも読みましょうか、カナタ君」

「あぁ、そうだな」

カナタとリッコは机を挟んで椅子に腰掛けて資料を読み込んでいく。

その中でカナタの目に入ったのが、錬金鍛冶で何ができるのか、という資料だ。

これまでにやってきたのは鍛冶、複製、修復、そして錬金術《れんきんじゅつ》。

しかし、これらは全て一つずつでしか発動させたことがなく、同時に二つ以上の力を使ったことはなかった。

（……鍛冶と錬金術を、同時に発動させることができるのか）

近い作業でいえば、リッコの直剣を作った時だろう。

錬金術で大量のウインドドッグの牙を大きな一つの塊《かたまり》にしたり、キラーラビットの魔石から魔素を完全に取り除いた。

そして、それら二つの素材を一つにまとめ上げ、そのまま鍛冶で形状を整えた。

錬金術と鍛冶を使った作業だったが、基本的には一つずつ作業を進めていたので同時に発動させたわけではない。

資料によれば同時に発動させることで、素材が秘める効果をより高めて作品を作ることができるらしく、カナタは多くの資料に目を通さなければならない中、その一つの資料を読み込んでいた。

（……錬金鍛冶について、まだまだ知らないことが多いんだな。でもそれって、やれることがもっとあるってことでもあるんだ！）

集中して読み込んでいたからか、時間が過ぎるのもあっという間だった。

「……カ……カナタ君！」

「えっ？　どうしたんだ、リッコ？」

リッコに声を掛けられるまで、カナタはずっと一つの資料を読み込んでいたのだ。

「何度も声を掛けたんだけど、聞こえていなかったの？」

「そうなのか？　すまん、錬金鍛冶について詳《くわ》しく書かれていたから、集中していたよ」

頭を掻《か》きながらそう口にしたところで、部屋の中に美味《おい》しそうな匂《にお》いが漂《ただよ》っていることに気がついた。

「……今、何時？」

「もうお昼を回って子供がおやつをもらう時間ですけどー？　あー、お腹《なか》すいちゃったなー」

「ま、マジですまん」

慌《あわ》てて立ち上がったカナタだったが、すでにライルグッドとアルフォンスは食事を済ませており、リッコだけがカナタを待ってくれていた。

「先に食べててもよかったのに」

「お城の料理だよ？　せっかくなら、カナタ君と食べたいなって思ってさ」

「それなら、もっと早くに声を掛けてくれればよかったじゃないか」

「ものすごく集中していたんだもの。これでもタイミングを見て声を掛けたんだからね？」

「……ありがとうございます」

カナタとしても切りの良いところで声を掛けられたと自覚しており、リッコの気遣《きづか》いにすぐお礼の言葉を口にした。

「俺たちはあっちで資料を読んでいるから、ゆっくり食べていいぞ」

「失礼いたします、カナタ様、リッコ様」

料理はライルグッドが寝転がっていたソファの横にあるテーブルに並べられており、入れ替《か》わる形で場所を移動した。

「ありがとうございます、殿下、アルフォンス様」

こうして始まっただいぶ遅《おそ》い昼食は、カナタが今まで食べてきた中でもトップに君臨するほどの美味《びみ》な料理ばかりだった。

料理の多くがすでに冷めてしまったが、それでも美味しいのだから温かい状態であればどれほどだったかと考えると、カナタは勿体《もったい》ないことをしたなと思ってしまう。

特にリッコにまで冷めた料理を食べさせることになってしまい、申し訳ない気持ちも湧き上がってきた。

「……なあ、リッコ」

「これ、美味しいね、カナタ君！」

「えっ？　あ、あぁ、そうだな」

「最初は温かい料理を食べたいなって思っていたけど、やっぱりカナタ君と食べるご飯の方が何より美味しい！　待った甲斐《かい》があったなぁ」

気を使って言っているというわけではなく、リッコは本心から口にしている。

そのことにはカナタも気づいており、改めてリッコには助けられているなと感じ入っていた。

「……ありがとう、リッコ」

「えっ？　何が？」

「いいや、なんでもない。……うん、こっちも美味しいぞ」

「本当！　私も食べる、食べるー！」

遅い時間になったものの、二人で食べる昼食はとても楽しい時間になった。

笑顔《えがお》のまま食事を終えたカナタたちは、再び資料を読み始めよう――そう考えていた時だった。

「――し、失礼いたします！」

ノックもなしに突然《とつぜん》、部屋の扉が開かれた。

「何事だ！」

「はっ！　み、南の森より、魔獣の大量発生が確認されました！」

魔獣の大量発生と聞き、ライルグッドはガタッと音を立てて立ち上がった。

「なんだと！　ここは王都だぞ！」

「ですが、あれは間違いなく――スタンピードです！」

報告に来た騎士からスタンピードという言葉を聞き、この場にいる全員が驚愕《きようがく》したのだった。

◆◇◆◇閑話《かんわ》：三人の兄たち②◇◆◇◆

アクゴ村の鍛冶《かじ》場に集まったヨーゼフたち。

集めたのはヨーゼフであり、ルキアとローヤンは内心で面倒《めんどう》だなと感じていた。

「今日はなんの用なんだぁ～、ヨーゼフ兄貴？」

「……ぼ、僕《ぼく》たちも、忙《いそが》しい」

態度でも言葉でも面倒だと告げていたが、そんなことはどうでもいいと言わんばかりに三人で囲んでいた作業台の上に謎《なぞ》の壺《つぼ》を置いた。

「これを見てくれ」

「……なんだぁ、これは～？」

「……き、気持ち、悪い」

「なんだと！　お前たちはこれの良さがわからないのか！」

怪訝《けげん》な表情を浮《う》かべた二人を見て、ヨーゼフは憤《いきどお》りながら作業台をバンッと叩《たた》く。

普段《ふだん》は冷静なヨーゼフの豹変《ひょうへん》に、二人は目を丸くして驚《おどろ》いた。

「よく見るんだ！　リラックスできるんじゃないか？」

あまりにも必死な形相に、二人は渋々《しぶしぶ》ながら壺を見つめてみる。

しかし、二人が見ても特別なものを感じることはなく、意識を失うこともない。

「……特に何も感じねぇぞ～？」

「そんなはずないだろう！　ちゃんと見ろ、この特別な壺を！」

「……僕も、特には」

「ってかさあ、兄貴。こんな怪《あや》しい壺、どこで手に入れたんだぁ～？」

「……た、確かに」

あまりにも怪しすぎる壺を急に崇拝《すうはい》し始めたヨーゼフを心配して問い掛《か》けたルキアに、ローヤンも同意を示す。

「……そういえば、どこで手に入れたんだ？」

「おいおい、何を言ってんだよぉ、兄貴」

「……壺がひとりでに、歩いてくるなんて、ない」

「当然だ！　……だが、そんなことはどうでもいいじゃないか」

二人には何も起きなかったが、ヨーゼフがじーっと見つめていると、彼《かれ》だけは意識を徐々《じょじょ》に失っていってしまう。

「……ヨーゼフ兄貴？」

「……だ、大丈夫《だいじょうぶ》？」

急にボーッとし始めたヨーゼフを心配して声を掛けてみたが、彼は全く反応を示さない。

「おいおい、マジで大丈夫かぁ、ヨーゼフ兄貴！」

立ち上がったルキアがヨーゼフの肩《かた》に手を置いた——その時だった。

「うおっ⁉」

「る、ルキア兄！」

――ドガンッ！

ルキアの手が肩に触《ふ》れた途端《とたん》、ヨーゼフは彼の腕《うで》を片手で掴《つか》み、そのまま投げ飛ばした。

背中から床《ゆか》に叩きつけられたルキアは一瞬《いっしゅん》だが呼吸ができなくなり、冷や汗《あせ》が一気に噴《ふ》き出す。

「ごほっ！　がはっ！　痛いなぁ……何すんだよぉ、兄貴！」

「……」

「ほ、本当に、どうしたの、ヨーゼフ兄？」

「……」

「おい、なんとか言えよ！」

怒鳴《どな》るルキアの声にも、心配そうなローヤンの声にも、ヨーゼフは無言のまま光を失った瞳《ひとみ》で壺を見つめ続けている。

「……おいおい、マジでどうしたんだよぉ、ヨーゼフ兄貴」

「……この壺、なんなの？」

「……そうだ、この壺を壊《こわ》せば！」

ローヤンの呟《つぶや》きにルキアが壺へ手を伸《の》ばす。

しかし、彼が壺を掴む一歩手前でヨーゼフが壺を抱《かか》え上げ、無言のまま鍛冶場から出ていこうとする。

「ちょっと待てよぉ、ヨーゼフあに――!?」

「……ヨーゼフ、兄？」

今度は油断せずにヨーゼフを止めようとしたルキア。

しかし、ヨーゼフは無言のまま振《ふ》り返り、光を失った瞳で彼を睨《にら》みつける。

その瞳には強烈《きょうれつ》な殺気が含《ふく》まれており、ルキアの伸ばしかけた手は途中《とちゅう》で止まり、ローヤンも名前を呼ぶことしかできなかった。

「……」

そして、ヨーゼフは再び歩き出すと、壺を抱えたまま鍛冶場を出て行ってしまった。

「……あの壺、マジでなんだったんだぁ？」

「……ど、どうしよう、ルキア兄？」

「いや、どうしようって言われてもなぁ……ってか、なんであんなに強かったんだぁ？」

止めようにも片手で投げ飛ばされたルキアではどうすることもできず、それはローヤンも同様だった。

結局、二人はアクゴ村から森の中へ消えてしまったヨーゼフの背中を見送ることしかできなかったのだった。

◆◇◆◇第一一章：スタンピード◇◆◇◆

「──すまない、カナタ、リッコ。俺《おれ》たちは陛下のところへ行かねばならん」

スタンピードと聞いたライルグッドは即座《そくざ》に立ち上がり、アルフォンスと共に準備を始めた。

「仕方がありません、殿下《でんか》」

「私たちは一度お城を出た方がいいですか？」

「そうですね。お二方の事情を知らない者もいるでしょうし、門までお送りいたします」

「いえ、大丈夫《だいじょうぶ》です。早く陛下のところへ」

「かしこまりました。では、あなたがお二方を門までお送りしなさい」

「はっ！」

アルフォンスの気遣《きづか》いを断り、二人は早足でライアンのもとへと向かう。

カナタとリッコは報告に来た騎士《きし》に見送られながら門を出ると、その足で冒険者《ぼうけんしゃ》ギルドへ向かう。

「全く。こんな時に限ってオシドさん、早起きなんだから！」

「油断はしないって言っていたし、大丈夫じゃないか？」

「だといいんだけど……」

自然とリッコの歩幅《ほはば》は大きくなり、焦《あせ》っているのが見て取れる。

それはカナタも同じで、大丈夫だと思っていても心配な気持ちは湧《わ》き上がってきてしまう。

そんな状態で二人は冒険者ギルドの近くに到着《とうちゃく》したのだが、そこには中に入りきらない数の冒険者が集まっていた。

「ヤバいなぁ、これは」

「どうやら本当にスタンピードみたいね」

冒険者の群れに足止めされている二人だが、建物内から怒号《どごう》にも似た声が響《ひび》いてきている。

明らかな混乱状態に、冒険者ギルドも情報をまとめている最中なのだとリッコは考えていた。

「これは、中に入るよりもセアさんたちを見つけた方が早いかもしれないわね」

「……この中から探すのか？」

「ううん、一度宿屋に戻《もど》りましょう」

「いいのか？」

「非常事態が起きた時、素早《すばや》く合流できるように宿屋を待ち合わせ場所にしているのよ」

冒険者ギルドで合流できなければ宿屋へ、というのがリッコと紅蓮《ぐれん》の牙《きば》の約束事になっていた。

駆《か》け足で宿屋へ向かった二人は、入り口前で紅蓮の牙と合流することができた。

「セアさん！」

「リッコちゃん！　よかった、合流できたわ！」

「スタンピードだって聞いたんですが、何があったんですか？」

時間が勿体《もったい》ないと、カナタたちはその場で情報交換《こうかん》を行った。

「南の森から魔獣《まじゅう》が大量発生したのよ」

「マジでいきなりだった。なんの前兆もなかったって王都の冒険者が言っていたな」

「そんなことってあるんですか？」

「少なくとも、俺たちは聞いたことがねぇなぁ」

「……そんなもの、完全に非常事態じゃないですか」

いったい南の森で何が起きているのか。

カナタたちだけでは情報が少なすぎるが、冒険者ギルドも機能停止に陥《おちい》っている。

「……やっぱりもう一度、冒険者ギルドに向かうべきだな」

「あの状態の冒険者ギルドに戻るんですか？」

オシドの言葉に驚《おどろ》いたのはカナタだった。

「情報が集約される場所ってなると、やっぱり冒険者ギルドになるからな」

「合流できたことだし、外でギルドが情報をまとめるのを待って、それから話を聞くって流れになるかな」

「でも、魔獣は南の森から溢《あふ》れてきているんですよね？　大丈夫なんですか？」

不安の声が漏《も》れてしまうカナタに対して、ドルンが彼《かれ》の肩《かた》にポンと手を置いた。

「案ずるな。大丈夫にするのが、俺たち冒険者の仕事だ」

「そういうことです、カナタさん」

「ドルンさん、エリンさん……わかりました。それなら俺は、職人としてできることをやるだけですね」

不安がないわけではない。

しかし、目の前の知り合いが命を懸《か》けてスタンピードに抗《あらが》おうとしているのだから、自分もできることを全力でやらなければと思えるようになっていく。

「おっ！　ってことは、鉱山開発の時みたいに大量複製の出番だな！」

「でも、カナタ君の力を見せびらかしてもいいのかしら？」

「緊急事態《きんきゆう》ですし、そこはもう仕方がないかなと。リッコはどう思う？」

スライナーダではカナタの自己判断で何度もリッコに怒《おこ》られてきた。

念のために確認《かくにん》を取ったカナタだったが、リッコは大きく頷《うなず》いた。

「本当は隠《かく》しておきたいけど、確かに緊急事態だもんね。ライル様も許してくれるでしょう」

「……なあ、結局のところ、マジであの二人って何者だったんだ？」

「ちょっと、オシド？」

「いや、このタイミングで聞くのもなんだと思うんだが、一緒《いっしょ》に戦えたら頼《たよ》りになるだろう？」

「それはまあ、そうだけど……」

紅蓮の牙はライルグッドとアルフォンスの実力を知っている。

王都に商会を構えるお偉《えら》いさんと私設の護衛騎士と勘違《かんちが》いしている彼らからすれば、王都の危機に力を貸してくれるのではないかと考えたのだ。

だが、実際は皇太子殿下とその護衛騎士であり、冒険者が声を掛《か》けて力を貸してくれるような人物ではない。

そもそも、王城でスタンピードの対策を話し合っている最中なのだから、すでに動いてくれているというのが現状だった。

「……まあ、あっちはあっちで動いてくれているはずよ」

「おいおい、こんな状　況《じょうきょう》でも正体を明かせないなんて、マジで何者なんだ？」

「どっかの王侯貴族《おうこうきぞく》だったりしてねー」

「貴族の可能性はあるだろうが、王族はないだろう」

「はいはい、三人とも。今はそんなことを話している場合ではないですよ」

まさかの大正解を口にしていたオシドたちの会話にカナタとリッコは苦笑《にがわら》いを浮《う》かべるだけだったが、そこはエリンが冷静に話を止めてくれた。

「おっと、そうだったな」

「協力を仰《あお》げない以上、やっぱりまずは冒険者ギルドに戻りましょうか」

方針を固めたカナタたちは、踵《きびす》を返して冒険者ギルドへ戻っていく。

その道中でカナタは自分にできることは何かを考えながら歩いていた。

（複製で冒険者の装備を充実《じゅうじつ》させることはできる。だけど、ここは王都だ。鍛冶《かじ》師の腕《うで》も高いだろうし、今までの複製品じゃあ意味がないかもしれない）

スライナーダではランクの低い冒険者も多く、等級の低い作品でも十分に喜ばれた。

しかし、ここは王都アルゼリオスだ。

鍛冶師の腕も高く、冒険者にもBランク以上の者が多い。八等級や七等級の作品では見向きもされないだろう。

Bランク以上であれば最低でも六等級の作品の複製を準備しなければならず、Aランク冒険者などがいればそれ以上のものを作る必要だって出てきてしまう。

（現時点で俺が作った最高等級は、陛下に献上《けんじょう》した四等級上位の作品だ。そこまでの作品を作って複製までできれば、ランクの高い冒険者の装備も充実させることができるはず）

オーダーメイドじゃなくていいのだと考えれば、基本の形は今までの作品と同じで構わない。あとは素材の質や質量、さらにカナタのイメージがしっかりと固まっていれば、四等級の作品を作り出し、複製まで行うこともできるはずだと彼は考えた。

「どうやら冒険者ギルドでの情報はまとまったみたいだな」

考え事をしながら歩いていたカナタは、冒険者ギルドに到着していたことに気づかなかった。

オシドの声に顔を上げてみると、建物の中にいたであろう多くの冒険者が外に出てきており、前の広場に集められていた。

冒険者たちの視線は一人の男性に集まっており、彼は注目されている中で声をあげた。

「冒険者ギルドでまとめた情報を共有する！　いいか、聞き逃《のが》すなよ！」

黒の長髪《ちょうはつ》を後ろでまとめた長身痩躯《そうく》の男性は、見た目からは想像できないほどの声量で情報を伝え始めた。

南の森にて強化種の目撃《もくげき》情報が頻発《ひんぱつ》していたことや、魔獣の数が激増していたこと。

比較的《ひかくてき》ランクの高い冒険者に魔獣狩《が》りを依頼《いらい》していたが、その冒険者たちでも押さえきれないほどの魔獣の群れが突如《とつじょ》として現れ、今に至ったということ。

段階的に増えていったわけではなく、昨日の今日で突然爆発《とつぜんばくはつ》的に数を増やしたのだと彼は告げた。

「オシドさん、あの方は？」

「冒険者ギルド本部のギルマス、ロナルド・バカッシュだ」

「現役《げんえき》のSランク冒険者よ」

オシドに答えにリッコが補足する。

ロナルドは情報を伝え終わると、続いて今後の対策についても言及《げんきゅう》した。

「これらの情報は城の方にも伝わっている！　すでに対策を話し合ってくれているが、本格的に騎士団が動き出すにはまだ時間が掛かるはずだ！　俺たちがやるべきことは、初動対策！　こちらへ迫《せま》ってきている魔獣の先兵を片づけるぞ！」

Ａランク以上の冒険者をリーダーとして、Ｂランク以上の冒険者で臨時パーティを作り、魔獣の討伐《とうばつ》を行っていく。

すでにパーティを組んでいる冒険者は例外だが、ソロや三人以下のパーティの場合は必ず四人以上で行動するようにとも言明していた。

「俺たちは四人だから問題ねぇな」

「リッコちゃんはどうするの？　私たちと一緒に行動する？」

「騎士団も動くんですよね？　……私はひとまず、カナタ君と一緒に王都に残ろうと思います」

「えっ？　いいのか、リッコ？」

予想外の答えに聞き返したカナタだったが、リッコにも考えがあった。

「……この状況だと、陛下から呼び出しがあってもおかしくないでしょう？　その時に冒険者側の情報を説明できる人間がいた方がいいんじゃないかしら？」

「……なるほど。それなら、いてくれると助かるな」

「なんだ、お前ら？　いきなりイチャイチャし始めやがって」

「ち、違《ちが》いますよ、オシドさん！」

小声でやり取りしているリッコとカナタを見て、オシドがからかい始める。

カナタが恥《は》ずかしそうに否定しているが、それでもオシドはにやにやが止まらない。

「まあ、いいじゃないか。若いっていいね！」

「オシドの言っていることは置いといて、それじゃあ私たちだけで魔獣狩りをしてくるわね」

「気をつけてくださいね、セアさん、ドルンさん、エリンさん」

「おいおい、俺はどうでもいいのかよ！」

「……はい」

「酷《ひど》いじゃねぇかよう、リッコ～」

からかったのだから文句は言えないだろうとカナタは苦笑いを浮かべつつ、周りの冒険者たちは臨時パーティを組んでいく。

「……なあ、リッコ。俺にできることをやりたいんだが、ギルマスに声を掛けられるか？」

「それは大丈夫だと思うけど……いいかな、セアさん？」

「私たちも一緒に行くわ。その方が話を聞いてくれそうだもの」

「ありがとうございます、セアさん」

カナタにできること、それは武具を作り冒険者に提供することだ。

今の彼なら王都を拠点《きょてん》にしている冒険者にも満足してもらえる作品を提供できると、自信を持って言い切れる。

「ギルマス、少しよろしいですか？」

先頭を進んでいたリッコが声を掛けると、何かを思案していたロナルドが顔を上げた。

「んっ？　君は誰《だれ》だ？」

「ワーグスタッド領からこちらに来ている、Bランク冒険者のリッコ・ワーグスタッドです」

「ワーグスタッド？　……ということは、ワーグスタッド騎士爵《しやく》の？」

「娘《むすめ》です。今回はギルマスにお願いがあってお声掛《こえが》けしました」

ロナルドはリッコの後ろに立つ紅蓮の牙の面々にも顔を向け、話を聞く価値があると判断する。

「わかった、聞こう」

「ありがとうございます。まずは私の剣《けん》を見ていただけますか？」

そう口にしたリッコは腰《こし》に提《さ》げていた直剣を抜《ぬ》いて彼に渡《わた》した。

「……ほほう？　なかなか素晴《すば》らしい直剣ではないですか。五等級ですね」

「はい。実はこれを作ったのが、ここにいるカナタ君なんです」

「彼がこれを？　……だが、これを見せられた俺にどうしろと？」

直剣を返しながらロナルドがそう口にすると、リッコはニヤリと笑いながら言葉を続けた。

「彼がこれと同等、もしくはこれ以上の武具を大量に作れると言ったら、どうしますか？」

「どうしますかって、そんなことができるはずないだろう」

「それができるとしたら……どうですか？」

リッコの自信満々な態度に、ロナルドは怪訝《けげん》な表情を浮かべながら横目でカナタを見る。

「……ならば、どのようにやるのか見せてもらっても？」

「大丈夫です。ですが、可能な限り内密にしたいので、どこか個室へ移動できませんか？」

「個室か……まあ、いいだろう」

自身の安全と秤《はかり》にかけたロナルドだったが、時間が勿体ないと思ったのかすぐに了承《りようしよう》の意を伝えると、この場の指揮を別の者に任せて冒険者ギルドの中へ入っていく。

すでに中には冒険者が一人もおらず、受付の隣《となり》にある部屋に案内された。

「それで、どのようにして大量に準備してくれるのだ？」

手に取る。

「では、お見せします」

鋭《するど》い視線を向けてきたロナルドの瞳《ひとみ》を真正面から見据《みす》え、カナタは自分で準備していた精錬《せいれん》鉄を
何をするのかと再び怪訝な表情になったロナルドの目の前で、カナタは錬金《れんきん》鍛冶を発動させた。

「な、なんだこれは⁉」

すでに聞き慣れた驚きの声を耳にしながら、カナタはライアンに作った四等級上位の大剣を複製した。

「これが俺の力です。この力を使って、冒険者たちの装備を充実させることはできないでしょうか？」

「……このように一瞬《いっしゅん》で武具を作れるのであれば可能だが……いや、それ以前にこの力は？」

「俺たちは錬金鍛冶と呼んでいます」

「錬金、鍛冶……まさか、殿下が探している？」

思わずといった感じで呟《つぶや》かれた殿下という言葉に、カナタとリッコは驚きの表情を浮かべる。

「殿下？　なんの話だ？」

「いや、すまん。なんでもない」

ここで事情を知らないオシドが声を掛けると、ロナルドはすぐに表情を繕《つくろ》って返事をした。

6月の新刊
毎月5日発売
DRAGON NOVELS
ドラゴンノベルス
B6判
転生先は
自分が書いた小説！
第4回ドラゴンノベルス小説コンテスト特別賞
僕、
なんでこんな設定にしちゃったの!?
転生先は自作小説の悪役小公爵でした
断罪されたくないので敵対から溺愛に物語を書き換えます
著：サンボン　イラスト：ファルまろ
自作小説の世界に転生した男は、焦った。なぜなら、自分が転生した小公爵ギルバートは、ヒロインのフェリシアに処刑される運命なのだから。男は婚約者でもあるフェリシアとの関係を断つことで、バッドエンドを回避しようとするが、美しい彼女から一途な想いを向けられて……。理想のヒロインとの輝く日々の先に待ち受けるのは、やはり悲劇なのか——!?
KADOKAWA
発行：株式会社KADOKAWA　企画・編集：ゲーム・企画書籍編集部

聖人VS悪魔、最終決戦！
ついに聖人レベルMAX！
やりなおし貴族の聖人化レベルアップ2
著：八華　イラスト：すざく

死の運命を回避するため、聖人を目指すセリム。善行でレベルを順調に上げると、野生動物に懐かれ、なぜか人々には拝まれるように。いよいよ悪魔の侵攻が本格化し、魔人による被害が拡大。セリムは仲間と共に悪魔の力の温床を浄化していく。だが、悪魔の魔の手は王女ラファエラにも迫っていた。世界に窮地が訪れた時、求道者はついに聖人となる！

属性付与に素材合成！
王都の危機を救うため、
新たな力で至高の武器作り！
錬金鍛冶師の生産無双2
生産&複製で辺境から成り上がろうと思います
著：渡琉兎　イラスト：くろでこ
道具を使わず自在に武器を生み出す錬金鍛冶の力に目覚め、辺境の地でやり直し始めたカナタ。そんなカナタの元に現れたのはなんとこの国の皇太子！　王命だという彼に連れられ、今度は王都で武器作りを行うことになったのだが、時を同じくして大規模スタンピードが発生！　王都の、国の人々を守るため、豪華素材盛り沢山で最強武器作りに挑む！

「カナタと言ったか？」

「はい、ギルマス」

「私はロナルド・バカッシュ。協力してくれるか？」

「そのつもりでここに来ました。ですが、素材の手配はしていません」

「安心しろ。そこはギルドから出させるさ」

それからカナタはロナルドとどの形状の武具を作ればいいのかを話し合った。

ロールズ商会で作った時と同じく短剣《たんけん》や直剣をメインに、ランクの高い冒険者や、将来有望な冒険者が扱《あつか》う武具も作ってほしいという発注が追加された。

その前にはギルド職員に銀鉄や精錬鉄を運び込《こ》むよう指示も出しており、話し合いの間にもどんどん素材が到着していた。

「あの、ギルマス？　これだけの素材、どうするんですか？」

「心配するな。あとでわかるからな」

「わ、わかりました」

職員の疑問は当然だが、ロナルドは事実を告げることなく誤魔化《ごまか》しながら返答していた。

そして、ギルドの在庫全ての銀鉄と精錬鉄が運び込まれると、ロナルドは再び頭を下げた。

「スタンピードが収まったら、ギルドが相応の報酬《ほうしゅう》を用意しよう。すぐに何かを渡すことができないのが心苦しいが、頼《たの》めるだろうか？」

「任せてください」

こうしてカナタは複製の作業を急ピッチで行っていく。

質が良ければ良いほどいいと四等級を中心に複製していくが、これだけ等級の高い作品の複製を行ったことは過去になく、膨大《ぼうだい》な魔力《まりょく》が消費されていくのが感じられる。

しかし、今日までの間にも多く錬金鍛冶を行ってきたカナタの魔力は最初の頃《ころ》と比べると増大しており、倒《たお》れるようなことにはならなかった。

「……一度見ていても、これだけの数となれば壮観《そうかん》だな」

「俺たちも最初に見た時は驚いたよな？」

「そうよね。カナタ君のおかげで鉱山開発ができたようなもんだし」

「そういえば、ワーグスタッド領の鉱山開発が完了《かんりょう》したという情報があったな。なるほど、彼のおかげだったのか」

オシドとセアの言葉を受けて、ロナルドは感心したように呟く。

しばらくして五〇本近くの四等級武具が出来上がり、カナタは大きく息を吐《は》き出した。

「ふぅ～……ひとまず、こんな感じかな」

「俺はこれらを主力となる冒険者たちに配ってくる」

「あの、ギルマス。武具の出所については……」

「安心しろ。ギルドからお金を出して職人から購入《こうにゅう》したことにしておこう」

「ありがとうございます」

小さく笑《え》みを浮かべたロナルドは、武具の入った木箱を積み上げると、軽々と持ち上げて部屋を出ていった。

「それじゃあ、俺たちも行くわ」

「リッコちゃん、カナタ君、気をつけてね」

「あれだけの武具があれば冒険者の死傷者も減るだろう」

「ありがとうございます、カナタさん」

続けて紅蓮の牙の面々が声を掛けると、そのまま部屋をあとにした。

残されたカナタとリッコは、先ほどのやり取りの中で気になったことを話し合うことにした。

「なあ、リッコ。ギルマスなんだけど、殿下のことを知っているみたいじゃなかったか？」

「それに、殿下がカナタ君を探していることも知っているような感じだったわよね？」

「こうなるなら、誰がどこまで情報を得ているのか聞いておくべきだったなぁ」

もしもロナルドが、ライアンやライルグッドの事情を知っている相手であれば、変に隠し事をすることなく全《すべ》てを打ち明けてやり取りをすることができる。

そうでないなら隠すべき情報は隠さなければならない。

しかし、それでは無駄《むだ》な時間を要する結果になってしまい、一刻を争う現状では誰かの死に繫《つな》がる可能性だってゼロではない。

ギルマスが事情を知っている理由も、独自で調べたものであればライアンにとって不利益になることだってあるのだ。

「……こっちから殿下に話を聞きに行った方がいいか？」

手っ取り早いのは直接確認をする方法なのだが、おそらくライルグッドはスタンピード対策の話し合いの真っ最中だろう。

今から押《お》し掛けたとして、門前払《もんぜんばら》いになるのが関の山だ。

そんなことを考えていると、武具を配り終えたロナルドが部屋に戻ってきた。

「配り終わったぞ。冒険者たちから感謝の言葉もあったし、大反響《はんきょう》だよ」

「それはよかったです」

「まあ、カナタ君が作った武具だもんねー」

何故《なぜ》かリッコが自慢《じまん》げに話をしており、カナタは少し苦笑を浮かべる。

「……ところで、カナタ。君のその力なんだが、とある高貴な方と何か話をされていないか？」

先ほどまでカナタたちが考えていたことへの答えになるような質問に、二人は顔を見合わせた。

「……皇太子殿下のことでしょうか？」

ライルグッドのことを口に出していいのか迷ったものの、力を見せた以上は全てを隠し通せるはずもないと、こちらから聞き返すことにした。

「そうか、君がそうなんだな。……皇太子殿下は視察に出ていたが、まさか一緒に戻ってきたのか？」

「その通りです。私とさっきまで一緒にいた紅蓮の牙が護衛として王都に来ました」

「あっ、でも、紅蓮の牙の皆《みな》さんは皇太子殿下のことは知りません。あくまでも俺の護衛として来てくれただけです」

「ふむ、そうか。皇太子殿下は、ついに見つけたのだな」

満足げな表情を浮かべるロナルドを見て、カナタが問い掛ける。

「あの、ギルマスはいったいどこまでの情報を知っているんですか？　皇太子殿下が俺の力を探していたことだけなのか、その理由まで？」

「いや、理由までは聞いていない。俺はただ、鍛冶以外の方法で作品を作る奴《やつ》がいたら、その情報を最優先で回してほしいと言われていただけだ」

そこまで話をしたところで、部屋の扉《とびら》がノックされた。

冒険者たちはランクに合わせて指示が出されており、この部屋に用事のある者などいないはず。

ギルド職員だろうかとカナタとリッコが考えていると、ロナルドはやや緊張《きんちょう》した面持《おもも》ちで扉を開いた。

「ここにいたか、カナタ、リッコ」

「「えっ！　こ、皇太子殿下⁉」」

王城でスタンピード対策の話し合いをしていると思っていたライルグッドの登場に、カナタとリッコは驚きの声をあげた。

「ロナルドから情報をもらってな。おそらくカナタだろうと思い、立ち寄ったのだよ」

「皇太子殿下と一緒にやってきていたとは知らなかったので、真っ先に報告していたんだよ」

ロナルドは素材の準備の指示を出すために一度部屋を出ており、その際にライルグッドへ報告を入れていた。

「そうだったんですね」

「もう！　驚いたじゃないですか、殿下！」

「そう怒るな。これでも大急ぎで来たんだからな」

よく見てみると、そう口にしたライルグッドの額には汗《あせ》が滲《にじ》んでいる。

言葉通り、皇太子であるライルグッドが通りを走って駆けつけたということがすぐにわかった。

「そんなに急いで、何かあったのですか？」

「カナタの力を借りたい。すまないが、もう一度登城してくれないか？」

リッコが懸念《けねん》していたことが現実となり、カナタはすぐに頷いた。

「大丈夫です、殿下」

「助かる。リッコも来てくれ」

「もちろんですよ！」

扉の傍《そば》で待つライルグッドのところへ歩き出そうとしたカナタ。

そこへロナルドが声を掛ける。

「カナタ！　本当に助かりました、ありがとうございます！」

「こちらこそ。信じてくれて、ありがとうございました！」

お礼にお礼で返されたロナルドは一瞬驚いた表情を浮かべたが、すぐに笑みを浮かべてカナタたちを見送ったのだった。


再び登城したカナタたちが向かった先は、王の間でも四阿《あずまや》でもなく、王城の中にある広い会議室だった。

話し合いが行われていたであろう場所なのだが、部屋の中にはライアンとアルフォンスの姿しかなく、他には誰もいない。

「あの、殿下。他の方々は？」

「話し合いならすでに終わった。他の者たちはスタンピード鎮圧《ちんあつ》のための準備に奔走《ほんそう》している」

「それなら、俺はどうして呼び出されたんでしょうか？　それに、テーブルに並ぶこれらの素材は？」

冒険者ギルドで冒険者たちに武具を提供した話はロナルドから聞いていたはずで、様々な素材がテーブルに並んでいることも考えれば騎士団にも提供をと言われると予想していたのだが、そうではなかった。

「カナタよ。どうかライルとアルのために、武具を作ってやってくれないか？」

カナタの疑問に答えたのはライアンだった。

「……殿下とアルフォンス様の武具を、俺が？」

「左様だ。ライルが立場も考えずに前線へ出たいと我《わ》がままを言っておってな」

「我がままではありません、陛下。事態を迅速《じんそく》に終息させるためには最善なのです」

「……こう言って聞かんのだ。故《ゆえ》に我は条件を出した」

「条件、ですか？」

ライアンが出した条件がカナタに関係していることは明白であり、彼は緊張から汗を滲ませながら答えを待った。

「ライルとアル、二人の要望通りの武具をカナタが作れた時にのみ前線へ出ることを許す、とな」

「……それはまた、責任重大ですね」

錬金鍛冶の結果次第《しだい》では、二人は前線へ出ることができなくなってしまう。

二人の期待に応《こた》えたいと思う一方で、本当にできるのかという緊張《きんちょう》感からさらに汗が噴《ふ》き出し、顎《あご》からポタリと垂れて床《ゆか》を濡《ぬ》らす。

おそらく、カナタが条件をクリアできる武具を作ることができなかったとしてもお咎《とが》めはないだろう。

しかし、ここでの失敗はカナタの心にしこりとして残ることになり、そうなれば今後の錬金鍛冶に支障が出るかもしれない。

確証はないが、確信はあった。

それは今日に至るまでに一〇〇〇以上もの数の武具を作り出してきた経験と、新たに手に入れた知識により錬金鍛冶への理解度が高くなったからでもある。

錬金鍛冶師として未熟ではあるものの、直感的に感じるものがあったのだ。

「気負うな、カナタ」

「ありがとうございます、殿下」

「失敗しても構わない。だからお前は、全力で俺とアルの武具を作ってほしい」

気遣いから声を掛けてくれたライアンとライルグッドだったが、カナタは返事をしながらも自らの直感を信じて、よい緊張感を保っていた。

「それとだ、リッコよ」

「は、はい！」

まさか自分に声が掛かるとは思っておらず、リッコはライアンからの問い掛けに驚きながら返事をした。

「もしも二人が前線へ向かうとなれば、そなたにもライルの護衛としてついていってもらいたいのだが、構わないか？」

「私がですか？　他に護衛騎士の方は？」

「騎士団はスタンピード終息のために全員を駆り出している。ライルの護衛にまで人員を割《さ》くわけにはいかんのだ」

「俺を邪魔者《じゃまもの》みたいに言うのはやめていただけませんか？」

やや苛立《いらだ》った感じを見せたライルグッドだったが、すぐに気持ちを切り替《か》えてリッコへ向き直る。

「まあ、そういうわけだ。リッコ、一緒に来てくれるか？」

「でも、私は……」

「行ってやってくれ、リッコ」

リッコが即答《そくとう》できないのを見たカナタは、彼女《かのじょ》にライルグッドたちと行くよう促《うなが》した。

「俺なら王都にいる間は安全だ。それに、もしも王都が魔獣に蹂躙《じゅうりん》されることがあれば、それはもうどこに逃《に》げてもどうにもならないってことだろう？」

「そんなことには絶対にさせないわ！」

「信じているからこそ、王都にいる間は安全なんだ。だからさ、一緒に行ってみんなと無事に帰ってきてくれ」

リッコたちなら、冒険者たちなら、騎士団なら、スタンピードを終息させてくれる。

そう信じているからこそ、カナタは王都で一人待つことも問題ないと彼女に告げた。

「……そんな風に言われたら、行かないなんて言えないじゃないのよ」

小さく息を吐き出しながらそう告げたリッコは、表情を凛々《りり》しいものに変えてライルグッドへ顔を向けた。

「いいわ、行ってあげる！」

「助かる、リッコ」

「ありがとうございます、リッコ様」

リッコが護衛としてついていくことが決まったところで、カナタは条件をクリアするための準備に入った。

「それではまずは、殿下のご要望から伺《うかが》ってもよろしいですか？」

「俺は雷《かみなり》魔法《まほう》を得意としている魔法剣士《けんし》だ。だから、雷魔法と相性《あいしょう》の良い武具を作ってほしい」

「……魔法、使えたんですか？」

スライナーダから王都までの道中では一度も見たことがなかったライルグッドの雷魔法に、カナタは驚きの声を漏らす。

「剣技で終わらせることができるのに、わざわざ魔法を使う必要もないからな」

「そうですか。……うん、わかりました」

次にカナタはアルフォンスへ視線を向ける。

「私は氷魔法と相性の良い武具をお願いいたします、カナタ様」

アルフォンスが氷魔法を使っている姿は何度か見ていたので、予想通りだとカナタは大きく頷く。

「わかりました。雷魔法に、氷魔法か」

「陛下からお許しをいただき、こちらのテーブルにはそれぞれに相性の良さそうな素材を運び入れてもらいました」

「ここにある素材であれば何を使っても構わん。まあ、気楽にやってみてくれ、カナタ」

プレッシャーにならないようライルグッドは気楽にと口にしたが、カナタからするとそうも言っていられなかった。

というのも、テーブルに並ぶ素材の多くが本でしか見たことのない貴重なものであり、失敗はその貴重な素材を無駄にするということでもある。

錬金鍛冶師を名乗るカナタだが、その本質にあるのは鍛冶師としての心得であり、素材を無駄にすることは絶対にしたくなかった。

「一度、全ての素材を見させてください」

そう口にしたカナタは、テーブルの周りを歩きながら並んでいる全ての素材に目を通していく。

雷魔法と氷魔法、それぞれに相性の良い素材というだけあって、どれを選んでも等級の高い武具を作れるという自信はある。

しかし、それだけではダメなのだとカナタは考えていた。

（これでいいだろう、ではダメだ。これじゃなきゃダメだ、くらいの素材を見つけ出さないと！）

今の自分に作れる最高の一本を、ライルグッドとアルフォンスに作る。

その強い想《おも》いが通じたのか、カナタの瞳には素材そのものが持つ秘《ひ》められた力、それらが微《かす》かに漏れ出てきたような淡《あわ》い光が可視化されて見えるようになっていた。

（あれは違う……これもダメだ……この中で二人に見合う作品が作れる素材は……！）

今まで見てきた素材は全て淡い光が漏れ出ているだけだった。

しかし、それらとは異なり強烈《きょうれつ》な光を放つ素材が複数見つかった。

「……これと……これと……それと……あれ、それに……」

小声でぶつぶつと呟きながら素材を選んでいくカナタを、リッコたちは無言のまま見守る。

それはカナタの雰囲気《ふんいき》が先ほどまでとは明らかに異なっており、誰も声を掛けることができなかったのだ。

こうして時間が過ぎていく中、ついにカナタは二人のための素材を選び終えた。

「……これらを使わせていただけますか、陛下？」

カナタが選んだ素材は、ライアンたちの予想を覆《くつがえ》すものばかりだった。

「……ふむ、ミスリルにバイホーンの剛角《ごうかく》、それに光雷鳥《こうらいどり》の魔石か」

「こっちは真水晶《ますいしょう》にアイスドラゴンの剛爪《ごうそう》、それと……水泡真珠《すいほうしんじゅ》？」

ライルグッドのための素材は納得《なっとく》のいくものだったが、アルフォンスのための素材には全員が疑問を抱《いだ》いた。

「水泡真珠は水魔法と相性の良い素材じゃなかったっけ？」

「いや、その通りのはずだ」

「カナタ様、こちらで本当にお間違《まちが》いないですか？」

リッコ、ライルグッド、アルフォンスの疑問の声に、カナタは力強く頷いた。

「間違いありません。水泡真珠だけなら水魔法と相性の良い素材ですが、真水晶とアイスドラゴンの剛爪、この二つと組み合わせることで氷魔法と相性の良い素材に変化するんです」

「そのようなことが本当に可能なのか、カナタよ？」

「はい。……錬金鍛冶についての資料を読んでから、感覚的に素材が持つ力が可視化されて見えるようになってきました。そして今、これらの素材を見ているうちに組み合わせによっていろいろと変わるということがわかるようになってきたんです」

「錬金鍛冶にそのような力があったとはなぁ……」

顎に手を当てながら感心していたライアンだが、本番はこれからである。

「ただ、これからやる錬金鍛冶は過去の作品とは全く異なる方法で作ります」

「というと？」

「資料に書かれていた方法を試《ため》してみたいと思います。それが成功すれば、殿下とアルフォンス様に見合う武具が出来上がるかと」

「なるほど……いいだろう、やってみるがよいぞ！」

ライアンの瞳に楽しそうな色が浮かんでいる。

彼は一国の王として多くのものを見てきた。それこそ、普通《ふつう》に生きているだけでは見ることのできない珍《めずら》しいものも数多く。

そんなライアンですら見たことのないものが今、目の前で起ころうとしている。

スタンピードという危機的な状況が迫っている中だが、それでも強い興味には勝てなかった。

(頭の中でイメージを強く固めろ。俺がやろうとしていることは、錬金鍛冶の新たな力への挑戦《ちょうせん》なんだからな！)

最初に作り出すのはライルグッドの武具である。

ミスリルは鉱石の中でも魔法との相性が良く、雷魔法だけではなく魔法全般《ぜんぱん》に適性が高い。

雷魔法に特化した武具を作るのであれば別の素材を選択《せんたく》するのがセオリーなのだが、カナタはあえてミスリルを選択した。

その理由の一つが、光雷鳥の魔石である。

光雷鳥の魔石は雷魔法だけでなく、光魔法との相性も高い。

雷魔法は魔法の性質上、強烈な光を放出するものが多い。

その光すらも操《あやつ》れるようになれば、ライルグッドの戦い方は大きく変わることになるだろう。

そうと知ってか知らずか、カナタは三つの素材をテーブルに並べて意識を集中させていく。

「…………よし！」

イメージは固まった。ライルグッドが完成した武具を手にする姿を思い浮かべることができるほどに。

両手を素材にかざし、カナタは新たな力を発動させた。

「錬金鍛冶――発動！」

偶然《ぐうぜん》なのか、それとも必然だったのか。

カナタが命名した錬金鍛冶という名前は、錬金術のような光を放ち鍛冶を行うからこそ名付けたものだった。

そして、今回カナタが発動させた新たな力こそ鍛冶でも錬金術でもない、その二つを掛け合わせた力であり、まさしく錬金鍛冶と言える力そのものだった。

（武具そのものの性能は切れ味重視、雷魔法は攻撃《こうげき》力が高いと聞いたし、攻撃八、守り二の感じで作ろう！）

魔法との相性を口にしていたが、そもそもは剣士として剣を振《ふ》るっている。

この二つを両立させなければ成功とは言えない。

最初に光を放ったのは、ミスリルとバイホーンの剛角だった。

二つは強烈な光を放ちながらお互《たが》いに近づいていき、光が触《ふ》れ合うと同時に一つに融合《ゆうごう》していく。

魔法との相性が良いミスリルと光雷鳥の魔石とは異なり、バイホーンの剛角は二つの素材とは違ってそこまで魔法との相性が良くない。

正直なところ、どうしてこの場にバイホーンの剛角が並んでいるのか疑問に思えてしまうほどだ。

実際のところライアンもバイホーンの剛角が並んでいるのを見た時は首を傾《かし》げていた。

だが、そのバイホーンの剛角をカナタは選んだ。

これもある意味、一つの運命だったのかもしれない。

バイホーンの剛角は本来、こちらに運び込まれる予定ではなかった。

運び込んだ者が素材と素材の間にたまたま置かれていたバイホーンの剛角だけをどかすのを面倒《めんどう》くさがり、そのまま運び入れてしまったのだ。

そのおかげでカナタは錬金鍛冶の力を使い、素材が持つ秘められた力に触れ、ライルグッドのための武具のイメージを固めることができた。

攻撃の八をミスリルと光雷鳥の魔石が担《にな》うのであれば、守りの二はバイホーンの剛角が担うこととなる。

守るのに必要な基礎《きそ》として、まずはバイホーンの剛角が融合されていく。

ミスリルとバイホーンの剛角が完全に融合を果たすと、次いで光雷鳥の魔石が光を放つ。

こちらは白いだけでなく、バチバチと弾《はじ》けるような黄の光も交ざっている。

強烈な光を放つ二つになった素材が、再び一つに融合されるために近づいていく。

最初は白と白の光が一つになっていき、徐々《じょじょ》に黄の光が白の光に呑《の》み込まれていく。

そして、バチバチと反発していた二つの光だったが、それもゆっくりとではあるが混ざり合い、最終的には黄金の光へと変化した。

「これで、最後だあああっ‼」

完全に一つになった三つの素材。

それをイメージしていた形状へ成形していく。

全力を注ぐたびに限界を超《こ》えてきたカナタは、今回もその例から漏れることはなかった。

――ドンッ！

強烈な光が弾け飛び、狭《せま》いとは言えない会議室中を光で埋《う》め尽《つ》くした。

「……これは、なんとまあ、美しい光だ」

ライアンが腕を広げて感嘆《かんたん》の声を漏らし、ライルグッドは光に手を伸《の》ばして温《ぬく》もりを感じている。

「……そして、暖かい」

他の面々はあまりに美しい光景に言葉が出ない。

唯一《ゆいいつ》カナタだけは、光の中から生まれた一本の直剣に視線を向けていた。

「……できた」

彼の言葉に全員の視線がカナタへ向き、次いでテーブルに置かれた直剣へ視線が向けられる。

金銀二つの線が交互《こうご》に並んだ柄《つか》から雷を模した鍔《つば》、そして銀色の剣身は中央に金色の左右非対称《たいしょう》の模様を描《えが》いている。

「……ライルグッド皇太子殿下」

カナタの呼び掛けにライルグッドはハッとした表情で彼を見る。

「受け取っていただけますか？」

「……あ、あぁ、もちろんだ！」

やや興奮した様子で返事をすると、ライルグッドは子供に戻ったかのような心境で目の前の直剣に手を伸ばし、掴《つか》み取った。

「……なんだ、これは。どうしてこんなに、手に馴染《なじ》むのだ？」

驚きと興奮がない交ぜになった笑みを浮かべ、ライルグッドは片手だけでなく、両手でも何度となく握《にぎ》り直している。

「……素振《すぶ》りをしてもいいか？」

「ならんぞ、ライルよ」

彼の言葉を却下《きやつか》したのはライアンだった。

「はっ！　も、申し訳ございませんでした、陛下！」

この場にはライアンがいる。

そのようなところで実剣を振り回すなど、あってはならないことだ。

当然ライルグッドも知っていることなのだが、すっかり忘れてしまうほどに彼はカナタの作品に魅了《みりよう》されていた。

「よい。我も大剣を見た折、素振りをしたいという欲に駆られたからな」

「ねえ、カナタ君。この直剣、等級はどれくらいになるのかな？」

リッコの疑問にカナタはニヤリと笑いながら答えた。

「……三等級の下位、かな」

「まさか、昨日の今日で限界を超えちゃうなんてね」

「俺も驚きだよ。でも、新しい力で作ったんだから、もしかすると当然の結果だったのかもな」

「ということは、アルフォンス様の武具を作る時には、さらに等級が上がっちゃったりして」

「それはどうだろうな」

冗談《じょうだん》交じりにリッコがそう告げると、カナタは苦笑しながら肯定《こうてい》も否定もしなかった。

「ふむ、ライルの武具は条件を満たしているようだな」

「その通りです、陛下。これは俺にとって最高の武具になっている」

「くくくっ、言葉遣《ことばづか》いが変わってしまうくらいに興奮しているようだな、ライルよ」

「はっ！　……申し訳ございません」

恥ずかしそうに片膝《かたひざ》をついたライルグッドに、ライアンは微笑《ほほえ》ましいものを見るように笑みを浮かべる。

「立つのだ、ライル。これからさらにすごいものが見られるかもしれないのだぞ？」

ニヤリと笑ったライアンはその視線をカナタへ向けた。

「さて、カナタよ。膨大な魔力を消費しただろうが、アルフォンスの武具まで作れるか？」

ここでできないと答えても責められることはないだろう。

「作れます。作らせてください！」

しかし、カナタはできないとは答えなかった。

「本当に大丈夫ですか、カナタ様？」

「はい、アルフォンス様。それに、今の感覚が残っている間にもう一本を作りたいんです」

初めての素材融合が上手《うま》くいったからといって、次も必ず成功するという保証はない。

「……わかりました。よろしくお願いいたします、カナタ様」

「はい！」

テーブルにはアルフォンスのために選んだ三つの素材が並べられる。

真水晶、アイスドラゴンの剛爪、水泡真珠。

ライアンたちは水泡真珠を含《ふく》めた三つの素材がどのようにして一つになるのか、どんな形状になり力を発揮するのか、それを見るのが楽しみで仕方なかった。

「それでは、始めます！」

カナタの頭の中ではすでにイメージが固まっている。

それは何度もオシドと模擬《もぎ》戦をしていた彼の直剣を見ていたからこそだった。

最初に光を発したのは、真水晶と水泡真珠。

白い光が真水晶から、そして水泡真珠からは青い光が放たれる。

ただし、光雷鳥の魔石を融合する時に感じた反発感はなく、青い光はスムーズに白い光に吸収されていく。

このまま順調に作業が進んでいく――のかと思ったが、そうはならなかった。

「うおっ⁉」

一つになった真水晶と水泡真珠だったが、もう一つの素材であるアイスドラゴンの剛爪との融合で強烈な反発感を覚えたのだ。

素材同士が反発し合い、魔力がごっそりと持っていかれてしまう。

「な、なんだ、この冷気は！」

それだけではない。

ライルグッドが叫《さけ》んだように、アイスドラゴンの剛爪から強烈な冷気が放出され始めたのだ。

「カナタ君！」

「大丈夫だ！　俺を信じろ、リッコ！」

体から汗が噴き出すが、アイスドラゴンの剛爪に一番近いカナタの汗は一瞬にして凍《こお》りつく。

吐き出す息も白くなり、会議室の温度は一気に氷点下まで下がってしまう。

「さすがはドラゴンの素材、というわけか」

「冷静に分析《ぶんせき》している場合ですか、陛下！」

「陛下だけでも一度退出された方がよろしいのでは？」

ライルグッドとアルフォンスがライアンの退出を提案するが、彼は大きく首を横に振った。

「アールウェイ王国の民《たみ》が必死になって作業をしている中で、我だけが逃げ出すなどあってはならん。しかも、それが我の頼みから起きていることなのだからな」

強烈な光にも、凍《こご》えてしまいそうなほど強い冷気にも、ライアンは目を閉じることなくカナタの勇姿をその目に焼き付ける。

「……負けるものか……一つになれ……一つに、なるんだ！」

水と氷。

似て非なるものである二つの魔力は今もなお強烈に反発し合っている。

しかし、カナタの魔力が干渉《かんしょう》することで、徐々にではあるもののお互いの魔力が融合していき、

反発感も弱まっていく。

それに比例するようにして周囲の温度も上がっていき、三つの素材は完全に一つの素材へと融合を果たした。

「最後の、仕上げだ！」

ここまでくれば、あとは形状を整えるのみ。

アルフォンスの剣技はライルグッドを上回っている。

しかし、彼は護衛騎士であり、ライルグッドを守ることが何よりも優先される立場にある。

であれば、攻撃に偏《かたよ》り過ぎた作りよりも、守りを意識した作りの方がいいだろうと考えた。

ライルグッドの直剣よりも剣身はやや太く、それこそ素材に使ったドラゴンの攻撃を受け止められるくらいの強度を意識する。

攻撃と守りの比率を半々にしても、アルフォンスの剣技と氷魔法があれば十分な攻撃力を出すこともできるだろう。

――アルフォンスが抱《かか》える悩《なや》みをカナタは知らない。

彼は自らに内包されている膨大な魔力を制御《せいぎょ》することができておらず、常に威力《いりょく》の低い魔法ばかりを使っている。

オシドとの模擬戦で見せた氷の壁《かべ》もその一つで、本来の実力からすればより強力な魔法を使うことも可能なのだが、今のアルフォンスでは危険を伴《ともな》うため、どうすることもできなかった。

だが、ドラゴンの素材が選ばれた時点で、知らず知らずのうちにカナタはアルフォンスが抱える悩みを解決する方向へ自然と進み出している。

そのことに気づくのはもう少し先の話になるが、アルフォンスだけは今の時点で、もしかしたら解決できるかもしれないと思っていた。

「あと少し……頼む、もってくれよ！」

まだまだ余裕《よゆう》があると思っていた魔力も、ここにきて尽き始めている。

魔力枯渇《こかつ》の前兆と言える脱力《だつりょく》感や、視界の中で弾けるありもしない光が見えるようになっていた。

それでもカナタは錬金鍛冶を止《や》めようとはしない。

「うおおおおおおおおぉぉっ‼」

限界を超えようとしたカナタの口からは、自然と雄叫《おたけ》びが飛び出していた。

直後、抑え込まれていた冷気が青白い光と共に会議室全体へと一気に広がっていった。

「きゃあっ！」

「大丈夫か、カナタ！」

あまりの寒さにリッコは悲鳴をあげ、ライルグッドが心配して声を掛ける。

「……はぁ……はぁ……はぁ……で、できましたよ……アルフォンス、さま……」

「カナタ君！」

噴き出していた汗が凍りつき、カナタの肌《はだ》や洋服に張り付いている。

そんな中でも、やり切ったカナタは笑みを浮かべながらアルフォンスを見たが、直後には全身から力が抜けて膝《ひざ》がカクンと曲がった。

テーブルに顔をぶつけると思った直前で、リッコの腕がカナタの体を支えていた。

「ちょっと、大丈夫なの？」

「あぁ──……いや、大丈夫じゃ、ないな」

強がりを言う余裕もなく、カナタは素直《すなお》に本心を口にした。

「ライルグッド、すぐにカナタが休める部屋を用意するのだ！」

「はっ！　……ん？　アルではなく、俺がですか？」

ライルグッドもカナタのために動くのであれば、やぶさかではない。

しかし、いきなり皇太子である自分が動くことは順番が違うのではないかとも考えた。

「そうだ。……アルフォンスを見てみろ」

「アルを？　……なるほど。かしこまりました、陛下」

横目でアルフォンスを見たライルグッドは、ライアンが何を言いたかったのかをすぐに理解し、軽く笑みを浮かべながら会議室をあとにした。

「……なんて美しいのだ」

ライルグッドが笑みを浮かべた理由、それはアルフォンスが出来上がった直剣を前に少年のような表情を浮かべていたからだ。

視線を直剣から離そうとはせず、ただずっと眺《なが》めている。

早く触れたい、握りを確かめたい、そう思いながらもギリギリのところで理性を保っているといった状態だ。

「……ぜひ一度、握ってみてください、アルフォンス様」

そんなアルフォンスの状態を、カナタはめまいのする状況でもしっかりと理解していた。

「はっ！　も、申し訳ございません、カナタ様！　あなたがこのような状態だというのに、私はいったい何を！」

「いや、俺は嬉《うれ》しかったですよ」

「……えっ？」

「出来上がった作品を、手にする相手が夢中になって見てくれていたんです。これほど職人冥利《みょうり》に尽きるものはありません」

汗が引かない状態で、カナタはニコリと笑みを浮かべた。

それでも本来であれば彼の体を労《いたわ》って行動するのが正解なのだろう。

しかし、アルフォンスはカナタに目の前の直剣を手にしている姿を見せることこそが、彼の願いであると感じ取っていた。

「……ありがとうございます、カナタ様」

小さく息を吐き出しながら、アルフォンスは一歩前に出る。

気持ちが高ぶっているからか、普段《ふだん》よりも大きくなったその一歩で、彼は腕を伸ばせば直剣に手が届く位置まで移動した。

「……これが、私の新しい相棒になるのですね」

右手を伸ばし、グッと柄を握りしめる。

その瞬間《しゅんかん》、今なお会議室の中を漂《ただよ》っていた青白い光が直剣へと収束していき、全ての光を吸収してしまう。

「これはまた、不思議な光景だな」

ここでも感嘆の声を漏らしたのはライアンだ。

だが、それも当然だと言えるだろう。

白銀だった剣身は、青白い光を吸収することでその色を全く同じ色に変化させてしまったのだ。

「……ひんやりと心地《ここち》よく、私の魔力と完全に同調しております」

直剣が吸収した青白い光は、いつしかアルフォンスの周りに漂うようになっている。

まるで直剣がアルフォンスを主《あるじ》だと認め、己《おのれ》の一部であると主張しているかのようにカナタには見えていた。

「カナタ様。この直剣は間違いなく、私にとって最高の一本になるでしょう」

「……ははっ……それは、俺にとって最高の……褒《ほ》め言葉……です……ね……」

「……ちょっと、カナタ君？　ねえ、カナタ君！　カナタ君‼」

満足げな表情を浮かべたカナタは、そのまま気を失ってしまった。

「準備できました、陛下！」

そこへライルグッドが戻ってくると、リッコはカナタを抱《だ》き上げて駆け出した。

「部屋に案内してください、殿下！」

「あぁ、わかった！　アルも来い！」

「はっ！　陛下、失礼いたします！」

会議室を飛び出していく三人を見送り、残されたライアンは自分でも気づかないうちに拳《こぶし》を強く握りしめていた。

「……今回のスタンピードは、限りなく少ない被害《ひがい》で終息できるかもしれんな」

カナタの錬金鍛治。

出来上がったライルグッドとアルフォンスの武具。

それらを見たライアンはそう呟くと、自分も会議室をあとにしたのだった。

ライルグッドが指示を出して準備した部屋は、会議室から三つ隣の部屋だった。

「もう！　隣の部屋に準備しなさいよ！」

「これでも空いている部屋の中では一番近い部屋だったのだ！」

「私は医者を連れてまいります！」

カナタを抱えたリッコとライルグッドは部屋へ飛び込み、アルフォンスは医者を呼びに廊下《ろうか》を走っていく。

そのままベッドに寝《ね》かされると、その手をリッコが優《やさ》しく包み込んだ。

「大丈夫だよね、カナタ君。ただの魔力枯渇だもの……少し休んだら、目を覚ますよね？」

まるで自分に言い聞かせるように、リッコは目を閉じているカナタへ語り掛ける。

カナタを心配するリッコの姿を見て、ライルグッドは何も言えなくなってしまう。

「……殿下。先ほどは失礼いたしました。その、興奮してしまって」

「いや、構わん。俺もすぐ隣の部屋を用意したかったからな」

冷静さを取り戻したリッコが謝罪を口にすると、ライルグッドも同じ気持ちだったのだと答える。

しばらくしてアルフォンスが医師と共に戻ってくると、すぐに診察《しんさつ》が始まった。

「……ふむ、典型的な魔力枯渇の症 状《しょうじょう》だねぇ」

医師はカナタの症状を説明しながら、最終的には命に別状はないと告げた。

「……よ、よかった～！」

力が抜けたように椅子《いす》に腰掛《こしか》けたリッコを見て、ライルグッドがポンと肩を叩《たた》いた。

「じゃが、一気に大量の魔力を使ったのだろう。この者の体力にもよるが、二、三日は目を覚まさないかもしれんのう」

「それでも命に別状がないのであれば朗報だろう」

ライルグッドがそう口にすると、医師は会釈《えしゃく》をしてから部屋をあとにした。

「……リッコ様。私たちはスタンピードを終息させるために前線へ向かいたいと思います」

「お前はカナタの傍にいてやれ。陛下には俺から進言しておこう」

本来であればリッコも護衛としてライルグッドたちと行動を共にする予定だった。

だが、カナタが倒れてしまったので話は変わってくる。

心配で動きに精彩《せいさい》を欠いてしまえば自分だけでなく、周りの人間にも危険が及《およ》ぶかもしれない。

「……いいえ、行きます」

しかし、リッコは同行することを選択した。

「大丈夫なのか？」

「大丈夫です。それに、殿下たちが前線へ迎《むか》えるように頑張《がんば》ってくれたのに、私が約束を反故《ほご》にしてしまったら、カナタ君が目覚めた時に怒られちゃいそうですから」

ベッドの横でカナタの手を握っていたリッコはそっと手を離《はな》し、立ち上がってからライルグッドへ向き直る。

その表情は凛々しいものであり、冒険者リッコの顔になっていた。

「……それもそうだな」

「カナタ様が目覚めるまでは、先ほどの医師に様子を見ていてもらいましょう」

「ありがとうございます」

腰に提げたカナタから貰《もら》った直剣を握りしめ、リッコは彼の寝顔《ねがお》を見つめた。

「……行ってくるね、カナタ君」

「さっさと片づけて、無事な姿を見せてやろう」

「かしこまりました。カナタ様から頂いたこの直剣を無駄にしないよう、全力を尽くします」

この場にいる全員が『カナタの努力に報《むく》いるために』を心に誓《ちか》って歩き出す。


——だが、この時は知る由《よし》もなかった。

今回のスタンピードにカナタが深くかかわっていたということに。

◆◇◆◇閑話《かんわ》：三人の兄たち③◇◆◇◆

魔獣《まじゅう》の活性化や強化種の頻発《ひんぱつ》は、アクゴ村にも影響《えいきょう》を及《およ》ぼしていた。

「――に、逃《に》げろおおおっ！」

「――こっちからも魔獣が来たぞ！」

「――もうダメよ、殺されてしまうんだわ！」

アクゴ村にも情報は入っていた。

しかし、何もないアクゴ村をわざわざ訪《おとず》れる者は少なく、情報が伝わった時点ですでに魔獣は彼《かれ》らだけで対処できる数を優に超《こ》えていた。

森の中から突如《とつじょ》として現れた魔獣の群れが、アクゴ村に襲《おそ》い掛《か》かっていく。

多くの住民が魔獣に斬《き》り裂《さ》かれ、食われ、潰《つぶ》されていく。

あまりにも悲惨《ひさん》な状況《じょうきょう》に、逃げることも放棄《ほうき》して茫然《ぼうぜん》自失になる者も多かった。

「は、早く逃げようぜぇ、ヨーゼフ兄貴！」

「もう、嫌《いや》だ！　どうして僕《ぼく》たちが、こんな目に！」

焦《あせ》った様子でルキアとローヤンが護身用の短剣《たんけん》を手に鍛冶《かじ》場を飛び出そうとしている。

「壺《つぼ》は……私の壺はどこに行ったんだ！」

しかし、ヨーゼフは何よりも大事だと思い込《こ》まされている壺がどこに行ってしまったのかわからず、逃げることも忘れて必死に捜《さが》し回っていた。

「何やってるんだよぅ、兄貴！」

「は、早く逃げないと、僕たちも、殺される！」

「黙《だま》れ！　私には、あの壺が必要なんだ！　あの壺さえあればやり直せる……やり直せるんだ！」

「……あんた、何を言っているんだよう！」

魔獣が迫《せま》ってくる中で支離滅裂《しりめつれつ》なことを口にしているヨーゼフを見て、ついにルキアがキレた。

「兄貴、マジでおかしくなってるぞ！　全部あの壺のせいだろうが！　あんなもの放っておいて、さっさと逃げようって言っているんだよ！」

「あんなものだと！　あれは私にとっての全《すべ》てだ！　あれがなければ私は……私は！」

「──おや？　どうしたのですか、ヨーゼフ様？」

鍛冶場の入り口から突如として聞き慣れない声がした。

ルキアとローヤンが振《ふ》り返ると、そこにはやはり見たことのない男性が立っている。

「あなたは、あの時の商人じゃないか！」

「……誰《だれ》だ、ヨーゼフ兄貴？」

「……流れの商人？　今、この状況で？」

黒いフードを目深《まぶか》にかぶった商人を見て、ルキアとローヤンは怪訝《けげん》な表情を浮《う》かべる。

それも当然で、アクゴ村の中では今も住民たちの悲鳴が響《ひび》き渡《わた》り、魔獣の咆哮《ほうこう》がこだましている。

そんな状況で流れの商人が姿を現すなど、怪《あや》しい以外の何ものでもなかった。

「聞いてくれ！　あの壺が、あなたから貰《もら》った壺がなくなってしまったんだ！」

「おや、そうでしたか」

「あの壺を兄貴に渡したのはてめぇなのかぁ？」

「……この人、怪しい！」

ヨーゼフに壺を渡した相手だとわかり、ルキアとローヤンは短剣を手に商人を睨《にら》みつける。

「怪しいですか？　まあ、この状況ではそのように思われても仕方がありませんか」

「あの壺はいったい何なんだぁ？」

「あれのせいで、ヨーゼフ兄は、おかしくなった！」

「おい、お前ら！　なんてことを言うんだ！」

「何言ってんだよぉ、兄貴！」

商人へ詰《つ》め寄ろうとした二人に対して、ヨーゼフは怒声《どせい》をあげて立ち塞《ふさ》がる。

「構いませんよ、ヨーゼフ様」

「で、ですが！」

「あの壺なんですが、私が回収させていただきましたから」

「……えっ？　それは、どういう――」

「さあ、ご覧になってください、ヨーゼフ様」

商人はヨーゼフの肩《かた》に片手を置くと、もう一方の手でなくなっていた壺を取り出した。

壺はヨーゼフの目の前に差し出され、彼は壺を目にした途端《とたん》、体を震《ふる》えさせ始めた。

「……あ……あぁ……あああぁぁあぁあぁぁっ⁉」

「よ、ヨーゼフ兄貴！」

「な、何をしたんですか！」

「くくくっ、私は何もしていませんよ？　何かしたのは、こいつなんだからなあ！」

急に言葉遣《ことばづか》いを一変させた商人は、高笑いしながら壺の蓋《ふた》を開けた。

突如、壺の中から紫 色《むらさきいろ》の煙《けむり》が大量に噴《ふ》き出した。

「な、なんだよ、これはあっ！」

「こ、怖《こわ》いよ、ルキア兄！」

紫色の煙は鍛冶場の中を埋《う》め尽《つ》くすと、まるで意思を持っているかのようにヨーゼフの周りに収束していく。

何が起きているのか全く理解が追いつかず、二人は恐 怖《きょうふ》に表情を歪《ゆが》めながらヨーゼフを見ていることしかできない。

「が、があぁぁ……ぁぁ……ぁぁァァ……ガルアアアアァァアアァァァッ‼」

そして、紫色の煙が全てヨーゼフの体に呑《の》み込まれていくと、彼の肉体に変化が起きた。

皮膚《ひふ》の色がどす黒くなり、ボコボコと筋肉が蠢《うごめ》き隆 起《りゅうき》する。

額からは二本の角が生え、アクゴ村全体に響き渡る大咆哮をあげた。

「……あ、あに、き？」

「……そんな……ヨーゼフ、にい？」

目の前で実の兄が魔獣へと変貌《へんぼう》してしまい、ルキアとローヤンは呆然としてしまう。

「くくくく、あーはははっ！　いいぞ、カナタ・ブレイドへの恨《うら》みがこれほどまで深いとは！」

「か、カナタだとぉ？」

「ど、どうして、カナタの、名前が？」

ヨーゼフが魔獣となり、元凶《げんきょう》となった商人はカナタの名前を出している。

混乱がさらに深まるが、二人の生存本能が生き残るためにはどうするべきか、体が自然と動き出していた。

「に、逃げるぞ、ローヤン！」

「う、うん！」

「逃がすと思いますかぁ？」

商人が下卑《げび》た笑《え》みを浮かべながらそう口にすると、ヨーゼフは首を動かし二人を見据《みす》えた。

「……う、嘘《うそ》だろぉ、兄貴？」

「……嫌だ……止めてよ……」

『ガルアアアァァアアアァァッ‼』

大咆哮をあげながら右腕《みぎうで》を振り上げる。

天井《てんじょう》が崩《くず》れて大量の破片《はへん》が落下してくる。

そして――そのまま振り下ろされた。

「「うわあああああっ⁉」」

二人の悲鳴がこだまし、鍛冶場は完全に崩壊《ほうかい》してしまった。

「いいぞ、いいぞおっ！　この力があれば、確実にカナタ・ブレイドを殺すことができる！」

商人は動かなくなったヨーゼフを見上げながら高笑いし、下卑た笑みを深めていく。

「まさか、バルダの宝物庫に禁忌《きんき》の魔導具《まどうぐ》があるとはなぁ……くくくっ、私にも運が巡《めぐ》ってきたようだ！　これで俺《おれ》の人生をめちゃくちゃにしたカナタに復讐《ふくしゅう》することができるぞ！」

壺を片手にそう呟《つぶや》いた商人は、ヨーゼフに指示を出そうと口を開いた。

「まずは小手調べに、この村を壊滅《かいめつ》させるのだ！」

『……』

しかし、ヨーゼフは商人の言葉を受けても動こうとはしない。

「貴様、何をしている！　さっさと動け！　おら、動けよ！」

自分の思い通りにならないヨーゼフに苛立《いらだ》ち、商人は彼の脚《あし》に蹴《け》りを入れた。

『……グルルゥゥ』

「はは、そうだ。さっさとこの村を壊滅させせ――」

――ドゴオオオン！

「ぬおあああああっ⁉」

ヨーゼフは商人の指示に従うことはなく、腕《うで》を横に薙《な》いで吹《ふ》き飛ばしてしまう。

不幸中の幸いだったのが、叩《たた》き潰されたわけではないのと、アクゴ村の建物が全て木造だったことで、硬《かた》い壁《かべ》に叩きつけられなかったことだろう。

「ぐはっ！　……ひ、ひいいぃぃいっ‼」

商人は悲鳴をあげながら駆《か》け出し、ヨーゼフのもとから逃げ出した。

『……ゥゥ……ガ……ガァァ……ガナダアアアァァアアァァッ‼』

魔獣と化したヨーゼフの大咆哮が周囲の破片を吹き飛ばすと、彼は本能に任せて暴れ始めた。

――それから一時間と掛からないうちに、アクゴ村は灰燼《かいじん》に帰したのだった。

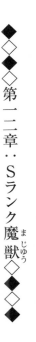

◆◇◆◇第一二章：Sランク魔獣《まじゅう》◇◆◇◆

「……う……ううん」

朦朧《もうろう》とする意識の中、カナタは目を覚ました。

ふかふかのベッドに寝《ね》かされていることに気づき、視線を横に向けると、ここが記憶《きおく》にない豪奢《ごうしゃ》な部屋なのだとわかった。

どうして自分が豪奢な部屋のベッドに寝かされていたのか、そのことを思い出そうと記憶を遡《さかのぼ》っていく。

（……ここは、王城か？　俺《おれ》、何をしていたんだっけ？　登城するように言われて、会議室に案内されて、そこで殿下《でんか》とアルフォンス様の武具を……）

「あっ！」

意識を失う直前までの記憶を思い出し、カナタは声をあげてベッドから飛び起きた。

「うおっ⁉」

しかし、慌《あわ》てて起きた弊害《へいがい》からか、カナタは足を床《ゆか》につけた途端《とたん》によろめいてしまう。

間一髪《かんいっぱつ》でベッドの端《はし》に腰掛《こしか》けて倒《たお》れることはなかったが、それでも体力が相当落ちていることに気づかされる。

「……俺、どれくらい寝ていたんだ？」

廊下《ろうか》に出て誰《だれ》かに声を掛《か》けなければと思っていると、扉《とびら》がノックされたあと、しばらくして開かれた。

「おや？　目覚めたようじゃのう」

「……あの、あなたは？」

「王城に勤める医師じゃよ。どれ、少し待っておれ」

医師はそう声を掛けると、廊下に立っていた見張りの騎士《きし》に声を掛けて先触《さきぶ》れを走らせた。

「これでいいじゃろう。さて、それでは診察《しんさつ》を始めようか」

「えっ？　あっ、はい」

慣れた様子でベッドの横にある椅子《いす》に腰掛け、医師は診察を始めていく。

「体の調子はどうじゃ？　痛むところはあるか？」

「痛むところはありません。ただ、さっき立ち上がろうとしたらよろめいてしまって」

「それはそうじゃろう。何せ、三日も寝続けていたんじゃからのう」

「えぇっ！　そんな、三日も寝ていただなんて……」

あまりの驚《おどろ》きにカナタは愕然《がくぜん》としてしまう。

そして、すぐに気を失う以前の状況《じょうきょう》を思い出して口を開いた。

「あの、スタンピードはどうなりましたか？　殿下やアルフォンス様は？　リッコは今どこに？」

「ほほほほ、落ち着きなさい。まずは体の状態を確かめることからじゃ。先触れも送っておる、じきに説明をする者がやってくるじゃろうて」

医師は焦《あせ》るなと言わんばかりにゆっくりとした口調でそう告げながら診察を続け、最後には大きく頷《うなず》いた。

「……うんうん、回復はしているようじゃのう」

「ありがとうございます。……あの、先触れを送ったと言っていましたが、いったい誰がこちらに来てくれる――」

「起きたか、カナタよ！」

誰が来るのかを確認《かくにん》しようとしていたところへ、聞き覚えのある声が響《ひび》いてきた。

ノックもなしに扉を開けて姿を見せたのは――

「へ、陛下!?」

「ほほほほ。陛下、そこまで急がなくても大丈夫《だいじょうぶ》ですぞ」

「それとこれとは話が違《ちが》うのですよ、サイフォン老師」

まさかライアンが訪《おとず》れるとは思っておらず、カナタはすぐにベッドから起き上がろうとした。

「こ、このような姿で申し訳ございません！　すぐに立って――」

「動くでない！　そのまま座《すわ》っているのだ、カナタよ！」

「で、ですが……」

「陛下もこのように仰《おつしや》っておるのじゃ。これは王命じゃぞ？」

サイフォンの言葉を受けて、カナタは少しだけ思案したものの、ライアンの言葉なのだからと自分を納得《なつとく》させた。

「……ありがとうございます、陛下」

「カナタの状態はどうなのだ、サイフォン老師よ？」

「全く以《もつ》て問題ございません。ただ、しばらくは体力の回復に努める必要はあるでしょうな」

「そうか。まあ、三日も寝ていればそうなるであろうな」

サイフォンとやり取りをしながら、ライアンは自ら椅子を移動させてベッドの横に腰掛ける。

「あの、陛下にこのようなことを伺《うかが》うことをお許しいただきたいのですが、スタンピードはどうなっているのでしょう？　殿下やアルフォンス様、それにリッコは？」

別の誰かが説明するのかもしれないが、カナタはどうしても気になってしまい問い掛けた。

「構わん。むしろ、それを伝えに来たのだからな」

「へ、陛下が自らですか？」

「当然であろう。カナタには助けてもらいっぱなしだからな」

一国の王が直接説明するなど当然であるはずがないのだが、今は一刻も早く状況を知りたい欲求が勝《まさ》り、カナタは耳を傾《かたむ》けることにした。

「まずはスタンピードについてだが、まだ終息には至っていない」

「そう、ですか」

「だが、当初の想定よりも被害《ひがい》は少なくなっており、明日か明後日《あさって》には終息できるだろうと我らは見ている」

終息の目途《もくと》が立っているとわかり、カナタは胸を撫《な》で下ろした。

「それも全《すべ》て、カナタのおかげよ」

「……お、俺のおかげですか？」

ここで自分の名前が出るとは思わず、カナタは疑問の声を漏《も》らした。

「うむ。冒険者《ぼうけんしゃ》ギルドのロナルドから話は聞いている。多くの武具を作り、提供してくれたのだろう？」

「知っていらしたのですか？」

「何もライルだけがロナルドと繋《つな》がっているわけではないからな」

そう口にしたライアンはニヤリと笑い、そのまま言葉を続けた。

「それと、カナタが意識を失う前に作ってくれたライルとアルフォンスの武具だ」

「お二人の武具ですか？」

「うむ。二人とリッコは今もなお、最前線で魔獣を抑《おさ》え込《こ》んでくれているが、その活躍《かつやく》は目を見張るものがあると報告を受けておる」

特にアルフォンスは水を得た魚のように剣技《けんぎ》だけでなく、魔法《まほう》も駆使《くし》して一騎当千《いっきとうせん》の活躍を見せているのだと聞いて、カナタは自然と笑《え》みを浮《う》かべていた。

「そうですか、よかった……本当によかった」

リッコも、ライルグッドとアルフォンスも無事でいてくれている。

その事実を聞き、カナタは大きく安堵《あんど》の息を吐《は》き出した。

「し、失礼いたします！」

しかし、凶報《きょうほう》は突如《とつじょ》としてやってくるものだった。

「どうした！」

「はっ！　南の森の近くに築かれていたアクゴ村に冒険者の斥候《せっこう》部隊が到着《とうちゃく》したと報告が入りました！　ですが、アクゴ村があった場所は灰燼《かいじん》に帰しており、その……生き残りを発見することが、できなかったと」

最後の発言だけは言葉を詰《つ》まらせ、報告に来た騎士は強く拳《こぶし》を握《にぎ》りしめていた。

「そうか……して、ライルたちがいる前線部隊はどうしているのだ？」

「はっ！　すでに前線基地を出発しており、アクゴ村があった場所の周囲を探《さぐ》る予定だということです！」

たったの数日で一つの村を滅《ほろ》ぼした魔獣がいる。

その事実はカナタやライアンに一抹《いちまつ》の不安を抱《いだ》かせるものであり、リッコたちの無事を安全なところから祈《いの》ることしかできない自分に強い憤《いきどお》りを感じてしまう。

「それと、これは前線部隊からなのですが……」

「何かあったのか？」

「遭遇《そうぐう》する魔獣の数が多く、また強化種の数も増えてきているようで、武具の損耗《そんもう》が激しいようです。このままの状態でアクゴ村を滅ぼした魔獣と接敵した場合、武具がもたない可能性があるとの報告を受けております」

魔獣が強くなれば当然、武具の損耗は激しくなる。

騎士団が保有している武具も無限ではなく、冒険者に至っては個人で準備したものを使うのだから、壊《こわ》れてしまえば替《か》えはない。

まさか人間よりも先に武具に問題が生じるとは予想しておらず、ライアンは顔には出さなかったものの額に薄《うっす》らと汗《あせ》を浮かべていた。

「……武具の補充《ほじゅう》であれば、問題ありません」

そう断言したのはカナタだった。

「ならん！　そなたは三日間も眠《ねむ》り続け、先ほど目を覚ましたばかりであろう！」

「ですが陛下！　ここで何もしなければ、犠牲者《ぎせい》が増える一方です！　俺なら大丈夫です、すでに魔力《まりょく》は回復していますから！」

決意に満ちた瞳《ひとみ》でライアンを見つめるカナタ。

ライアンは歴戦の騎士だった過去を持ち、今もなお時間があれば剣を振《ふ》っている。

そうすることで嫌《いや》なことを忘れ、気持ちを落ち着けることができるからだ。

巨大《きょだい》な魔獣とも対峙《たいじ》したことがあるし、戦争で人間同士の戦いも経験している。

二回りも歳《とし》が離《はな》れた相手に気圧《けお》された記憶もなかったのだが、ライアンは今、間違《まちが》いなくカナタに気圧されていた。

（……この気迫《きはく》、決意に満ちた瞳の力強さ。これが、ブレイド家初代の血を継承《けいしょう》した者が持つ迫力《はくりょく》なのかもしれないな）

そう思ったライアンは、誰にも気づかれないよう下を向きながら笑みを浮かべる。

そして、表情を取り繕《つくろ》ってから顔を上げると、カナタにこう告げた。

「その決意、よくわかった！　ならばカナタよ、そなたに新たな武具の作製を依頼《いらい》しよう！」

「承《うけたまわ》りました、陛下！」

「素材は全てこちらで準備しよう。騎士団が普段《ふだん》使っている武具の等級はどの程度だ？」

「……は、はっ！　五等級が最も多く、次いで六等級と四等級を同程度の数で揃《そろ》えております！」

報告に来た騎士はいきなり話を振られて一瞬《いっしゅん》言葉に詰まったが、気を取り直して答える。

それを聞いたライアンは僅《わず》かに逡巡《しゅんじゅん》したあと、カナタを見て一つの提案を口にした。

「であれば……カナタよ、四等級の武具で複製を行ってもらってもよいか？」

「かしこまりました。それでしたら、先日陛下の前で錬金鍛冶《れんきんかじ》を行った時と同品質の精錬鉄《せいれん》を大量に用意していただければと思います」

「うむ、すぐに用意させよう。して、カナタよ。素材が用意できたとして、どれだけの時間が掛かりそうだ？」

事は一刻を争う。

何が最善なのかを考えたカナタは、一つ頷いてからこう答えた。

「……俺も最前線へ向かいます」

「なっ！　カナタよ、それはさすがに無茶というものだ！」

「いえ、これが最善だと思うんです。俺の錬金鍛冶は場所を選びません。ここで作ってから運んでいては時間が掛かります。ですが、移動しながら作ってしまえば、最短で最前線へ武具を届けることができるんです！」

カナタの説明を受けて、ライアンは初めて考え込んでしまう。

スタンピードを抑え込むことを優先すればカナタの意見を受け入れるべきだろう。

しかし、彼《かれ》はブレイド家初代の血を継承した人間であり、魔王復活が近づいている今となっては、自分よりも命の価値が高い人間だと考えてもいる。

カナタの安全を優先するのであれば、この場で複製をしてもらうべきなのだが……そこまで考えたライアンは、もう一度視線をカナタへ向けた。

「……」

無言ではあるが、その瞳はライアンへ訴《うった》えている。

自分を行かせてくれと、それが最善であり、多くの命を助けることができるのだと。

カナタの真意を読み解いたライアンは、小さく息を吐いてから決意を固めた。

「……わかった、カナタよ」

「あ、ありがとうございます！　必ず陛下の期待に応《こた》えて――」

「ならば我も同行して、そなたの護衛を務めようぞ！」

「………………えっ？」

ライアンが何を言っているのか、すぐには理解できずカナタは素《す》っ頓狂《とんきょう》な声しか発せられない。

「……な、何を仰るのですか、陛下！」

カナタよりも先に我に返った騎士が声をあげるが、ライアンの決意は変わらなかった。

「今やカナタは、我以上になければならない存在になっておる！　騎士団の主力を最前線へ向かわせている以上、カナタの護衛を担《にな》えるのは我しかおらんだろう！」

「き、騎士はまだこちらにも残っております！　私たちが護衛を務めますので、陛下は残ってください！」

「俺からもお願いします！　陛下はやんごとなきお方ですので、何かあってからでは遅《おそ》いのです！」

カナタも護衛にライアンがついたとなれば、周囲からいろいろと視線が集まるだろう。

それには悪意も含《ふく》まれるだろうし、そうなれば何かと動き辛《づら》くなってしまう。

「むう、しかしだなぁ……」

「で、では、これならどうでしょう。護衛の騎士の方々にも武具を作りますので、それを持っての護衛であればよいのでは？」

騎士に実力がなければ意味はないが、それでも装備の質で実力が上がることはよくあることだ。

自分を心配してくれることはありがたいが、だからといってライアンを危険な場所に飛び込ませるわけにはいかない。

カナタは自分にできる最善の手段を提示し、ライアンの答えを待った。

「……わかった。であれば、そなたとあと三人、腕《うで》の立つ騎士を呼んでまいれ！　それと、手の空いている者にこの部屋へ精錬鉄をある分全てを運び込むよう伝えよ！」

「はっ！」

部屋を飛び出した騎士はしばらくして、三人の騎士を連れて戻《もど》ってきた。

その後ろには精錬鉄が入った木箱を持った使用人が何人も並んでおり、次々と部屋に運び入れている。

騎士たちは二人が直剣、残る二人がそれぞれ大剣と長槍《ながやり》を手にしている。

「これらは全て五等級の武具であるか？」

「はっ！　その通りでございます、陛下！」

最初の騎士がそう告げると、ライアンはカナタに四等級でそれぞれの武具を作ってほしいと口にした。

「かしこまりました、陛下」

カナタは木箱を一つ開け、精錬鉄を取り出して部屋のテーブルに並べていく。

錬金鍛冶を見たことがない騎士たちは何が始まるのかと怪訝《けげん》な表情を浮かべているが、ライアンが何も言わずに見つめていることもあり無言を貫《つらぬ》いている。

「まずは直剣から作っていきたいと思います」

カナタはそう宣言すると、すぐに錬金鍛冶を発動させた。

目の前の光景に警戒《けいかい》を示した騎士たちだったが、ライアンが右手を上げて制すると騎士たちは顔を見合わせながら武具を下ろす。

光を放つ精錬鉄がひとりでに直剣の形へ変わっているのがわかると、騎士たちは唖然《あぜん》とした表情で完成した二本の直剣を見つめていた。

「そちらのお二方、ぜひお手に取って見てくださいませんか？」

直剣を腰《こし》に提《さ》げていた二人の騎士にカナタが声を掛けると、二人はもう一度顔を見合わせてから頷く。

そして、テーブルに並んで置かれている直剣を手に取ると、その表情を一変させて自然と笑みまで浮かべていた。

「こ、これはすごいぞ！」

「あぁ！　ここまで手に馴染《なじ》む直剣は、握ったことがない！」

騎士たちの反応を見た残り二人の騎士は、驚きのまま顔を見合わせたあと、すぐにカナタへ視線を向けた。

「わ、私たちにも作っていただけるのでしょうか！」

「ぜひ作っていただけないでしょうか！　お願いいたします！」

「もちろんです、少しお待ちください」

カナタが微笑《ほほえ》みながらそう告げると、二人の騎士は満面の笑みを浮かべながら何度も頭を下げていた。

「それでは、始めます！」

慣れた様子で錬金鍛冶を発動させたカナタは、瞬《またた》く間に大剣と長槍を作り上げてしまう。

出来上がった武具を手にした騎士たちは興奮した様子で握りしめ、感触《かんしょく》を確かめていく。

「これらの武具は、これからもそなたらが使うことを許す！　ただし、主力部隊の補給のために自ら最前線へ赴《おもむ》くカナタの護衛をしかと勤め上げよ、いいな！」

「「「「はっ！」」」」

（待っていてくれ、リッコ！　俺にできることをするため、すぐに行くよ！）

こうしてカナタはリッコたちが戦っている最前線へ赴くことになった。

◆◇◆◇

――時は少しだけ遡り、前線基地。

そこには騎士団だけではなく、初動で魔獣を抑え込んでいた冒険者の主力も残っており、両者が協力してスタンピードを終息させようと行動している。

最初の頃《ころ》は魔獣を押《お》し込み、一気に終わらせてやろうという気持ちを前面に出していたのだが、その勢いが一度衰《おとろ》えを見せると、魔獣側が一気に押し返してきた。

南の森の奥《おく》へ向かえば向かうほどに魔獣の数が増しており、強化種の数も増えている。

それだけならばまだよかったのだが、さらに前線部隊の武具の損耗が激しくなり、満足に戦える状態ではなくなってしまったのだ。

「王都から物資も届いてはいるが、損耗の方が早い」

「このままではいずれ、森を突破《とっぱ》されかねないぞ」

「しかし、どうして冒険者たちの武具はあんなに質がいいんだ？　こっちの方が良い武具を使っているると思っていたんだが」

そんな声が騎士団の方から聞こえ始めていた。

だが、そこへ新たな援軍《えんぐん》が到着した。

「俺はアールウェイ王国の第一王子、ライルグッド・アールウェイである！　俺もここで皆《みな》と共に魔獣狩《が》りを行うこととなった！」

ライルグッド、アルフォンス、そしてリッコが到着したのだ。

たった三人だが、騎士団から見れば最高の増援《ぞうえん》になっていた。

「ライルグッド皇太子殿下だ！」

「アルフォンス様もおられるぞ！」

「武勇に優《すぐ》れたお二方がいらっしゃれば、俺たちは勝てるぞ！」

騎士団の士気は一気に上がり、いたるところで声があがる。

そんな二人のやや後方に立っているのはリッコだ。

リッコは騎士ではないので誰も見ていない——と思っていたが、彼女《かのじょ》を見て唖然としている人物が別のところに四人いた。

「……は？　こ、皇太子殿下？」

「……商人じゃなかったの？」

「……いや、それよりも後ろを見ろ」

「……り、リッコさん？」

紅蓮《ぐれん》の牙《きば》の面々だけは、ライルグッドたちの後ろに立つリッコを見て困惑《こんわく》を隠《かく》せなかった。

四人からの視線に気がついたのか、リッコが彼らの方に視線を向けると、申し訳なさそうに苦笑《にがわら》いを浮かべた。

「……俺は絶対に説明を求めるからな」

「……今回に関して言えば、私もオシドに同意かなぁ」

「……まさか皇太子殿下だったとはなぁ」

「……私たち、失礼をしていなかったでしょうか？」

エリンの言葉にセアとドルンは特に何もしていないはずだと思ったものの、オシドだけは顔を引きつらせながら頭を抱《かか》えていた。

「やっべぇ。俺、模擬《もぎ》戦でめちゃくちゃ剣を向けたんだが？」

「あれはあっちから求めてきたし、不可抗力《ふかこうりょく》じゃないの？」

「……食事の席で酒を勧めて、肩《かた》まで組んでた」

「それは……うむ、擁護《ようご》できそうもないなぁ」

「オシドさん……えっと、ご愁傷《しゅうしょう》様です？」

「怖《こわ》いこと言うなよ、エリン！　くそっ、早くこっちに来いよ、リッコ～！」

それからもうしばらくだけ、ライルグッドの演説が続いたのだった。

演説が終わるとライルグッドとアルフォンスは騎士団の方へ向かい、リッコは紅蓮の牙の方へ歩いてきた。

「お〜い、リッコ〜」

そこで情けない声を出しながらオシドが近づいてきたので、何事だろうと首を傾《かし》げる。

「どうしたんですか、オシドさん？」

「……俺、不敬罪で殺されねぇかなぁ」

「マジでどうしたんですか？」

「あはは、ごめんねー。オシド、王都までの道中で皇太子殿下に失礼をしてないか気にしちゃってさぁ」

オシドの後ろから苦笑しつつ歩いてきたセアの言葉に、リッコはハッとして頭を下げた。

「そうだった！　皆さん、この前は何もお伝えできなくて申し訳ありませんでした！」

「あっ、いや、別に謝《あやま》ってもらいたくて言ったんじゃないぞ？」

「そうよ、リッコちゃん。相手が皇太子殿下だし、立場的にもお忍《しの》びみたいな感じだったんでしょ？」

「その通りだ。何も謝る必要はない」

「むしろ、リッコちゃんやカナタさんの方が大変だったんじゃないですか？」

「あー……まあ、そうだね。主にカナタ君が大変だったかな」

リッコの言葉を受けて、紅蓮の牙の面々はライルグッドがカナタの錬金鍛冶に目を付けたのだとすぐに理解した。

「ってことは、カナタは王都を拠点《きよてん》にするのか？」

「ううん、それはないかな。条件付きではあるけど、陛下にもワーグスタッド領に戻っていいって約束は取り付けてあるしね」

「それなら、私たちは二人がワーグスタッド領に戻る時にでも護衛依頼を受けることにするわね」

「えっ？　でも、いいんですか？」

リッコはてっきり、紅蓮の牙はある程度依頼をこなしたら自由に行動するものだと思っていた。

「カナタには、まだまだ驚かされそうだからな！　錬金鍛冶もそうだが、まさか陛下にも目を付けられるとは……楽しそうじゃねぇか？」

そう口にしながらオシドが笑うと、セアたちも笑みを浮かべながら頷いた。

「それじゃあ、時間が掛かりそうだったらお伝えしますね。その……カナタ君、魔力枯渇《こかつ》で倒れちゃったので」

「なっ！　おいおい、リッコ。こっちに来てよかったのか？」

「カナタ君の傍《そば》にいてあげた方がよかったんじゃないの？」

心配そうにオシドがとセアが声を掛けるが、リッコは首を横に振った。

「カナタ君と約束したから、私はこっちに来たんです。だから、さっさとスタンピードを終わらせて、無事な顔を見せてあげるんですよ！」

「そうか……なら、俺たちもまたひと踏《ふ》ん張りしないとだな！」

「そうね、頑張《がんば》りましょう！」

「強化種も増えてきているから油断はできないがな」

「そうですね。奥に行けば行くほど、魔獣も強くなっていますし」

ここまで話をしていると、突然《とつぜん》冒険者たちがざわめき始めた。

何事だろうと周りが見ている方へ視線を向けると、ライルグッドとアルフォンスが近づいてきていた。

「リッコ、ここにいたか」

「それに紅蓮の牙の皆様《みなさま》も、お久しぶりです」

ライルグッドのあとにアルフォンスが直接紅蓮の牙に声を掛けると、周囲の視線はオシドたちへと向く。

「あっ、いえ、その……お、お久しぶりでございます、皇太子殿下」

「ん？　……あぁ、そうか。あの時は正体を隠していたんだったな」

「えっと、あの時は失礼な態度を取ってしまい、誠《まこと》に申し訳——」

「構わん。正体を隠していたのだから、わざわざへりくだる必要もないだろう。それと、あまりかしこまった喋《しゃべ》りは必要ない。この場では王都までの道中、その時の態度でよろしく頼《たの》む」

「……えっと、その……よろしいんでしょうか？」

「殿下がそのように仰っていますので。それと、私にもそのようにお願いいたします」

最後にアルフォンスがニコリと笑いながらそう告げると、紅蓮の牙はお互《たが》いに顔を見合わせたあと、苦笑いを浮かべながら頷いた。

「俺とアルフォンスはこれから魔獣狩りへ向かう。リッコも来てくれるな？」

「もちろんよ」

「私たちは特別に三人で行動する許しを得ておりますので、よろしくお願いいたします」

こうしてリッコたちは前線部隊に合流したのだった。


このあとすぐに森の奥へ入ったリッコたちは、他の冒険者や騎士たちとは別次元の活躍を見せていた。

素早《すばや》い動きから魔獣を斬《き》り捨てていくリッコの動きは誰よりも速く、強化種ですら一閃《いっせん》で真っ二つになっていた。

ライルグッドも新たな直剣を手に嬉々《きき》として魔獣を討伐《とうばつ》していく。

王都までの道中では一度も見せなかった雷《かみなり》魔法も使っており、森の中に雷光《らいこう》が迸《ほとばし》った時には多くの冒険者が目を見開いていた。

しかし、二人以上の活躍を見せたのがアルフォンスだった。

一振りで複数の魔獣が肉塊《にくかい》となるが、その血しぶきを体に浴びることもなく動き続けている。

さらに氷魔法で広範囲《はんい》の魔獣を氷漬《づ》けにしては、砕《くだ》いて粉々にしてしまう。

一騎当千という言葉は彼のために用意されたものだと、この場にいる誰もが考えていた。

「……おいおい、マジかよ」

「……オシドはあんな人に模擬戦を挑《いど》んでいたのねぇ」

「……あの方が本気を出したら、俺たちが束で掛かっても敵《かな》わないだろうな」

「……な、なんて素晴《すば》らしい魔法なんでしょう！　あぁ、魔法について詳《くわ》しくお話を聞いてみたい

です！」

三人の近くで魔獣狩りを行っていた紅蓮の牙が呆《あき》れた様子で見ていたのだが、唯一《ゆいいつ》エリンだけはアルフォンスの巧《たく》みな魔法操作を見て興奮を覚えていた。

「なあ、今日のアルフォンス様、すご過ぎないか？」

「そうだよな。いつもはあそこまで魔法を使わないのに」

「あれ？　そういえば、殿下もだけど武器が変わっていないか？」

「確かに。……なんて美しい武器なんだ」

リッコたちとは逆側で魔獣狩りをしていた騎士たちの言葉が聞こえてきたオシドは、ライルグッドとアルフォンスが持つ直剣に視線を向けた。

「……マジで武器が変わってんなぁ」

「あれって、カナタ君が作った直剣かしら？」

「かもしれないな」

「もしかして、二本のオーダーメイドを作ったから魔力枯渇を起こしたんじゃないでしょうか？」

「あー……カナタならやりそうだな。あいつ、何をやるにも全力投球だからなぁ」

短い付き合いながらも、紅蓮の牙もカナタの性格をある程度は理解していた。

カナタとしても職人魂《だましい》に火が点《つ》いたからとも言えなくもないが、家庭環境《かんきょう》から鍛冶に対する執《しゅう》念《ねん》が他の職人よりも強いものになっている。

さらには素材を無駄《むだ》にしたくないという想《おも》いもあり、作品を作る時には常に全力で取り組みたいと考えていた。

「まあ、だからこそ俺らもこの武具を手に入れられたんだけどな」

「確かにそうねぇ」

「然《しか》り」

「皆さん、頑張って早くカナタさんに無事を報告しましょう」

リッコたちに負けまいと、紅蓮の牙も今まで以上に積極的に魔獣狩りを行っていく。

冒険者たちにもカナタ謹製《きんせい》の武具が行き渡《わた》っており、騎士団はライルグッドの参戦により士気が向上している。

この日の魔獣狩りは、今までに比べて格段に勢いを増し、魔獣の数を一気に減らすことに成功したのだった。

◆◇◆◇

翌日も魔獣狩りは順調に進行していき、このままスタンピードの終息を迎《むか》える——そう多くの者が思っていた矢先のことだった。

「凶報！　凶報だ！」

夕方に迫《せま》った時間帯で、斥候部隊として森の奥を進んでいた冒険者から凶報が届いた。

「どうしたのだ？」

「えっ？　あっ、はい」

冒険者が拠点にしている場所にいたライルグッドに声を掛けられ、冒険者は一瞬だけ疑問が頭の中を埋《う》め尽《つ》くしたが、すぐに我に返って報告を始めた。

「森の中にあったアクゴ村、そこが焼け野原になっていたんだ」

「……なんだと？」

「あっ、なっていました？」

言葉遣《ことばづか》いに問題があったのかと言い直した冒険者だったが、ライルグッドは特にそこは気にしておらず、むしろ報告内容に目が向いていた。

「村が一つ、消えたということか？」

「そ、そうなる……ます」

「言葉遣いは気になさらないでください。いつも通りで構いませんよ」

冒険者の話し方が気になったのだろう、アルフォンスがそう付け加えると、冒険者はそれでいいのかと周囲に視線を向けながら、最終的には面倒《めんどう》だといつも通りに話すことにした。

「魔獣の数も多かったな。斥候部隊だけでは倒せないと判断して、なるべく戦闘《せんとう》は避《さ》けて戻ってきたから、アクゴ村へ向かうにしても魔獣との戦闘は避けられないはずだ」

「であれば、魔獣を討伐しながらアクゴ村の調査を行うべきだな」

「そうですね。私たちが抜《ぬ》けたあと、残った魔獣が後方部隊を襲《おそ》うのは避けたいですから」

報告を聞きながら、ライルグッドたちは今後の方針を固めていく。

「それと、巨大な魔獣がいたのか、地面もボコボコになっていて、建物も粉々だったな」

「ふむ……Aランク、もしくはそれ以上の魔獣が現れたのかもしれないな」

「可能性は高いですね」

ライルグッドの推測にアルフォンスが頷くと、今後の動きについて話し合われることになった。

「物資の方はどうなっている？」

「食料については問題ありません。ですが、武具の損耗が激しくなっているようです」

「そうなのか？」

「はい。主に騎士団の武具の損耗が激しく、ほとんど切れない武具を使っている者が何人もいるようです」

自分たちの武具が切れるだけでなく、刃《は》こぼれも全くないことで、他の者たちの武具にまで目が行っていなかったライルグッドは、僅かな時間で逡巡する。

「……冒険者たちの方はどうなんだ？」

「そっちは問題ないみたいよ」

ライルグッドの質問に答えたのはリッコだった。

「とはいっても、カナタ君が複製で作った四等級武具を使っている主力組だけなんだけどね」

「なるほど。カナタの武具を使っている者と使っていない者で、損耗の差も出てきているのか」

「そのようです。それを考えると、カナタ様がいなければ前線部隊もすでに総崩《そうくず》れを起こしていた可能性がありますね」

「全く、あいつは本当に規格外なのだな」

一瞬だけ小さく微笑んだライルグッドだったが、すぐに表情を引き締《し》めた。

「しかし、騎士団の武具の損耗が激しいのは厄介《やっかい》だな」

「はい。奥に行けば行くほどに強い強化種が出てきております。戦闘中に武具破壊《はかい》などが起きてしまえば、その者は間違いなく殺されてしまうでしょう」

「でも、アクゴ村ってところを壊滅《かいめつ》させた魔獣を放っておくこともできないわよ？」

「……まだ戦えそうな者を集めて、先行してアクゴ村周辺の調査を行うべきだろうな」

もしもAランク以上、Sランク魔獣がいたとなれば、それは王都周辺がアクゴ村と同様に灰燼に帰す可能性が出てきてしまう。

それだけSランク魔獣という存在は規格外であり、国によっては動く災害と呼んでいるところまであるほどだ。

「ですが殿下、相手がSランク魔獣だった場合、他の魔獣を相手にしながらでは、こちらが劣勢《れっせい》に立たされてしまいます」

「そんな場所に皇太子殿下様がいるのはさすがに、マズいんじゃないですか？」

アルフォンスとリッコがライルグッドの心配を口にしたが、当の本人は全く気にしていなかった。

「そんなものは関係ない。スタンピードを終息させなければ王都が危ないのだからな」

「……はぁ～。全く、この人は」

「できれば、ご自身の安全を最優先していただきたいのですが？」

「最前線に来ている時点で、俺の安全はないようなものだろう。それなら、さっさとスタンピードを終息させて王都へ帰還《きかん》した方がまだマシだ」

鼻息荒《あら》くライルグッドがそう口にすると、リッコとアルフォンスは同時にため息をついた。

「アルフォンスは騎士団の中からまだ戦えそうな者を集めてくれ。残りは前線基地の防衛に当たらせろ」

「かしこまりました」

「リッコは冒険者たちに同様のことを伝えてきてほしい」

「了解《りようかい》よ」

二人と報告に来ていた斥候の冒険者が天幕から出ていくと、ライルグッドは腕組《うでぐ》みをしながら目を閉じる。

（もしも本当にSランク魔獣がいたとすれば、戦えるのは俺とアル、次いでリッコ、紅蓮の牙がギリギリといったところか。Aランク冒険者には何人か実力者がいるようだが、自前のオーダーメイド武具は損耗が激しく、カナタ謹製の武具を使っている者はまだ扱《あつか》いに慣れていないか）

ギリギリの戦力に、ギリギリの物資。

この状態でSランク魔獣と戦うかもしれないと考えただけで寒気がする。

しかし、ここで逃《に》げ出すわけにはいかない。

もしも逃げ出してしまえば、Sランク魔獣が次に狙《ねら》うのは餌食《えじき》となる人間が多く存在している王都になるだろう。

王都の住民を危険に晒《さら》すわけにはいかない。

劣勢に立たされたとしても自分は立ち向かわなければならないのだと、ライルグッドは自らに言い聞かせ、鼓舞《こぶ》していく。

そうしている間にも先行部隊の人選は決まっていき、ライルグッドの天幕にアルフォンスとリッコが戻ってきた。

「連れてきたわよ」

「騎士団の方からも連れてまいりました」

冒険者の中には紅蓮の牙も入っており、その数は三〇人。

しかし、騎士団の方からは半分の一五人しかおらず、それだけ武具の損耗が激しいのだと改めて理解させられた。

「話は二人から聞かされていると思う。我らは明日の早朝、先行部隊としてアクゴ村があった場所へ向かい、周辺の調査を行う。道中の魔獣を討伐しながらになるが、もしかするとAランク以上の魔獣が現れるかもしれない。もしそうなった場合は、その場で討伐する」

Aランク以上と言われ、その場にいた者のほとんどがゴクリと唾《つば》を飲み込んだ。

「緊張《きんちょう》することはない。こちらには剣聖《けんせい》に最も近いとされているアルフォンスがいるのだからな」

「殿下、私だけでは到底《とうてい》かないません。皆様のお力《ちから》添《ぞ》えがあってこそ、Sランク魔獣をも倒せるというものです」

「だそうだ。というわけで皆の者、明日はよろしく頼むぞ」

――アルフォンス・グレイルード。

彼はグレイルード子爵《ししゃく》家の次男であり、次代の剣聖と呼び声高い実力を持った騎士である。

現剣聖がグレイルード家の当主であることもあり、周りからは身内贔屓《びいき》などと呼ぶ者もいるが、それは大きな間違いだった。

アルフォンスの実力は騎士団の中でもトップクラスであり、しかもそれはカナタ謹製の直剣を手に入れる前の話でもある。

氷魔法を十全に使いこなせるようになった今となっては、現剣聖をも上回る実力を付けた可能性も高く、この場にいる騎士の多くはそう思うようになっていた。

「……そうだ。俺たちには、アルフォンス様がついている！」

「露払《つゆはら》いはお任せください！」

「我ら、命を賭《と》して殿下とアルフォンス様の道を切り開いてみせます！」

騎士たちの士気がさらに上がり、ライルグッドは内心でホッとしていた。

「冒険者たちも、よろしく頼む。皆が力を合わせなければ、この難局を乗り越《こ》えることは難しいだろうからな」

「任せてくれよ！」

声をあげたのはオシドだった。

皇太子殿下にまさかのタメ口だったこともあり、周りの冒険者たちはギョッとした顔をしている。

「紅蓮の牙か、よろしく頼むぞ」

しかし、ライルグッドは特に気にした様子もなく返事をしており、唖然としながらも裏表のない彼の態度を見て、冒険者たちもやる気になっていた。

「明日、冒険者はAランク冒険者を中心に動いてほしい。騎士たちは武具の損耗の問題がある。故《ゆえ》に、全員で互いをカバーしながら討伐を行うのだ」

「殿下と私、そしてリッコ様は今まで通り遊撃隊《ゆうげきたい》として行動いたします。命を無駄にすることなく、危ないと思ったらすぐに助けを呼んでください」

「私たちがすぐに駆《か》けつけるからね！」

リッコはすでに冒険者たちの中心になっており、騎士たちからも一目置かれる存在になっている。

最初こそどこの馬の骨だと言わんばかりの視線を騎士団から受けていたが、その活躍を見せつけられては認めるしかない。

「殿下のことをどうかよろしくお願いいたします、リッコ殿《どの》」

「あの方は俺たちの未来なんだ」

「いいや、アールウェイ王国の未来だ！」

自らも最前線で並び立って戦ってくれているライルグッドは、騎士団から絶大な信頼《しんらい》を得ている。

誰もが彼を尊敬しており、彼のためならば命を懸《か》けられると思っていた。

「任せてちょうだい！　殿下のことは私とアルフォンス様が絶対に守るからね！」

「守るよりも、魔獣を倒すことに集中してほしいところだがな」

「殿下の悪いところが出ておりますね。あなたの命を守るのが私の仕事なのですが」

「その通りですよねー、アルフォンス様」

「……お前らなぁ」

自分の言うことを否定する二人にジト目を向けているライルグッドを見て、騎士も冒険者も驚きつつも笑みを浮かべていた。

この場は一度解散となり、天幕にはライルグッドとアルフォンス、リッコと紅蓮の牙が残った。

「……Sランク魔獣、本当にいるのかしら？」

リッコがそう口にすると、全員が口を噤《つぐ》んだ。

実際にSランク魔獣と対峙したことのある者は少なく、この中でもアルフォンスしかいない。

そのアルフォンスも一〇〇人規模の騎士団の一人として討伐しており、数十人規模で対峙したことはなかった。

「わからん。だが、出てきたとしてもなんとかなるだろう」

「根拠《こんきょ》は何なんだ？」

オシドの問い掛けにライルグッドはニヤリと笑い答えた。

「俺たちはカナタ謹製の武具を持っているからな。これがあれば、Sランク魔獣であろうとも倒せると思わせてくれるのさ」

その答えを聞いたオシドは最初こそ驚いたものの、自分も経験していたからかすぐに同じ笑みを浮かべた。

「……確かにそうだな」

「私たちもすぐにAランクに上がれると思ったもんね」

「実際はまだBランクだがな」

「冒険者のランクは実力だけではどうしようもありませんからね」

Aランク以上の冒険者はそこまで多くない。

それは実力だけではなく、人となりもギルド側が判断して決定されるからだ。

とはいえ、これは紅蓮の牙の人となりが悪いのではなく、単に審査《しんさ》待ちというだけの話なのだが、それを彼らが知る由《よし》もなかった。

「それならば、俺が推薦状《すいせんじょう》を冒険者ギルドに書いてやろうか？」

「いやいや！　そこまでしてもらう必要はないですよ」

「そうね。私たちは実力でAランクに上がりたいんです」

「俺からすれば、Ａランク以上の実力を持つお前たちがＢランクでくすぶっている方が損な気がしてならんがなぁ」

「私も同感です。もしよろしければ、推薦状を書かせていただけませんか？　今後の冒険者たちのためにも」

セアの言葉も本心だが、頑《かたく》なに推薦《すいせん》を断る必要もない。

特に武勇に優れた二人から褒《ほ》められたことで、オシドだけではなく紅蓮の牙全員が嬉《うれ》しい気持ちになっていた。

「……俺たちの実力は、本当にＡランクに見合っていると思いますか？」

「間違いなくな。模擬戦の時から思っていたことだ」

「そうなんですか？」

「はい。私に魔法を使わせた時点で、オシド様の実力はＡランク以上だと確信を持ちました」

「それに、他の三人の動きも迷いがなく、個人の実力も申し分ない」

お世辞を言うタイプではない二人からの称賛《しょうさん》の言葉に、オシドは僅かな逡巡のあとに口を開いた。

「……わかった」

「いいの、オシド？」

「あぁ。ちょっと卑怯《ひきょう》な気もするが、二人の推薦に応えるような活躍を見せればいいってだけの話だろう？」

「皇太子殿下とアルフォンス様の顔に泥《どろ》を塗《ぬ》らなければ問題はないか」

「そっちの方が緊張してしまいそうですけどね」

紅蓮の牙の覚悟《かくご》は決まり、スタンピードが落ち着けば推薦状をお願いすることになった。

「まあ、この場での活躍を伝えれば問題ないだろうがな」

「手続きは早い方がいいですからね」

「よろしく頼んます」

「なんだか、何もかもが上手《うま》く進み過ぎて怖くなってきたわ」

「変なことを言うもんじゃないぞ、セア」

「でも、その気持ちもわかります。明日は気を引き締めなければですね」

最後にエリンが締めると、紅蓮の牙も天幕をあとにした。

「……あぁ～あ、これでセアさんたちもAランク冒険者かー」

「当然だが、リッコにも推薦状を書いてやれるぞ？」

「リッコ様の実力も十分、Aランク以上だと言えますからね」

ライルグッドとアルフォンスがそう口にしたが、リッコは苦笑しながら首を横に振った。

「ううん、私はいいわ」

「どうしてだ？」

「私はワーグスタッド領から出るつもりはないし、カナタ君の横で彼を支えたいからね」

「……なるほど。リッコはカナタの妻になるのか？」

「つ、つつつつ、妻ですって⁉」

突然の妻発言にリッコは顔を真っ赤にして言い返した。

「なんだ、違うのか？」

「私も、てっきりお二方はお付き合いをされているものだと思っておりました」

「ち、ちちちち、違いますよ！　私はただ、カナタ君をワーグスタッド領に連れてきたから、お世話をしなきゃな～、なんて思っていただけです！」

「ふむ、そうか」

そこで言葉を切ったライルグッドが何やら考え込んだあと、こんなことを口にした。

「……ならば、王都の貴族の娘《むすめ》をカナタに与《あた》えても問題はないということか」

「はあ⁉　ちょっと殿下、何を言っているんですか‼」

「んっ？　リッコはカナタと付き合っていないのだろう？　ならば、良い相手を俺が紹介《しょうかい》しても問題ないということだ」

「そ、そんなこと許しませんよ！」

「なんでリッコの許しが必要なのだ？」

「そ、それは！」

そこまで口にして、リッコはライルグッドを睨《にら》みながら黙《だま》り込んでしまった。

「……殿下、お戯《たわむ》れが過ぎますよ」

「そうか？」

「ご安心ください、リッコ様。カナタ様が望まない限り、こちらから誰かを紹介するということはいたしません」

肩を竦《すく》めているライルグッドとは違い、アルフォンスは真剣《しんけん》な面持《おもも》ちでそう告げた。

「……本当でしょうねぇ？」

「ですが、あくまでも私たちからは、でございます。おそらく今回の一件で、カナタ様の噂《うわさ》は他の貴族にも伝わることでしょう。そうなれば、その貴族がカナタ様を取り込もうと画策するかもしれません」

さらに警告と言わんばかりの発言を受けて、リッコも真顔になり彼の言葉に頷いた。

「要は、さっさとカナタと婚約《こんやく》しろということだ」

「殿下は黙っていてください！」

「だが、好いているのは本当だろう？」

再度の確認にさらに顔を赤くしてしまったリッコを見て、これは確実だとライルグッドはため息をつく。

「今回の発言に関しては、私も殿下に賛成です」

「アルフォンス様まで⁉」

「カナタ様の力は規格外すぎます。陛下が約束をされても、他の貴族を全て牽制《けんせい》できるわけではありません。最悪、彼を守るためにやむなく陛下が誰か女性を……ということも考えられます」

もしもライアンが女性を紹介したとなれば、カナタがそれを断ることはできないかもしれない。

そうなればリッコが間に入ることは難しくなり、彼女の恋心《こいごころ》を胸の内にしまうしかできなくなってしまう。

「カナタのことを思うなら、決断は早い方がいいかもしれないぞ」

「……そんなこと、わかってますよ」

ライルグッドの言葉に力なくそう答えたリッコは、軽く会釈《えしゃく》をしてから天幕をあとにした。

「……少し言い過ぎたでしょうか？」

「いいや、あれくらい言わなければリッコは動かんだろう。全く、傍から見ていれば両思いだということが一目瞭然《りょうぜん》なんだがなぁ」

呆れたようにライルグッドが口にすると、アルフォンスは苦笑を浮かべる。

カナタのためにも、リッコとの仲が深まればいいと思いつつ、二人も休むことにした。

ライルグッドたちの天幕をあとにしたリッコは、ため息をつきながら一人で夜の森を歩いていた。

周囲には見張りの騎士や冒険者がいるので安全は確保されている。

中には意気投合した者同士で酒を酌《く》み交《か》わしている者もいて、前線基地は少しだけ賑《にぎ》わいを見せていた。

（これも、殿下とアルフォンス様が来てくれたおかげなんだろうなぁ）

リッコもそうだが、三人が前線基地に到着してからというもの、魔獣討伐の勢いが上がっている。

士気も上々になっており、騎士や冒険者たちの間にも僅かに余裕《よゆう》が生まれていた。

（……私は力になれているのかなぁ）

リッコの活躍も目覚ましいものがあるが、それもライルグッドとアルフォンスの活躍に比べると霞《かす》んでしまう。

武具に関してもカナタ謹製ではあるがリッコは五等級下位であり、ライルグッドは三等級下位だ。

アルフォンスに至ってはカナタが倒れたこともあり等級の確認はできていないが、もしかすると三等級中位以上の可能性がある。

「……でも、これはカナタ君が魔石も使ってくれた大事な直剣だものね」

腰に提げていた直剣を手に取り、ギュッと胸に抱《だ》きしめる。

天幕で言われたことを思い出し、リッコは内心で決意を固めていた。

(ワーグスタッド領に帰ったら、カナタ君に告白しよう)

自分の気持ちを押し殺してきたが、カナタが倒れたこと、スタンピードを終息させるために危険な場所に身を置いていること、そしてライルグッドからの言葉。

それらが重なり、リッコは告白することを決めたのだ。

しかし、それにはまず無事に王都へ戻ることが必要となってくる。

「……Sランク魔獣が何よ。絶対に生きて帰るんだから！」

決意を言葉に変え、リッコは自分の天幕へ戻ったのだった。

◆◇◆◇

そして、翌早朝。

先行部隊が前線基地の中央に集まった。

「これから俺たちは先行してアクゴ村があった場所へ向かい、調査を行う！　残る者たちは前線基地の防衛を頼む！」

「「「はっ！」」」

騎士と冒険者たちから声があがる。

「さあ、行くぞ！」

ライルグッドの号令と共に、先行部隊は前線基地をあとにした。

◆◇◆◇

同日、カナタは護衛の騎士たちが囲む馬車の中で揺《ゆ》られながら、錬金鍛冶で複製を行っていた。

素材も馬車に——というわけではなく、王家が所有している魔法袋《マジックバッグ》に詰め込んでいた。

「魔法袋、初めて見たなぁ」

見た目にはとても小さな腰袋《ぶくろ》なのだが、その実は容量が縦横高さ5メートルの広さを持っている。

カナタが手を突《つ》っ込んで引っこ抜くと、彼の手には魔法袋よりも大きな精錬鉄が握られていた。

「本当に不思議だよなぁ」

そんなことを呟《つぶや》きながら大量の精錬鉄を取り出していき、足元に並べていく。

そして、四人の騎士たちに作ったような四等級武具の複製を作っては、再び魔法袋に戻していく。

すでにどれだけの数を作ったのか覚えておらず、それでいて平然として複製を行っているカナタの魔力は、一度倒れたからなのかさらに増えていた。

「……まだまだ余裕だなぁ」

そんなことを呟きながら、カナタはさらに錬金鍛冶を使っていく。

（……これ、本当にこんなに使うのか？）

そんな疑問を感じながら、馬車は速度を落とすことなく南の森へ入っていった。

◆◇◆◇

アクゴ村へ向かった先行部隊は、興奮した強化種に足止めを食らいながらも前へと進み続け、二日を掛けてようやくアクゴ村があった場所に到着した。

焼け野原になってから数日が経過しているはずだが、肉の焼ける臭《にお》いが今もなお漂《ただよ》っており、全員が顔をしかめながら夕日に照らされた目の前の光景を眺《なが》めている。

「……本当に、ここに村があったの？」

「そのはずだ」

「ですがこれは、建物が何も残っておりませんね」

アルフォンスが言うように建物は一つとして残っておらず、全てが崩れて灰になっている。

僅かに残っている木材も大半が焦《こ》げついており、生き物の気配が全くしなかった。

「おいおい、こんな見晴らしがいいところで、何を調査するってんだ？」

「魔獣が隠れていないかの調査でしょ？」

「あとは生き残りがいるかどうかだが……」

「生き残りが、いてくれたらいいのですが」

目の前の焼け野原を見て、生き残りがいると信じるのは難しいだろう。

だからといって調査をしないということはなく、ライルグッドはグッと拳《こぶし》に力を込めながら号令を出す。

「まずはアクゴ村の調査から行う！　冒険者たちは周囲を警戒、俺たちと騎士たちで破片《はへん》をどかして生き残りを――」

――ガラガラ。

その途中《とちゅう》、奥の破片が突然崩れた。

全員が武器を構え、臨戦態勢に入る。

アルフォンスとリッコが前に立ち、その後方にライルグッド、そして周りを騎士たちが固める。

ゆっくりと近づいていく間にも破片は音を立てて崩れており、何が飛び出してくるのかと冷や汗が額から流れ落ちる。

「…………う…………うぅ……」

すると、微《かす》かではあるが人の呻《うめ》き声のようなものが聞こえてきた。

「まさか、生き残りがいるのか！」

「騎士たちは急いで破片をどかしてください！」

「冒険者は周囲を警戒！　魔獣を確認したらすぐに知らせるのよ！」

矢継《やつ》ぎ早に指示が飛ばされ、全員が瞬時《しゅんじ》に行動を起こす。

「おい、大丈夫か！」

「俺たちは王都から来た部隊だ！　安心しろ、絶対に助け出してやる！」

騎士たちが声を掛けながら破片をどかしていくと、その下から二人の男性が姿を現した。

血を流し、体中に痣《あざ》が浮かんでいるものの、二人ともかろうじて息をしている。

ゆっくりと破片の下から運び出し、傷の具合を見ていく。

「大丈夫か？」

「……は、はぃ」

一人はなんとか返事をしたが、もう一人は頷くだけで声は出せなかった。

「……話すことが難しければ何も言わなくて構いません。ですが、もし可能であれば何があったのか、どのような魔獣がアクゴ村を襲ったのか、教えていただけませんか？」

酷《こく》なことではあるが、先行部隊はなんでもいいので情報が欲《ほ》しかった。

アルフォンスがそう問い掛けると、声を出せなかった男性はガタガタと震《ふる》えだし、もう一人の方も目を見開いていたものの、絞《しぼ》り出すようにしてなんとか答えた。

「……ぁ……にき」

「兄貴、ですか？」

「……兄貴が……魔獣に…………なった」

男性の答えを聞いたアルフォンスは首を傾げ、ライルグッドも怪訝な表情で確認を取る。

「どういうことだ？　人間が魔獣になったと言いたいのか？」

彼の確認に対して、声を出した方の男性はゆっくりとだが頷いた。

「人間が魔獣に……アル、聞いたことは？」

「いえ、私は存じ上げません」

「……ねえ、殿下、アルフォンス様。この二人の顔、どこかで見覚えがありませんか？」

二人が男性の言葉に疑問を抱いていると、リッコが突如そのように声を掛けた。

「彼らの顔か？　……んっ？　言われてみれば、見覚えがあるような」

「申し訳ございません、お名前を伺ってもよろしいでしょうか？」

三人から見つめられ気圧されてしまった男性だったが、彼は意を決して名乗ろうとした。

「……お、俺は……ルキア・ブレ――」

『ガルアアアァァアアァァッ‼』

しかし、男性の言葉を遮《さえぎ》るようにして森の奥から魔獣の大咆哮《ほうこう》が聞こえてきた。

「ひっ！　ひいいぃぃいいぃいっ‼」

「……あぁ……き……来たぁ……」

大咆哮を耳にした途端、二人の男性はガタガタと激しく体を震わせ、痛むはずの体を強張《こわば》らせながら丸くした。

「ちっ！　まさか、アクゴ村の焼け野原にした魔獣か！」

「全員、臨戦態勢！　魔獣が来ます！」

ライルグッドが舌打ちをしながらそう口にすると、アルフォンスが即座《そくざ》に指示を飛ばす。

全員が武器を構え、大咆哮が聞こえてきた方を見据《みす》える。

魔獣の姿はすぐには見えてこない。

構えてからしばらくして――森の奥から小型の魔獣が群れで飛び出してきた。

「フレイムパンサーか！」

「シャドウウルフもいます！」

「こいつらは俺らでやるぞ！」

最初に魔獣とぶつかったのは、冒険者たちだった。

周囲を警戒していたから最も近かったということもあるが、彼らにも考えがあった。

「殿下！　すみませんが、Sランク魔獣は頼んます！」

「露払いは私たちがってね！」

「前に出るぞ！」

「援護《えんご》します！」

オシドとセアが魔獣を斬り裂《さ》き、ドルンが大盾《おおたて》で吹《ふ》き飛ばすと、エリンが魔法で細切れにする。

巧みな連係《れんけい》を駆使して魔獣の群れを一気に片づけていく。

他の冒険者たちも臨時パーティとは思えない連係を見せている。

「オシドさん、よろしくお願いします！」

「殿下、奥から大型の魔獣が姿を見せました！」

「ちっ！　まだまだ来るということか！」

立ち上がったライルグッドは直剣を抜き放つ。

「誰か、この二人を安全なところへ避難《ひなん》させろ！」

二人の騎士が倒れていた男性を担《かつ》ぎ上げ、避難を開始する。

「殿下、あの魔獣たちは我々が相手をいたします！」

「親玉が残っている以上、殿下たちは力を温存すべきかと」

「……わかった。だが、油断だけはするなよ！」

「「「はっ！」」」

冒険者たちが作り出した群れの隙間《すきま》を抜けて、騎士たちが大型魔獣に突っ込んでいく。

八本脚《あし》のデススパイダー、耐久力《たいきゅう》が厄介なハイオーク、さらには鉱山開発の時に現れた二首のオルトロスまで姿を見せている。

それも一匹《ぴき》ではなく複数がゆっくりと歩いてきており、その全てがAランク魔獣だ。

騎士たちだけでは荷が重いと判断したアルフォンスは、直剣に魔力を注ぎ込み魔法を放つ。

「ブリザード！」

焼け野原になっていたアクゴ村周辺は気温が高い状態になっていた。

しかし、ブリザードが放たれた直後から気温は一気に低下し、涼《すず》しいを通り越して寒さを感じてしまう。

『ウオオオオッ‼』

『ブボオオオオッ‼』

『グルアアアアッ‼』

危険を感じ取ったのか、魔獣が咆哮をあげて飛び掛かってくる。

だが、魔獣たちの攻撃《こうげき》がアルフォンスに届くことはなく、数歩先で完全に凍《こお》りついてしまった。

『グ、グルルゥゥ……』

目の前の魔獣がいきなり凍りついたことで、後方の個体は間合いを詰めることに二の足を踏んでいる。

「今です！」

「「「はっ！」」」

魔獣たちの反応を見たアルフォンスが号令を発すると、騎士たちが魔獣へ斬り掛かっていく。

いくらＡランク魔獣とはいえ、怯《ひる》んだ状態では満足な動きを取ることはできず、さらにブリザードの影響《えいきょう》は後方にも及《およ》んでいる。

強烈《きょうれつ》な冷気を全身に浴びて動きに精彩《せいさい》を欠いた魔獣を相手に臆《おく》するような騎士たちではない。

四人から五人で隊を作り、一匹の魔獣を相手取る。

ここにいる騎士たちは騎士団の中でも精鋭《せいえい》が集まっている。

Ａランク魔獣は確かに強敵だが、彼らからすれば何度も対峙して討伐してきた相手でもあり、冷静に戦いを進めている。

これならば安心して見ていられると、ライルグッドたちは周囲を警戒してＳランク魔獣がどこにいるのかを探し始めた。

「先ほどの咆哮はあちらから聞こえてきました」

「魔獣たちがやってきた方向か」

「少しでも数を減らしながら突っ込みますか？」

武具の損耗が少ない者たちを集めてきたとはいえ、損耗がないわけではない。

今はまだよくても、時間が経つにつれて追い込まれていくのはこちらなのだ。

「……そうだな。冒険者たちは問題なさそうだし、俺たちは大型魔獣を減らしながら奥へ――」

『ガルアアアァァアアァァッ‼』

直後、再びの大咆哮が森の奥から響いてきた。

すると、先ほどまで怯んでいた大型魔獣が興奮したかのように暴れ出した。

「うおっ⁉」

「気をつけろ、ダメージを覚悟で攻撃を仕掛《しか》けてくるぞ！」

「マズい、武器が！」

大型魔獣は守りを捨てて攻撃一辺倒《いっぺんとう》になってきた。

そのせいもあり一撃の重みが増し、ただでさえ損耗していた武具に大きなダメージが蓄積《ちくせき》されていく。

「騎士たちの援護に行きましょう！」

「待て、リッコ！」

「……どうやら、本命が現れたようです」

駆け出そうとしたリッコを制したところで、アルフォンスが直剣を構えながら告げると、彼女はすぐに森の奥へ視線を向けた。

『……ハアアァァアァ』

「……なんだ、あの魔獣は？」

「……見たことがないわ」

「……私の記憶にもありません。あれが、Sランク魔獣ですか！」

『ガルアアアァァアアァァアァッ‼』

巨大な魔獣の大咆哮が再び響き渡る。

六本腕の人型魔獣は、その全ての手に人が作った武具を持っている。

大咆哮をあげるたびに振動《しんどう》で肌《はだ》が震え、人によってはそれだけで戦意を喪失《そうしつ》するかもしれない。

事実、この場にいる冒険者や騎士たちの多くが、姿を見せた魔獣の大咆哮に萎縮《いしゅく》してしまう。

「お、奥からさらに魔獣が来ます！」

リッコの言葉通り、六本腕の魔獣の後方には多くの魔獣が付き従っている。

「お前たちは引き続き、周囲の魔獣を倒すのだ！」

「あの魔獣の相手は」

「私たちがやってやるわ！」

ライルグッドたちは大咆哮を全身に浴びても萎縮することなく、六本腕の魔獣めがけて駆け出していく。

「き、危険です、殿下！　お下がりください」

萎縮していた騎士の一人がライルグッドに声を掛ける。

「ならん！　この場でこいつの相手をできるのは俺たちだけだ！」

「で、ですが――」

「ご安心を。殿下は私が命を賭してお守りするとお約束いたします」

食らいつく騎士の言葉を遮り、アルフォンスが先頭に立った。

「私の実力を知らないわけではないでしょう。それに、殿下も王国で屈指《くっし》の実力者です」

「それに、私もいるからね！」

アルフォンスに続いて並び立ったリッコを見て、騎士はグッと奥歯《おくば》を噛《か》むと、ゆっくりと頷いた。

「……わかりました。では、私たちは指示通りに周りの魔獣を片づけます！　ご武運を！」

騎士はライルグッドのことをアルフォンスとリッコに託《たく》し、当初の指示通りに動くことを決めた。

『……ガルアアァァァァ』

「あーらら、めっちゃこっちを睨んできますね」

「怖いならお前も下がっていいんだぞ、リッコ」

苦笑いを浮かべながらリッコがそう口にすると、ライルグッドが茶化すように声を掛ける。

「ここまで来て、下がるとかあり得ませんよ。さっきの人にも任されちゃいましたからね」

「それに私たちには、これがあります」

そんなライルグッドにジト目を向けたリッコだったが、その隣《となり》ではアルフォンスがその手で握る武具に視線を落としながらそう口にした。

三人の手には、カナタ謹製の武具が握られている。

ライルグッドとアルフォンスの武具は、この場にあるどんな武具よりも高い等級を誇《ほこ》っている。

リッコの直剣は等級こそ劣《おと》るものの、その切れ味は上の等級の武具と比べても遜色《そんしょく》ない仕上がりになっていた。

「確かに。私たちには、カナタ君が作ってくれた武具があるわ！」

「あぁ。これだけのものを用意してもらって、負けましたでは顔を合わせられん！」

「その通りです。では、やりましょう！」

『ガルアアアァァアアァァアァッ‼』

再びの大咆哮が契機《けいき》となり、巨大な魔獣とリッコたちの戦いの火蓋《ひぶた》が切られた。

肩から生えている二本の腕には戦斧《せんぷ》が、その下の腕には大剣が、脇腹《わきばら》のあたりから生えている腕には直剣が握られている。

「人が使う武具を魔獣が扱えるのか？」

「それだけの知能を持った魔獣ということでしょうか」

「さっきの人たちが言うなら、元は人間ってことですよね？」

「元が人間だから知能もあるということか？　全く、厄介な相手だな！」

ライルグッドがそう口にしたタイミングで、戦斧が振り下ろされた。

「散開！」

アルフォンスとリッコが脇を抜け、ライルグッドは大きく飛び退《の》く。

二本の戦斧が地面にぶつかると、地面が陥没《かんぼつ》して砂利《じゃり》が弾丸《だんがん》のように飛び跳《は》ねていく。

「アイスウォール！」

三人の前に氷の壁《かべ》が顕現《けんげん》すると砂利の弾丸を全て防ぐ。

しかし、そこへ大剣が横薙《よこな》ぎに払われ、氷の壁を砕きながら迫ってくる。

「各自対処せよ！」

「はっ！」

「了解！」

ライルグッドが一本の大剣を跳ね上げ、もう一本をリッコが素早く回避《かいひ》し、そのまま迫ってきた大剣をアルフォンスが受け流す。

上四本の腕が威力《いりょく》重視なのに対して、下の二本は巧みに直剣を振り抜いてくる。

鋭《するど》い剣筋が狙ってきたのは——リッコだった。

「リッコ、下がれ！」

「いいえ、このまま気を引くわ！」

上から、下から、横から、斜《なな》めから、様々な角度からの攻撃がリッコへ殺到《さっとう》するが、彼女は大きく目を見開いて全ての剣筋を見極《みきわ》めていく。

一歩を踏み出すたびにリッコがいた場所を直剣が通り過ぎ、それが何度も繰《く》り返されていく。

「今のうちです！」

「もちろんだ！」

「はあっ！」

六本腕の魔獣がリッコに意識を向けている隙《すき》を突き、ライルグッドとアルフォンスが背後から迫っていく。

しかし、後ろにも目があるのかと言わんばかりに戦斧が振り下ろされて迎撃《げいげき》される。

砂埃《すなぼこり》が舞《ま》い上がり、視界が悪くなる。

「この程度で！」

「止められるものか！」

戦斧の脇を抜け、飛んでくる砂利をものともせず、二人は一気に間合いを詰める。

振り抜かれた直剣が左右の足を斬り裂き、傷口からドパッとどす黒い血が噴《ふ》き出した。

『ガアアアァァアアアァァッ⁉』

「このまま畳《たた》み掛けるぞ！」

ライルグッドがそう口にした——その時だ。

「ぐあああぁっ⁉」

三人が戦っている場所とは別のところから悲鳴があがった。

慌てて声の方へ振り返ると、そこでは騎士たちの武具が次々と壊れ始めているのが視界に飛び込んできた。

「ちっ！　ついに限界か！」

「殿下！　危ない！」

『ガルアアアァァアアァァァッ‼』

「アイスドーム！」

一瞬の隙を狙い、六本腕の魔獣が全ての武具をライルグッドへ殺到させる。

反応が遅《おく》れたライルグッドに逃げ場はなかったが、そこにアルフォンスの魔法が発動された。

ライルグッドを覆《おお》い隠すように分厚い氷のドームが間一髪で顕現する。

――ドゴンッ！　ドゴンッ！　バリンッ！

直後、鈍《にぶ》い音が何度も響き、すぐに氷が砕ける音が聞こえてきた。

「っと、助かったぞ、アル！」

アイスドームはライルグッドの後方に穴を開けており、砕かれる前に彼はその場を脱《だっ》していた。

「気をつけてください、ライル様！」

「注意は後にして！　騎士たちが危ないわよ！」

六本腕の魔獣と戦っている間にも、森の奥からは他の魔獣が続々と姿を見せている。

冒険者たちはギリギリ耐《た》えているものの、騎士たちはすでに限界を迎えていた。

「殿下とリッコ様で騎士たちの援護を！」

そう口にしたアルフォンスは、六本腕の魔獣の前に立ち直剣を構える。

「一人では無理だ！」

「そうよ！　私は残る、殿下だけでも後方へ――」

「いいえ、リッコ様も下がってください。私なら大丈夫です、この直剣があれば！」

直後、アルフォンスが握った直剣から青白い光が周囲へ放出されていく。

そして、青白い光が浮かんでいる範囲の気温が一気に下がり、地面に氷が広がっていく。

『ガ、ガァァ？』

氷は六本腕の魔獣にも迫っていき、地面から傷ついた足を凍らせていく。

『ガルアッ！　ガルアア、ガアアアアッ‼』

氷を剥《は》がすために一歩を踏み出すとバキバキと音を立てて砕けるが、地面を踏みしめるたびに再び凍りついていく。

「今のうちに騎士たちの援護を！」

そう口にしたアルフォンスの額からは汗が滲《にじ》み、直後には凍りついていく。

アルフォンスもギリギリのところで魔法を使っているのだとわかり、ライルグッドは歯噛《はが》みしながら踵《きびす》を返す。

「戻るぞ、リッコ！」

「でも、アルフォンス様は⁉」

「アルなら大丈夫だ、信じろ！」

信じろという言葉に、リッコはグッと柄《つか》を握りしめながら駆け出した。

「危なくなったらすぐに言ってくださいね、アルフォンス様！」

二人が騎士たちの援護に向かうと、ライルグッドは即座に魔法を放った。

「これでもくらえ――サンダーボルト!」

ライルグッドが剣先を魔獣へ向けると、無数の雷光が迸る。

雷光が魔獣に命中すると、ビクビクと体を震わせたあと、一気に燃え上がった。

「で、殿下!」

「急いで態勢を立て直せ!」

「で、ですが、武具が――ぐはっ!?」

「こいつ!」

騎士がオルトロスの攻撃をまともに受けて弾《はじ》き飛ばされてしまう。

そこへリッコが駆け出して首を落とすが、この時点で二人と騎士たちは大型魔獣に囲まれてしまう。

「こいつら、どれだけの数がいるというのだ!」

「全然減らないんだけど!」

冒険者の手を借りたいところだが、小型魔獣の方が数も多く、一人でも欠けると一気に劣勢になってしまうとライルグッドは判断した。

「俺たちだけで、ここを立て直すぞ」

「そう言われても……」

ライルグッドの言葉にリッコは横目でアルフォンスを見る。

今はまだ拮抗《きっこう》を保っているが、崩れるのは時間の問題だろう。

多少無理をしてでも、大型魔獣を片づけてアルフォンスのもとへ駆けつけなければならない。

覚悟を決めて群れへ突っ込もうとした——その時だ。

「——殿下あああっ！」

武具の損耗が激しく、前線基地の防衛を任せていた騎士たちの多くが駆けつけてきた。

「お前たち、何をしている！」

「追加の武具が届きました！　あとはお任せください！」

そう口にした騎士の手には真新しい直剣が握られており、後続の騎士たちも同様の武具を装備している。

「……ど、どうなっているの？」

リッコが疑問を口にしたところで、聞き慣れた声で名前を呼ばれた。

「リッコオオオオッ！」

「……嘘《うそ》でしょ？　まさか、カナタ君⁉」

驚きの声と共に姿を見せたのは、騎士の後ろにしがみついているカナタだった。

「どうして来たのよ！」

「物資を届けに来た！　他の騎士たちにも武具を！」

増援の騎士たちが大型魔獣へ突進《とっしん》していくと、二人乗りでやってきていた騎士はリッコの隣へ馬を寄せた。

「私も加勢に行きます！　カナタ様は物資を！」

「わかりました、ありがとうございます！」

そう告げた騎士はカナタ謹製の直剣を抜き放ち、魔獣へと斬り掛かっていった。

「皆さん！　新しい武具を持ってきました！　これを使って魔獣の討伐を！」

カナタはそう口にすると、魔法袋から大量の武具を取り出していく。

その光景に最初こそ唖然としていた騎士たちだったが、すぐに我に返ると武具を手に再び魔獣へと襲い掛かっていく。

「な、なんだ、この剣は！」

「すごい切れ味だぞ！」

「いける……これなら、いけるぞ！」

最初に使っていた武具とは切れ味が段違《だんちが》いとなり、騎士たちは笑みを浮かべる余裕まで出てきた。

大型魔獣の数が一気に減っていき、リッコとライルグッドは顔を見合わせると大きく頷いた。

「俺はアルの方へ向かう！　リッコはカナタを安全な場所へ！」

「カナタ君、こっちよ！　救助した男性を護衛している騎士もいるから、そこで隠れていて！」

「助かった人がいるのか！　……よかった」

先にライルグッドがアルフォンスのもとへ向かい、カナタはリッコと共に安全な場所へ避難する。

「もう！　カナタ君、無茶をし過ぎだわ！」

「でも、タイミングはバッチリだっただろう？　まあ、これでも前線基地まで馬車を飛ばしてギリギリだったみたいだけどな」

安全な場所へ避難しながらカナタの無茶を咎《とが》めようとしたリッコだったが、彼が昼夜をおかず馬車を走らせ、間一髪で物資が間に合ったことも事実である。

「……助かった。ありがとね」

「おう」

リッコが素直《すなお》にお礼を口にしたところで避難場所に到着した。

しかし、そこで予想外の再会を果たすことになった。

「すみません！　カナタ君もこちらに避難を――」

「えっ？　……ルキア兄上に、ローヤン兄上？」

リッコが騎士に話し掛けていると、カナタから驚きの言葉が飛び出した。

「……お、お兄さん、なの？」

体を丸めて震えている二人を見て、カナタは実兄《じっけい》であるルキアとローヤンだとすぐにわかった。

「……か、カナタ？」

「……あぁ……カナタ……カナ、タ！」

顔を上げた二人がカナタを見て名前を呼ぶと、彼の脚にしがみついて声を絞り出した。

「た、助けてくれぇ！　頼む、頼むよおっ！」

「大丈夫だから、騎士も冒険者もいるんだ、もう大丈夫だから！」

「ち、違う……違うんだ！」

二人の言葉を受けてカナタは首を傾げるが、何を言いたいのか気づいたリッコが口を開いた。

「……あの魔獣が、まさかお兄さんってこと？」

「……は？　何を言っているんだ、リッコ？」

「だって、この二人が最初、兄貴が魔獣になったって言っていたのよ」

その言葉にカナタはライルグッドとアルフォンスが戦っている六本腕の魔獣に視線を向ける。

「……まさか、ヨーゼフ兄上なのか？」

カナタが呟くと、二人は何度も頷いた。

「……嘘だろ？　なんで、どうしてそんなことに？」

「……つ、壺《つぼ》」

「壺？」

「……ヨーゼフ兄……流れの商人からって……怪《あや》しい壺、持ってた」

怪しい壺と言われ、カナタとリッコは顔を見合わせる。

「そんなものがあるのか？」

「わからないわ。でも……どうしたらいいの？」

二人は視線を再び六本腕の魔獣に向けたのだが――

「えっ？　目が合った？」

カナタと六本腕の魔獣の目が合った――合ってしまった。

『……ガ……ガガ……ガアアアナアアアダアアアアァァアアァァァッ‼』

直後、六本腕の魔獣――ヨーゼフはカナタの名前を叫《さけ》んだ。

先ほどまでの大咆哮よりも大きく、甲高《かんだか》い、耳をつんざくような叫びは空気を震わせ、衝撃波《しょうげきは》となり周囲へと広がっていく。

カナタの髪《かみ》の毛が衝撃でなびき、噴き出した汗を吹き飛ばしてしまう。

『ゴロズ……ゴロズ、ゴロズ、ゴロズウウウウッ‼』

「なんだ、こいつは！」

「急に力が──くっ！」

巨大な肉体から紫《むらさき》色の煙《けむり》が噴き出したかと思えば、ヨーゼフの力が膨《ふく》れ上がりアルフォンスの氷魔法をものともせずに歩き出す。

一歩、また一歩と歩いていく先にいるのは──カナタだ。

「あいつ、カナタ君を狙っているのね！」

「た、頼む、カナタ！　ヨーゼフ兄貴を、助けてくれよお！」

「ぼ、僕《ぼく》たちも、鉱山へ行って、いいから……ヨーゼフ兄を、助けて！」

「あなたたちねえ！　カナタ君にどんな仕打ちをしていたか、わかっているんでしょうねえ！」

ヨーゼフを助けてほしいと懇願《こんがん》する二人に対して、リッコが怒声《どせい》をあげる。

それはカナタがブレイド家で冷遇《れいぐう》されていたこと、四人の兄もそれに加担していたことを知っているからだ。

カナタを虐《しいた》げていたくせに、自分たちが危なくなれば助けを求めるのかと憤っているのだ。

「……ごめんよぅ、カナタ」

「……ごめん、なさい。最初で最後の、お願い。ヨーゼフ兄を、どうか！」

二人の兄が涙《なみだ》を流しながら懇願している。

ブレイド家に、兄たちに良い思い出は一つとして残っていないが、それでもカナタにとっては血のつながった兄弟でもある。

「……でも、どうやって助けたらいいんだ？　ヨーゼフ兄上は、もう魔獣になっているんだぞ？」

「カナタ君！」

「わかってる。俺も絶対に助けたいとは思っていないよ。でも、助けられる命なら、それが兄上なら、助けたいと思うのは当然だろう？」

「カナタ！　リッコ！　逃げろ！」

そこへライルグッドの警告が響いてきた。

ゆっくりだった一歩の歩幅《ほはば》が大きくなり、それが加速して走り出したのだ。

ズンズンと大きな音を立て、カナタとヨーゼフの距離《きより》は一気に縮まってしまう。

「……壺？」

「カナタ君、危ない！」

「うわっ！」

リッコに加えて二人の騎士が抑え込もうと前に出たが、ヨーゼフの戦斧が猛威《もうい》を振るう。

二人の騎士が弾《はじ》け飛び、かろうじてリッコだけが回避することができた。

しかし、それはヨーゼフが前に出ていくきっかけにもなり、ついにカナタは間近で彼と対峙することになった。

「……本当に、ヨーゼフ兄上なのか？」

『……ガ……ガガ、ガナダアァァ』

「くっ！　どうして、どうしてだよ！　どうして兄上が魔獣なんかに！」

『グ……グゥゥ……ガルアアアァァアアァァァッ‼』

カナタの叫びも実らず、ヨーゼフは六本腕を振り上げ、一気に振り下ろした。

――ガキンッ！

そこへ間一髪で駆けつけたのは――紅蓮の牙だった。

「大丈夫か、カナタ！」

「全く、無茶をするわね！」

「長くはもたないぞ！」

「ウインドシールド！」

オシドが、セアが、ドルンがヨーゼフの攻撃を受け止める。

その直前にはエリンのウインドシールドが張られており、攻撃の威力を軽減させていた。

それでもヨーゼフが相手では、紅蓮の牙には荷が重い。

耐えることに専念しなければ、一瞬でやられてしまうだろう。

それは彼らも理解しており、だからこそ耐えることを選択《せんたく》したのだ。

「――よく耐えてくれた！」

紅蓮の牙は気づいていた。この場にいる最高戦力が駆けつけてくれていることに。

「サンダーボルト！」

「アイスショット！」

雷光と氷弾《だん》が殺到し、ヨーゼフに全て着弾《ちやくだん》する。

『ガアアアアッ⁉』

激痛に悲鳴をあげたヨーゼフだったが、それと同時に彼を包み込む紫色の煙が濃《こ》さを増し、周囲に漂う緊張《きんちよう》感が高まっていく。

「ルキア兄上、ローヤン兄上！　さっき言っていた怪しい壺ってどこにあるんですか！」

カナタはガタガタと震えている二人の肩を揺さぶりながら問い掛けた。

「……わ、わから、ないんだ」

「なんでだよ！　それが原因かもしれないだろ！」

「……商人が、持っていったかも……でも、そいつも、襲われてた」

「……どういうことだ？」

思考がまとまらない中でも情報は入ってくる。

怪しい壺、流れの商人、黒幕かと思えば襲われていたというではないか。

誰が黒幕で、何を目的としているのか。本当にヨーゼフを助けることができるのか。

あまりにもいろいろなことが起こりすぎているが、これら全てにかかわっているものが存在していることだけは確かだった。

「……やっぱり、その壺が一番怪しいな」

壺は商人が持っていたとローヤンは口にしている。

しかし、その商人も襲われたということは、その場に壺が落ちている可能性もあるのではないかとカナタは考えた。

「ローヤン兄上、商人はどこで襲われたんですか？」

「……鍛冶場」

「それはどこですか！」

「……お、俺たちが、倒れていたところだ」

倒れていたところと聞いたカナタは、すぐさま弾き飛ばされた騎士の方へ駆け出していく。

「どうしたのだ、カナタ！」

「その魔獣をどうにかできるかもしれません！　俺の兄上なんです……お願いします、チャンスをください！」

カナタの懇願に対して、ライルグッドの反応はというと──

「そういうことなら引き受けよう！」

「足止めということであれば、それに徹《てっ》します！」

「オシドさんたちは念のため、カナタ君のところへお願いします！」

「任せろ！」

この場にいる全員がすぐにカナタの懇願を受け入れ、チャンスを与えてくれる。

その行動が嬉しくもあり、必ず成し遂《と》げなければならないというプレッシャーにもつながる。

「カナタ！　俺たちを使え、何をすればいいんだ？」

「二人が倒れていた付近に怪しい壺があると思うんです！　それを見つけたい！」

「どんな壺なのかはわからないの？」

「二人が見ればわかると思うんですが、俺はわかりません」

「ふむ。ならば、俺が二人を担《かつ》いで移動しよう」

「私は魔法でサポートいたします！」

紅蓮の牙がそう告げると、カナタは騎士の無事を確認しながら声を掛けた。

「すみません。あの二人が倒れていた場所を教えてくれませんか？」

「あ、あぁ。あっちの、破片が積もっている場所だ。確か、鉱石がたくさん転がっていたから、わかりやすいはずだ」

「ありがとうございます！　オシドさん、行きましょう！」

教えられた場所へカナタが駆け出すと、紅蓮の牙も追い掛けていく。

『ガアアアナアアアダアアアアァァアアァァッ‼』

遠ざかっていくカナタを見てヨーゼフが名前を叫ぶが、そこへリッコが直剣を握りしめて飛び掛かっていく。

「あなたのために動いている弟を、邪魔《じゃま》しないでちょうだい！」

鋭く振り抜かれた直剣がヨーゼフの腕を斬り裂く。

深手ではないが、それでも足止めをするには申し分なかった。

「こっちにもいるぞ！」

「はあっ！」

ヨーゼフの視線がリッコへ向いている隙を突き、ライルグッドとアルフォンスが背後から攻撃を仕掛ける。

戦斧を握る上二本の腕が斬り飛ばされ、どす黒い血が噴き出した。

『ガアアァアアァァッ⁉　ガァァ……アアァァァ』

「命までは取らん。今のところは、だがな」

「カナタ様、お急ぎを！」

今はまだ抑え込めているが、刻一刻と紫色の煙が濃くなっていっている。

それが意味することはなんなのかはわからないが、少なくともよくないことが起きる前兆だろうということを誰もが予想していた。

「ここだ！」

騎士の言葉通り、そこには大量の鉱石が転がっており、鍛冶場だった名残《なごり》が見て取れた。

「まずは、積もってる破片をどかせばいいんだな？」

「それなら私に任せてください！」

オシドの言葉にエリンが反応すると、彼女はカナタ謹製の杖《つえ》を掲《かか》げて魔法を発動させた。

「ウインドボム！」

威力を最小限に抑えたウインドボムは破片の中央で爆発《ばくはつ》を起こすと、突風《とっぷう》が周囲へ吹き荒《あ》れる。

強烈な風に押されて破片が吹き飛び、鍛冶場のあった辺りは更地《さらち》に近い状態になっていた。

「これなら探しやすいと思います！」

「ありがとうございます、エリンさん！」

「うっし！　それじゃあ探すぞ、怪しい壺！」

残った破片をどかしながら、カナタたちは怪しい壺を探し始める。

これだけ派手に鍛冶場が壊れているのだから、壺も割れている可能性も高い。

しかし、人を魔獣に変えてしまうようなものが、そう簡単に割れてしまうのかという疑問も残っている。

（この辺りにあるはずだ。リッコが、殿下が、アルフォンス様が足止めをしてくれている。紅蓮の牙のみんなも協力してくれているんだ。絶対に、見つけてみせる！）

残った破片を掴《つか》んでは、すでに探し終えた場所へ放《ほう》り投げていく。

同じ行動を何度も繰り返していたのだが、カナタが手を伸《の》ばした先には破片以外のものがあった。

「痛っ！」

元々は鍛冶場があった場所である。

ならば、ここを利用していた者たちが作ったであろう作品が転がっているのも当然と言える。

カナタは転がっていた短剣《たんけん》を握ってしまい、僅かではあるが指を切ってしまった。

「大丈夫か、カナタ？」

「は、はい。ちょっと切っただけなので」

傷口を見たオシドが腰袋から布を取り出して止血しようとした――その時だ。

『……匂《にお》う……匂うぞおおおおっ』

今までに聞いたことのない、背筋が凍るようなおぞましい声が突然聞こえてきた。

「な、なんですか、今のは？」

「おいおい、あいつよりもヤバい魔獣がいるってのかぁ？」

紅蓮の牙は武器を構えて周囲を探るが、見晴らしのいい場所であるにもかかわらず魔獣の姿はどこにも見当たらない。

『血の匂いだ……忌々《いまいま》しい、あいつの血の匂いがするぞおおおおっ！』

謎《なぞ》の声がそう叫ぶと、カナタたちが立つ場所から僅か数メートル先の破片が吹き飛び、ヨーゼフを包み込んでいるのと同じ紫色の煙が噴き出した。

「……あ……あれだぁ……あの煙だああああぁぁっ！」

「嫌だ！　僕は魔獣に、なりたくない！」

紫色の煙が噴き出したことで、破片の下にあった壺がむき出しになった。

「あれだ！」

「しかし、あれをどうやって回収するんだ？」

「私が魔法でやってみます！　ウインドハンド！」

オシドが顔をしかめながらそう口にすると、エリンが風を操作して壺を移動させようとした。

『忌々しい……あいつに協力する人間どもも、殺してやるうううっ‼』

「きゃあっ⁉」

謎の声がそう叫ぶと、エリンの魔法が弾け飛び突風が吹き荒れた。

「エリン！」

「あ、ありがとうございます、ドルンさん」

「この声、もしかしてあの壺が喋っているのかしら？」

「だろうな。ってか、忌々しいあいつって誰のことだ？」

疑問は尽きないものの、今はそれを考えている暇《ひま》はない。

何故《なぜ》なら壺が放出した紫色の煙の行き先が――ヨーゼフだったのだから。

『ガルゴゴガゲゴガアアアァァアアァァッ‼』

ヨーゼフは苦しんでいるのか、歓喜《かんき》しているのか、全くわからない声をあげながら肉体を隆起《りゅうき》させていく。

六本の腕はバキバキと鈍い音を立てながら伸びていき、武具を握っていた手は一体化して人間では作り出せない動きを見せている。

かろうじて人型を保っていた肉体は見る影《かげ》もなく、腕だけではなく脚までもが六本となりカサカサと動かし続けていた。

『殺せえええっ！　忌々しいあいつの血を絶やすのだあああっ！』

『ゲゲゲゲギャギャギャギャッ‼』

ヨーゼフは六本の脚に力を込めると、地面を陥没させるほどの勢いで飛び上がった。

「マズいぞ！」

「カナタ君、逃げて！」

飛んでいく先を見たライルグッドが声をあげ、リッコが警告を口にする。

「エリン！」

「は、はい！　ウインドシールド！」

大型魔獣と相対した時と同じように、エリンがウインドシールドで勢いを殺し、ドルンが大盾で弾き飛ばす。

上手く決まれば落下のタイミングでオシドとセアが攻撃を加えることも可能だ。

全身に力を込め、ドルンはタイミングを計りシールドバッシュを試みた。だが――

『ギャギャギャギャアアアアッ！』

「ぐ、ぐおおおおおおっ‼」

――ドゴオオオンッ！

ヨーゼフの勢いは止まることなく、ドルンを吹き飛ばしてしまった。

「ドルンさん！」

「オシド、行くわよ！」

「この野郎《やろう》、やってやろうじゃねえか！」

オシドとセアが前に出ると、援護のためにエリンが風魔法を発動させる。

しかし、触手《しょくしゅ》のように長く伸びた六本腕をしならせながらの攻撃は範囲が広く、オシドたちは近づくことすらできない。

「サンダーボルト！」

「ブリザード！」

雷光が閃《ひらめ》くと共に、激しい冷気がヨーゼフを包み込む。

巨体《きょたい》になり的は大きくなっている。

サンダーボルトは全てが着弾し、ブリザードにより動きを封《ふう》じ込めることに成功した——かに見えたが、そう上手くはいかなかった。

『……ゲゲゲゲギャギャギャギャギャギャッ！』

「なっ！」

「魔法が、効いていない？」

サンダーボルトも、ブリザードも、全ての魔法が紫色の煙に遮られて無効化されていた。

「来るぞ！」

オシドの大声に続いて触手が二人へ襲い掛かる。

地面を抉《えぐ》り、砂利の弾丸を飛ばし、武具を振り回してくる。

魔法が効かないとわかってからは回避を重視しながら間合いを詰めていくが、二人をもってしてもそう簡単ではない。

だが、ここにいるのは二人だけではなかった。

「加勢するぜ！」

「エリンはドルンを守ってちょうだい！　カナタ君もそっちへ！」

「わかった！」

「わ、わかりました！」

魔法が効かないことを確認したセアがカナタとエリンに指示を出し、オシドと二人で前に詰めていく。

リッコ、ライルグッド、アルフォンス、オシド、セアの五人でヨーゼフを囲み、攻撃を分散させていく。

『ゲゲギャギャギャギャアアアアッ‼』

狙い通りに触手が三本ずつ、ライルグッドとアルフォンスとリッコ、オシドとセアへ向いている。

一進一退の攻防《こうぼう》となり、苛立《いらだ》ちを露《あら》わにしたのは壺の声だった。

『まだだ……まだ足りぬ！　殺せ……殺せ……殺せ、殺せ、殺せえええええぇぇぇぇぇっ‼』

壺から再び紫色の煙が噴き出し、ヨーゼフへと集まっていく。

「……あの煙、どうにかして止められないのか？」

煙を噴き出し続けている壺を見て、カナタは思考を広げていく。

（あの煙が噴き出している限り、ヨーゼフがどんどん強化されてしまう。……そうだ！）

「エリンさん、魔法であの煙だけを隔離《かくり》できませんか？」

「魔法でですか？　……わかりました、やってみます！」

時間が経てば経つほどにリッコたちが不利になってしまうことはエリンも理解しており、すぐに魔法を発動させた。

「ウインドハンド！」

風を操《あやつ》り煙の向かう先を変えようと試みたが、風が触《ふ》れた途端に魔法が消滅《しょうめつ》してしまい失敗に終わる。

「だ、ダメです、止まりません！」

「となると、破壊するしかなさそうですね」

エリンの魔法が効かず、ドルンは気絶している。

リッコたちの誰かを呼び戻すこともできるが、そうすると一気に形勢が不利になるかもしれない。

紅蓮の牙が抜けた冒険者たちは手一杯《ていっぱい》になっており、騎士たちは武具を交換《こうかん》したとはいえAランク魔獣を相手取っているので油断はできない。

「……俺が、やるしかないか」

意を決して立ち上がったカナタを見て、エリンが止めに入る。

「ダメです、カナタさん！　危険すぎます！」

「でも、誰かがやらないといけないんです！」

「それなら私がやります！　私は冒険者ですから！」

そう口にしたエリンも立ち上がろうとしたのだが、魔法を使い過ぎたのか足に力が入らない。

「残りの魔力はドルンさんを守るために使ってください」

「絶対にダメです、カナタさん！」

エリンが何度も叫んでいるが、カナタは止まるつもりなど毛頭なかった。

それはカナタの我《わ》がままのせいでみんなが危険に晒されているからだ。

ヨーゼフを見捨てれば、殺す気で戦っていれば、もしかするとすぐに終わっていたかもしれない。

カナタが助けたいと我がままを言ったから、足止めをお願いしたから、ヨーゼフが強化されて苦戦を強いられている。

これ以上の我がままは、国の宝を、大事な友人を、好きになった女性を失うことになりかねない。

「……これでダメなら、諦《あきら》めます。だから頼む、ぶっ壊れてくれよ！」

そう口にしたカナタは、両手を広げて錬金鍛冶を発動させた。

その手には何も握られていないが、間違いなく錬金鍛冶は発動している。

カナタが錬金鍛冶の対象に選んだのは——鍛冶場跡《あと》に転がっている全ての鉱石に対してだった。

鍛冶場跡一帯から強烈な光が溢《あふ》れ出し、戦場を明るく照らしている。

「な、何事だ？」

「あれは、カナタ様ですか？」

「この光って、錬金鍛冶なの？」

ライルグッド、アルフォンス、リッコが声を漏らす。

『があああぁぁああぁぁあっ‼　忌々しい、忌々しい、忌々しいぞおおおおっ！　我にその光を当てるな！　殺す、殺してやるぞおおおぉぉおおぉぉおっ‼』

壺が怨嗟《えんさ》の声で叫び、光を消し去ろうと今まで以上の勢いで紫色の煙を噴き出し始めた。

魔法を無効化させてしまう紫色の煙だが、錬金鍛冶の光は魔法ではない。

光と煙が相克《そうこく》を起こし、衝撃波が周囲へ広がっていく。

何が起きたのかと錬金鍛冶を知らない冒険者や騎士たちが、魔獣の相手をしながらもカナタへ視線を向けてくる。

それだけの驚きが巻き起こる中、カナタは錬金鍛冶の発動に全ての意識を集中させており、周りの反応に気づいていなかった。

『ゲゲゲゲ……ゲゲ……ガ……ガナダアアアァァアアァァッ‼』

当然、ヨーゼフがカナタの名前を叫び、突っ込んでいこうとしていることにも気づいていない。

「殿下！」

そこへアルフォンスの声が響いた。

「私の全ての魔力を注ぎ込んで、奴《やつ》を足止めします！」

「全ての魔力だと⁉」

「意識を失う可能性があります、その際は私を見捨てて逃げてください！」

「ならん！　絶対に皆で生きて帰る！　カナタには悪いが、今やっている錬金鍛冶が上手くいかなければ、俺は奴を殺してお前を助けるからな！」

ライルグッドからすればチャンスは与えている。

しかし、アルフォンスや他の者たちの命が危《あや》ういのであれば、これ以上は待っていられない。

それはリッコもオシドもセアも同じ気持ちであり、仕方がないとも考えていた。

「だから頼むぞ、カナタ！　全員、Sランク魔獣から離れるのだ！　アルの広域殲滅《せんめつ》魔法に巻き込まれるぞ！」

ライルグッドの言葉を受けて、リッコ、オシド、セアが大きく距離を取る。

周りで戦っていた冒険者や騎士たちも慌ててその場から避難した。

『ゲゲガガガッ！　ガナダ、ガナダ！　ガナダアアアァァアアァァッ‼』

「残念ですが、あなたがカナタ様のもとに辿《たど》り着くことはありません！」

紫色の煙に包まれたヨーゼフの前に一人で立つアルフォンス。

青白い光が直剣から顕現し、彼の周囲に広がっていく。

「……な、何よ、この魔力は？」

「……アルフォンス様って、こんなにすごかったのか？」

「……オシド、完全に手加減されていたわね」

アルフォンスが持つ膨大《ぼうだい》な魔力によって青白い光は森の奥の、さらに奥まで広がっている。

魔法はまだ発動されていないが、それでも光が持つ冷気によって地面に霜《しも》が降りていく。

「いや、アルフォンスは手加減などしていなかった。こいつは魔力が膨大な分、その制御《せいぎょ》に苦戦していてな。これだけの魔力だ、カナタ謹製の武具でなければすでに砕けているだろう」

ライルグッドは平然と話しているが、実際のところ魔法を行使しているアルフォンスも内心で驚いていた。

（……はは、本当にカナタ様の作ってくれた直剣は素晴らしい！　もう少し、魔力を込められそうだ！）

予想以上の結果にアルフォンスは自然と笑みを浮かべていた。

『ゲゲゲゲギャギャギャギャッ！　……ギャギャギャ？』

魔法は効かないと、ヨーゼフも思っていたことだろう。

しかし現実は違っていた。

地面の霜が紫色の煙に触れても消えることはなく、踏みしめた足元からヨーゼフの体を一気に凍りつかせていく。

『ギャギャッ！　ギギギャギャギャギャッ‼』

驚きのあまりに六本の脚を何度もばたつかせて氷を砕いていくが、踏みしめるたびに再び凍りついていくので切りがない。

「絶対零度《れいど》の氷の世界。お前はこの世界から逃《のが》れることはできません」

『ゲギャッ！　ゲゲギギ、ゲギャギャアアアアッ‼』

「広域殲滅魔法――アイスワールド」

地面に降りている霜の全てがアルフォンスの魔法であり、支配下に置かれている。

振れるものを凍りつかせ、彼の意思で生かすも砕くも可能となる。

過去、アルフォンスは魔獣の群れを前にアイスワールドを発動させたが、魔力の制御が効かずに仲間を危険に晒したことがあった。

それ以降、アイスワールドはアルフォンスの中で封印《ふういん》すべき魔法となり、全力を出すことを恐《おそ》れるようになっていた。

「……このあたりで、問題なさそうですね」

今もなお全力を出すことはできていないが、それでもこの威力は驚異《きょうい》的であり、紫色の煙でも無力化できないほどになっている。

とはいえ、膨大な魔力を消費する魔法ということに変わりはなく、アルフォンスの額には大粒《おおつぶ》の汗が浮かんでいた。

「アルフォンスの魔力が尽きるのが先か、それともカナタの錬金鍛冶が先か……どちらにしても、奴を斬る準備は必要だろう」

そう口にしたライルグッドは、直剣を握る手に力がこもる。

彼の言葉を耳にしたリッコは、少しだけ違う気持ちで視線をカナタの方へ向けた。

(……信じてるよ、カナタ君！)

リッコはカナタが失敗するとは微塵《みじん》も思っていなかった。

錬金鍛冶の力を信じているのではなく、カナタという一人の人間を信じている。

このギリギリの極限化においても、カナタは自分に何ができるのか、できないのか、何を成すべきなのかを考えて行動できている。

そして、リッコは彼の思考を寸分違《たが》わず理解していた。

(きっと最後のチャンスだと思っているんでしょ？　そう思っているなら、あなたは絶対に失敗しないわ)

そんなリッコの思いが届いたのか、カナタの局面も終盤《しゅうばん》に差し掛かってきていた。

『……何故だ……何故、貴様がここにいるのだあああっ！』

壺の声は最初こそ背筋が凍るようなおぞましいものだったが、徐々《じょじょ》に焦りの色が見え始めている。

光と煙の拮抗も少しずつ、本当に少しずつではあるが、光に傾き始めていた。

『忌々しい！　この光のせいで我は、我はああああぁぁっ‼』

しかし、紫色の煙は最後のあがきと言わんばかりに勢いよく噴き出してきた。

鍛冶場跡だけではなく、アクゴ村全体を、さらには南の森すらも包み込まんとしている。

もしも錬金鍛冶の光が、カナタが負けるようなことがあれば、それこそ王都が、アールウェイ王国が亡《ほろ》びてしまうことだろう。

「……すまない、こっちの準備はもう終わっているんだ」

そう呟いた直後、鍛冶場跡にあった全ての鉱石が強烈な光を放ち始めた。

全ての光がひとりでに動き出し、宙に浮いてカナタの目の前に集約されていく。

集約されたことでさらに光が強くなり、遠目からでも直視できないほど強烈な光量になっている。

「お前のせいで鍛冶場が、道具が、鉱石が、鍛冶師の魂《たましい》が泣いているんだ。絶対に負けない、壊してやるぞ！」

カナタが作ろうとしているのは自分が扱うことができる短剣だ。

この場に転がっている鉱石の量は膨大であり、短剣だけを作るには有り余っている。

だが、それでもカナタは全ての鉱石を一つに集約し、高密度の短剣を作り上げようとしていた。

『止《や》めろぉ……止めろ、止めろおおおっ！　忌々しい血めぇ、それを止めるんだあああっ‼』

壺が悲鳴にも似た声をあげている。

カナタが作り出そうとしているものが自分に害を及ぼすと、本能的に理解しているのだ。

『何をしている！　早く殺すのだ、我を助けろおおおおっ！』

自分ではどうしようもないと悟《さと》り、壺はヨーゼフに助けを求めた。

しかし、ヨーゼフはアルフォンスに足止めを食らっている。

アルフォンスも魔力が尽きるまで魔法を止めるつもりはない。

それを知っているからこそ、カナタも全力を注ぎこんでいた。

「……完成だ」

出来上がった短剣は光を失うことがなく、なお輝《かがや》き続けている。

宙に浮いた短剣を握りしめ、カナタは目を閉じながら小さく息を吐き出した。

「これでヨーゼフ兄上が助かることを祈るだけだ」

ゆっくりと目を開き、壺の方へ歩き出す。

『く、来るな！　来るな、来るなぁ、来るなあああぁぁあああぁぁあっ‼』

近づいてくるカナタに壺は悲鳴をあげる。

紫色の煙も短剣の光に遮られ、カナタの足止めになっていない。

小型魔獣も大型魔獣も、すでに討伐が完了《かんりょう》している。

アイスワールドの余波で森の奥にいたであろう魔獣もすでに倒されていた。

現時点において、カナタたちの敵と呼べるのはヨーゼフと謎の壺だけになっている。

この場にいる全員の視線がカナタに向いており、スタンピードの結末を見届けようとしていた。

『またか……また貴様に殺されるのかあああああっ！』

「また？　……お前はいったい何なんだ？　忌々しい血ってどういうことだ？」

短剣の届く距離までやってきたカナタは、壺の声に問い掛けた。

『……くく……くくくっ、なるほど。貴様は何も知らないのだなぁ』

「知らないだって？　お前、何を知っているんだ？」

『いいさ、ならば殺すがいい！　滑稽《こっけい》だなぁ、神の力を持つ者よ！』

神の力と聞き、カナタは壺が錬金鍛冶について言っているのだと気がついた。

「お前、錬金鍛冶について何か知っているのか！」

『あぁ、知っている！　忌々しい神の力……あぁ、なんて忌々しいのだ！』

「教えろ！　この力はいったい――」

「カナタ！　早く片づけろ！　アルフォンスがもたないぞ！」

壺の言葉にカナタが大声で問い掛けるが、そこへライルグッドの声が響いてきた。

『ここだけではない、この世の全てが灰燼に帰すことだろう！』

「カナタ君、早く！」

「……くそっ！　はあああああああっ‼」

光り輝く短剣を両手で振り上げたカナタは、渾身《こんしん》の力で壺めがけて振り下ろした。

――ガキイイインッ！

『ぐがあああああぁぁあぁぁっ‼』

剣身が壺に欠けを作り、そこから一気にひびが広がっていく。

耳をつんざくような悲鳴が壺から発せられ、この場にいる全員に声が響いた。

『我はここで消えるだろう！　だが、すぐに貴様らも我と同じ末路を辿るのだ！　残りの生を存分に楽しむがいい！　くくくっ、ふははは、あーははははっ‼』

断末魔《だんまつま》の叫びにはならず、壺は不吉《ふきつ》な言葉を残しながらその身を粉々にした。

紫色の煙が徐々に消えていき、短剣の光がアクゴ村跡に広がっていった。

「……きれい」

「……待て、魔獣を見ろ！」

リッコが光の美しさに思わず呟くと、隣でライルグッドがヨーゼフの変化に気がついた。

『ギャギャ……ギャガガ……ガアアァァ……ぁぁ……うぅ」

六本の触手を蠢《うごめ》かせていたヨーゼフの巨体がみるみる萎《しぼ》んでいき、人間には不要な腕と脚がボロボロと崩れていく。

この時点でアルフォンスもアイスワールドを解除しており、大きく息を吐き出しながら直剣を地面に突き刺《さ》してなんとか体を支えている。

「大丈夫か、アル？」

「……は、はい。まさか、意識を失わずに、最後を見届けられるとは思いませんでした」

苦しそうなアルフォンスだが、それでも気を失わずに済んだことは彼にも予想外であり、驚きと共に笑みを浮かべていた。

「どうやら、カナタ君の勝ちみたいね」

リッコの言葉は壺との勝負に勝利した、という意味ではない。

ヨーゼフを助けたいというカナタの願いが通じたという意味だ。

「……よ、ヨーゼフ、兄貴？」

「……あぁ……ぁぁ、ヨーゼフ兄！」

自分たちも傷つき、満足に動けないのだが、ルキアとローヤンはよろよろと立ち上がりヨーゼフのもとへ歩いていく。

ヨーゼフも本来の肉体に戻っており、二人以上にボロボロではあったが息はしている。

「彼からは話を聞かなければならない！　可能な限り手当てを頼む！」

ライルグッドの言葉に騎士たちが動き出し、そのままアルフォンスの手当てもお願いした。

「すみません、殿下」

「構わん。それに、アルがいなければ俺たちは死んでいただろうからな。ゆっくり休め」

「はっ、ありがとうございます」

ライルグッドの言葉にアルフォンスはニコリと笑い、駆け寄ってきた騎士に肩を借りていた。

一方で、リッコはカナタのもとへ走り出していた。

「カナタ君！」

「あぁ、リッコ――どわあっ⁉」

振り返ったカナタに飛びついてきたリッコに、彼は受け止めながら驚きの声をあげた。

「ど、どうしたんだよ、リッコ！」

「……だったの」

「えっ？　なんだって？」

「心配だったのって言ったのよ！」

胸の中に顔を埋《うず》めていたリッコが顔を上げると、その瞳には涙が浮かんでいた。

「あっ……その、ごめん」

「なんでこんな危険な場所に来たのよ！　カナタ君、弱いんだからね！」

「よわっ!?　いや、それはそうなんだけど……でも、俺にできることをやらなきゃって思ってさ」

「だからってこんなところまで……」

そこまで口にしたリッコは、カナタの背中に回していた腕にギュッと力を込めた。

「……ごめん、リッコ」

「……ううん、大丈夫。カナタ君も自分にできることを考えて動いてくれたんだもんね」

袖《そで》で涙を拭《ぬぐ》ったリッコが顔を上げると、快活な笑みを浮かべた。

「ありがとう、カナタ君！」

「俺も助かったよ。リッコたちのおかげで、ヨーゼフ兄上を助けることができたからな」

カナタがヨーゼフの方へ視線を向けると、リッコも腕をほどいて同じ方向を見た。

そこではヨーゼフだけでなく、ルキアとローヤンも騎士たちから手当てを受けている。

その光景を見たカナタは自然と笑みを浮かべており、その横顔をリッコは満足げに見つめていた。

「……ねぇ、カナタ君」

「なんだ？」

「……カナタ君は、強くなったね」

突然の言葉にカナタは視線をリッコに向けて首を傾げた。

「強く？　さっきは弱いって言ってたじゃないか」

「さっきの弱いと今の強いは全くの別ものだよ。……本当に強くなったなーって思ったの」

満面の笑みを浮かべながらそう口にしたリッコを見て、カナタはドキッとしてしまった。

リッコを振り向かせたいと思っていたカナタだったが、その思いは募《つの》る一方だ。

今この瞬間《しゅんかん》もリッコへの恋心は高まっており、気持ちを隠せないところまで来ていた。

「……なあ、リッコ」

「どうしたの、カナタ君？」

「実は俺、リッコのことが――」

「カナタ！　リッコ！」

思いを言葉にしようとしたところで、ライルグッドから声が掛かった。

「……んっ？　どうしたんだ？」

「あー……いえ」

カナタが口を開けたまま固まっていたのを見て問い掛けたのだが、彼は苦笑いしながら『なんでもありません』と答えた。

「……で～ん～か～～？」

しかし、リッコはなんとなくカナタが何を言おうとしていたのか感づいてしまい、邪魔をしたライルグッドを怒《おこ》り心頭の表情で睨んでいた。

「な、なんで睨んでいるのだ、リッコ？」

「ぐぬぬ～……なんでもないわよ！」

「いや、なんでもないわけがないだろう！　いったいどうしたのだ！」

「なんでもないって言ってるでしょうが！　ふんっ！」

機嫌《きげん》を損《そこ》ねているリッコに困惑したライルグッドが慌てており、その姿を見てカナタは苦笑いを浮かべることしかできないでいる。

「……あの三人、さっきまで死と隣《とな》り合わせの戦いをしていた奴らだよな？」

「……まあ、今のは皇太子殿下が悪いかな」

「ん？　そうなのか？」

「……はぁ～。オシドもそっち側だもんね～」

「ちょっと待て、なんでいきなり俺の名前が出てくるんだよ！」

ライルグッドの反応がオシドにまで飛び火し、セアにため息をつかれている。

スタンピードの終息には周辺の調査が必要だが、今この時だけは全員が気を抜いてもいいだろう。

周りには魔獣の気配が一切《いっさい》なく、勝利の余韻《よいん》に浸《ひた》っているのだ。

「まあまあ、リッコ。落ち着いて――えっ？」

リッコを宥《なだ》めようとカナタが声を掛けた直後だった。

――パキンッ！

手にしていた短剣にひびが入り、そこから大量の光が放出されると共に砕けてしまった。

破片も光の一部となり、アクゴ村跡だけでなく、南の森全体へと広がっていく。

「……役目を終えたってことなのかな」

砕けた短剣が光となって消えたことで、カナタは何もなくなった右手をギュッと握りしめた。

「……ありがとう、俺の願いを叶《かな》えてくれて」

自分の願いを叶えるために作り出した作品へ感謝を告げたカナタは、ふと空を見上げた。

「……リッコ、見てみろよ」

「えっ？　どうしたの？」

地上の光に見入っていたリッコに声を掛けると、彼女はすぐに空を見た。

「……うわあっ！　満天の星だね、カナタ君！」

地上には錬金鍛冶の光が、そして頭上には満天の星が広がっている。

「これは絶景だなぁ」

二人につられてライルグッドも星空を見ており、周りもそれに気づいて見上げていく。

この場にいる全員が星空を眺め、続けて地上の光にも目を向けていく。

「……ひとまずは、終わったのよね」

「リッコとカナタはそうだな。俺たちは周辺の調査が必要だから、もう少し時間が掛かるだろう」

「殿下、必要な物資はありますか？　なんなら錬金鍛冶で武具なら——うぐっ！」

ライルグッドの言葉にカナタが支援《しえん》を申し出たが、そこにリッコの人差し指が彼の唇《くちびる》に伸びた。

「カナタ君は働きすぎよ」

「確かに。そもそも、お前はここにいるべきじゃないのだからな」

「で、でも……」

「カナタはリッコと共に王都へ戻れ。そして、二人でゆっくり休むんだな」

二人から言われてしまい、カナタは黙るしかなかった。

「俺はアルのところに戻る。カナタは絶対に休むんだぞ、いいな！」

最後に念押《ねんお》しまでされたところで、ライルグッドはその場を去っていった。

「念押しされちゃったなぁ」

「それはそうでしょう。カナタ君、働き始めたら止まらないもの。ここでそれをされちゃったら、絶対に倒れちゃうわよ？」

リッコの言葉にカナタは肩を竦め、再び満天の星に目を向けた。

「……でも、来てくれて嬉しかったよ、カナタ君」

そんな彼を見つめながら、リッコはボソリと呟いた。

「んっ？　何か言ったか、リッコ？」

「ううん、なんでもないよ」

聞き取れなかったカナタが視線をリッコへ向けると、彼女は柔和《にゅうわ》な笑みを浮かべた。

光り輝くその笑みを見て、カナタは目を奪《うば》われてしまう。

「……好きだ」

「……えっ？」

思わず口を突いた言葉に、リッコは頬《ほお》を赤く染めながら驚きの声を漏らす。

「……俺、リッコのことが好きなんだ。助けられたからじゃない、短い時間だけど一緒《いっしょ》にいられて、リッコの人となりを見てきて、どんどん惹《ひ》かれていったんだ」

気持ちを抑えきれなくなり、カナタは自分の想いがどんどん言葉になって出てくる。

「リッコのことをもっと知りたい、リッコと一緒にいたいって思うようになっていったんだ。こんなところで告白するのはおかしいと思うんだけど、リッコが魅力《みりょく》的過ぎて……って、リッコ？」

そこまで言葉を重ねたところで、リッコが顔を真っ赤にして固まっていることに気がついた。

声を掛けても反応がなく、カナタは彼女の顔の前で何度も手を左右に振ってみた。

「おーい……リッコー？」

「はっ！　……ご、ごごご、ごめんなさい、カナタ君！」

ごめんなさいと言われたカナタは、自分の告白が実らなかったと思ってしまった。

「あっ……いや、いいんだ。そりゃそうだよな。俺は一介《いっかい》の鍛治師だし、リッコは貴族令嬢《れいじょう》だ。釣《つ》り合うわけがない――」

「そ、そういうごめんなさいじゃないの！　その、驚いちゃって反応できなかっただけ！」

慌てて行き違いになっていることを告げたリッコは、一度深呼吸をして気持ちを落ち着かせた。そして――

「……私も好きだよ、カナタ君のこと」

「……えっ？」

カナタだけではなく、リッコも好きであると、両思いであると告げた。

「最初はどこか抜けている子だなーって思ったけど、一緒に過ごす時間が増えて、だんだんと頼《たよ》りになる男の子だなって気持ちに変わったの」

リッコも自分の想いを言葉にし、カナタへ伝えていく。

「イジーガ村でも、スライナーダでも、鉱山開発の時だって、カナタ君がいなかったら領民の笑顔《えがお》を見ることはできなかったし、バルダにいいようにやられていたかもしれない。……その時のカナタ君、とってもかっこよかった。職人の顔をした、一人の男性だなって思ったんだ」

手を後ろで組みながら歩き出したリッコは、カナタの横ではなく正面に移動した。

「その時くらいからかな。カナタ君のことが気になり始めたのは」

「……俺も、同じくらいかも」

「うふふ。私たち、同じタイミングで両思いになっていたんだね」

少し照れたようにカナタが口にすると、リッコは微笑みながらそう答えた。

「ロールズ商会がオープンした日、俺は自分に誓《ちか》ったんだ。身分の差をひっくり返せるくらいに、リッコに振り向いてもらえるように頑張らなきゃって」

「カナタ君は頑張ってるよ。私、ずっと見てきたもの」

「……ありがとう、リッコ」

お礼を告げたカナタは、リッコの腕を取って正面に持ってくると、その手を両手で包み込んだ。

「……リッコ・ワーグスタッド。俺と付き合ってくれますか？」

まっすぐリッコの瞳を見つめながら、カナタが告白した。

「……はい。よろしくお願いします、カナタ君！」

嬉し涙で瞳を濡《ぬ》らしているリッコは、満面の笑みを浮かべながらそう答えた。

「スレイグ様にも認めてもらえるよう、もっと頑張らないといけないな」

「うふふ。もう認められていると思うわよ」

「そうかな？」

「きっとそう。早くスライナーダに戻って、お父様とお母様に報告したいわ」

「あぁ、そうだな」

満天の星の下、そしていまだ輝きを失わない錬金鍛冶の光に照らされながら、カナタとリッコはついに結ばれたのだった。

◆◇◆◇エピローグ◇◆◇◆

——王都アルゼリオスに平和が戻《もど》ってきた。

ヨーゼフが人間に戻ったあと、カナタとリッコはライルグッドの配慮《はいりよ》により王都に戻った。

その後のことについてはライルグッドたちが戻ってきてから王城の一室で報告を受けたのだが、魔《ま》獣《じゆう》の活性化は落ち着きを見せているということだった。

この時点でライルグッドたちは魔獣の活性化の原因はカナタが壊《こわ》した壺《つぼ》であると結論付けられ、ヨーゼフの回復を待って情報を聞き出せればと考えていた——が。

「怪《あや》しい男を捕《つか》まえたんですか？」

ライルグッドから直接報告を受けていたカナタは、驚《おどろ》きの声をあげていた。

「あぁ。二人を見送ったあと、すぐに周囲の調査を始めたんだが……凍《こお》りついていた」

「「……はい？」」

一緒《いつしよ》に聞いていたリッコと共に、意味不明な報告を受けて変な声が出てしまう。

「ヨーゼフの後方、森の奥《おく》には魔獣しかいないと思って的を絞《しぼ》らずにアイスワールドを発動したのですが、そこにその男がいたのです」

「森の奥って、魔獣が大量にいたはずですよね？」

リッコも驚いていたが、そこにはちょっとしたからくりが存在していた。

「その男、壺以外にも怪しい道具を大量に持っていたのだが、それを使って魔獣からその身を隠《かく》していたらしい」

「そんな道具があったなんて……でも、いったいどこからそんなものを大量に集めてきたんでしょうか？」

「尋問《じんもん》をしたところ、どうやらワーグスタッド領から流れてきた男だったようです」

「えっ！　ワーグスタッド領からって、私たちが知っている男かしら？」

まさかの事実にリッコは思考を巡《めぐ》らせるが、恨《うら》みを買った覚えはない。

カナタも記憶《きおく》を遡《さかのぼ》ってみたが、思い当たる相手が出てこなかった。

「……その男、どうやら元はバルダ商会に所属していたらしいぞ？」

「「ば、バルダ商会⁉」」

ここでバルダ商会の名前が出てくるとは思わず、二人は同時に声をあげた。

「カナタが専属契約《けいやく》をしているロールズ商会が潰《つぶ》した商会なのだろう？」

「は、はい。悪徳商会だったので、ロールズとも相談して、スレイグ様にも話を通してぶっ潰しました」

カナタとリッコはバルダ商会を潰した時の経緯《けいい》を説明し、それを聞いたライルグッドとアルフォンスは顔を見合わせて大きく頷《うなず》いた。

「ならば、男がカナタの存在を知っていてもおかしくはないな」

「……もしかして、俺《おれ》が狙《ねら》われていたんですか？」

「どうやらそうらしい。まあ、狙いやすかったから最初に狙ったというだけだろうがな」

男はバルダ商会でナンバー2の幹部であり、バルダから絶大な信頼《しんらい》を得ていた。

しかし、バルダがスレイグに捕まったと聞くや否《いな》や、男は誰《だれ》よりも先に逃《に》げ出していた。

その際、秘密裏《り》にバルダが集めていた珍《めずら》しい道具が隠されている宝物庫に立ち寄り、様々な道具を盗《ぬす》み出していた。

そして身を潜《ひそ》め、復讐《ふくしゅう》の機会を待っている時にカナタが王都へ向かうという情報を手に入れていたのだ。

「その中にあの壺があったんですか？」

「そうらしい。恨みを溜《た》め込《こ》み、溜め込んだ恨みに見合う人物が現れた時にだけ効果を発揮する禁《きん》忌《き》の魔導《まどう》具《ぐ》だ」

「禁忌の、魔導具……」

「そんなものを集めていただなんて、バルダって本当に最低ね！」

あまりの驚きにカナタは言葉を失い、リッコはさらに憤《いきどお》る。

「こう言ってはなんだが、男がワーグスタッド領を狙うのではなく、カナタを狙ってくれたのは僥《ぎょう》倖《こう》だったかもしれない」

「えっ？　ど、どうしてですか？」

「ワーグスタッド領の戦力だけでは、あれだけの魔獣の相手はできなかっただろう」

「確かに、お父様やローズさんがいたとしても、あの数を相手にするのは厳しかったかもしれないわ」

「カナタ様のお兄様方がアクゴ村にいたこと、そしてヨーゼフが壺の恨みに見合う人物だったこと、それが最大の要因だったようです」

ライルグッドたちから見れば僥倖だったかもしれない。

しかし、アクゴ村にいた住民からすれば単純に巻き込まれただけでもある。

「あの、殿下《でんか》。アクゴ村にいた人たちはどうなったんでしょうか？　その……誰も、助からなかったんでしょうか？」

カナタは王城で報告を聞いており、アクゴ村が灰燼《かいじん》に帰したと耳にしている。

そして、武具を届けるため実際に足を運んだ時の光景を思い出し、住民の安否が気になっていた。

「いや、生き残りは王都で保護している」

「生き残りがいたんですか？」

「はい。人数は少なかったのですが、魔獣から逃げ延びた方々もいたのです」

「すぐに騎士団《きしだん》で保護をして、すでに王都に到着《とうちゃく》している。生活が安定するまではこちらで援助《えんじょ》していく予定にもなっている」

「……そうですか。……あぁ、よかった」

自分の行動によって誰かが助かったと知り、カナタは安堵《あんど》の声を漏《も》らした。

「言っておくが、カナタのおかげで助かったのはその住民だけではないぞ？」

「えっ？　そうなんですか？」

「そりゃそうでしょうよ。私もそうだし、殿下やアルフォンス様もそうだよ」

「その通りです。武具の損耗《そんもう》が激しくなったあの状況《じょうきょう》で届いたカナタ様の武具は、私たちだけではなく、あの場にいた多くの騎士や冒険者《ぼうけんしゃ》の命も救ったのですから」

ライルグッドが、リッコが、アルフォンスが、カナタに命を救われたのだと口にする。

「最後に壺を破壊《はかい》したのもカナタだったではないか」

「あ、あれは、あの場で可能性のあるのは俺だけだと思って……」

「そこで行動に移せるカナタ様は純粋《じゆんすい》にすごいと思いますよ」

「そうだよ！　私はカナタ君を信じていたんだからね！」

三人からの称賛《しようさん》の言葉に、カナタは恥《は》ずかしくもあり、嬉《うれ》しくもあった。

しかし、自分が話の中心になっている今の状況は恥ずかしさが勝《まさ》っており、カナタは話題を変えることにした。

「あ、あの！　ヨーゼフ兄上、それにルキア兄上やローヤン兄上はどうなりましたか？」

カナタの兄たちも王都へ運び込まれている。

しかし、ルキアとローヤンは怪我人《けがにん》としてきちんとした施設《しせつ》で治療《ちりよう》を受けているのに対して、ヨーゼフは危険人物として運び込まれている。

治療を受けているものの、そこは鉄格子《てつごうし》がはめられた牢屋《ろうや》の中であり、二人とは異なる環境《かんきよう》下に置かれていた。

「ヨーゼフに関しては仕方がないと言えるだろうな」

「そう、ですね。壺を破壊したとはいえ、魔獣に変化していたわけですし、体に異常をきたしているかもしれませんからね」

「それだけではありません。ヨーゼフはカナタ様を見た途端《とたん》、標的をあなたに変更《へんこう》していました。ということは、恨みの対象がカナタ様だったという可能性も捨てきれません」

「自由にしてしまったら、いずれカナタ君を襲《おそ》う可能性もあるってことですね？」

リッコの問い掛《か》けにライルグッドが頷いた。

「カナタには申し訳ないが、実の兄だからといって待遇《たいぐう》を変えるつもりはないぞ?」

「いえ、俺も最初から文句を言うつもりはありません。むしろ、その方が良いと思っています」

「そうか。そう言ってもらえると、こちらも気が楽になる」

カナタの答えに小さく笑みを浮《う》かべたライルグッドは、三人の今後についても話し出した。

「ヨーゼフに関しては情報を聞き出したあと、おそらくは鉱山送りになるだろう」

「鉱山……それって、父上や母上、ユセフ兄上がいる鉱山ですか?」

「いや、別の鉱山になる。共謀《きようぼう》して脱出《だつしゆつ》を図られても面倒《めんどう》だからな」

「父上や母上ならやりそうですし、その方がいいですね」

カナタが苦笑《くしよう》しながらそう口にすると、ライルグッドも肩《かた》を竦《すく》めながら話を続ける。

「だがまあ、その三人のように永久労働ということにはならんだろうな」

「それは本当ですか?」

「あぁ。魔獣となり多くの民《たみ》を殺してしまったのは事実だが、ヨーゼフもバルダ商会の男に騙《だま》され、巻き込まれた立場にあるからな。無罪放免《ほうめん》とはいかないが、罪を償《つぐな》ってこの地に戻ってくることは許されるだろう」

「そのことについてはルキア、ローヤン両名にもお伝えしてあります。ヨーゼフが刑期《けいき》を全《まつと》うできたなら、今度こそ兄弟で力を合わせて生きていくのだと仰《おつしや》っていましたよ」

「……はは、そうか。うん、それがいいよな」

アルフォンスが補足した内容に、カナタは満足そうに何度も頷く。

しかし、彼《かれ》の行動を見てリッコは憤りを隠さなかった。

「何よ、兄弟で力を合わせるって。カナタ君だって兄弟じゃない、大事な弟じゃないの！」

「リッコ……」

「だって、そうじゃないのよ！　勘当《かんどう》されたから兄弟じゃないっていうの？　それならカナタ君を恨むこと自体がおかしな話になってくるじゃないのよ！」

「落ち着け、リッコ」

「落ち着いてなんていられませんよ！」

宥《なだ》めようとするライルグッドにも怒声《どせい》を響《ひび》かせているリッコを見て、カナタは自分のために怒《おこ》ってくれているのだと嬉しくなった。

「ありがとう、リッコ。でも、俺は大丈夫《だいじようぶ》だよ」

「カナタ君、でも……」

「家を勘当される以前から、兄上たちからはずっと酷《ひど》い扱《あつか》いを受けていたんだ。むしろ、これで本当に関係を断ち切れると思ったら清々するよ」

肩を竦めながら冗談《じようだん》っぽく口にしてみせると、リッコは少しだけグッと奥歯《おくば》を噛《か》んだものの、すぐに肩の力を抜《ぬ》いてくれた。

「うっ……カナタ君がそう言うなら、いいんだけど」

「でも、俺のために怒ってくれてありがとう」

「……うん」

ようやくリッコが落ち着ていたところで、カナタは居住まいを正してライルグッドを見た。

「殿下。ということは、ルキア兄上とローヤン兄上は、王都で生活するということですか？」

「そうだ。二人もアクゴ村の住民だったから、しばらくはこちらで援助する予定だ」

「……あの、もしもご迷惑《めいわく》でなければ、二人が鍛冶《かじ》師として働けるよう、お力《ちから》添《ぞ》えをお願いできないでしょうか？」

カナタの願いを聞き、ライルグッドは首を傾《かし》げた。

「関係を断ち切れると言っておきながら、カナタは二人に施《ほどこ》しをしたいのか？」

「そういうわけじゃありません。単純に、職人として勿体《もったい》ないなって。ヨーゼフ兄上もそうだったんですが、三人はユセフ兄上とは違《ちが》って、鍛冶師として腕《うで》を磨《みが》くことに貪欲《どんよく》でした。周りの環境が酷かったので成長は止まっていましたが、環境さえ整えばきっと成長できると思うんです」

カナタの言葉にライルグッドは考え込む。

保護対象として王都に連れてきてはいるが、それでもヨーゼフの弟たちということもあり、ライルグッドは個人的に見張りを手配していた。

しかし、最も近くで見てきたカナタの言葉を無視することもできず、何が最善なのかを思案しているのだ。

「……わかった、ひとまずは受け入れ先を探してみよう」

「あ、ありがとうございます！」

「だが、受け入れ先が見つからなければ他の仕事を紹介《しょうかい》することもあるぞ？」

「そこは問題ありません。受け入れ先に迷惑が掛かってはいけませんから」

「カナタ様は優《やさ》しいのですね」

「違います。さっきも言いましたが、職人として勿体ないなと思っただけですから」

アルフォンスの言葉にカナタは苦笑を浮かべながら答えた。

「ふっ、そういうことにしておこう。……まあ、俺としてはそんなことよりも、お前たちがようやく付き合ったことの方が嬉しい誤算だったがな」

ヨーゼフたちの話はこれで終わりだと言わんばかりに、ライルグッドがにやにやしながら二人のことを話題にあげた。

「その通りですね。満天の星の下、光り輝《かがや》く大地に照らされての告白は、今後見る機会など訪《おとず》れないでしょうね」

アルフォンスもこの話題に乗っかり、満足げに何度も頷いている。

「ちょっと！　そ、その話、今はいいじゃないですか！」

「そ、そうよ！　今は今後の王都やアールウェイ王国について話をするべきじゃないかしら！」

慌《あわ》てたのはカナタとリッコである。

すぐにでも話を変えようと別の話題を出したのだが、ライルグッドとアルフォンスはこのまま話を続けるつもりだった。

「何を言っているのだ。リッコには以前に話をしただろう」

「えっ！　そ、そうなのか、リッコ！」

「殿下！　変なことを言わないでよね！」

「いや、事実だからな？　カナタの力が規格外だから、他の貴族が女性をあてがうかもしれないと。そして、カナタを守るために陛下が女性を紹介する可能性もあるのだと」

全く聞き覚えのない内容に、カナタは驚きの表情のままリッコを見た。

「そ、それはそうだけど……っていうか、カナタ君が最初に告白しようとした時、邪魔《じゃま》したのは殿下なんですからね！」

「な、なんだと！　そんなこと、記憶にないぞ！」

「殿下、あなたという人は……」

「ちょっと待て、アル！　お前まで俺を疑うのか！　答えてくれカナタ！　俺は無実だろう！」

ライルグッドはカナタに助けを求めたが、彼の発言が全《すべ》ての答えになってしまう。

「あー……えっと、リッコの言う通りですね」

「なあっ⁉」

「ほらねー！　告白のタイミングで殿下が声を掛けてきたから、本当にムカついたんですからね！　あの場でぶん殴《なぐ》ろうかと思ったんですから！」

「いや、リッコ。さすがにあの場で皇太子殿下を殴ったら大問題だからな？」

まさかリッコの言っていることが事実だとは思わず、ライルグッドは愕然《がくぜん》としている。

アルフォンスは片手で顔を覆《おお》っており、リッコは鼻息荒《あら》く腰《こし》に手を当てて『どうだ！』と言わんばかりの態度を取っていた。

「……すまなかった、カナタ。まさか、俺が邪魔をしていたとは」

「い、いえ！　殿下、謝《あやま》らないでください！　そのおかげで短剣《たんけん》が砕《くだ》けたあとの美しい光の中で告白することができたんですから！」

「…………カナタ、お前という奴《やつ》は！　なんていい奴なんだ！」

俯《うつむ》いていたライルグッドが勢いよく顔を上げると、席を立ちカナタの肩を掴《つか》んだ。

「よし！　カナタには俺のことを、ライルと呼ぶことを許すぞ！」

「い、いやいや！　皇太子殿下のことを愛称《あいしょう》で呼ぶなど、それはさすがに！」

「いいんだ！　カナタは俺の友だからな！」

「そういうことでしたら、私のことはアルと呼んでください」

「アルフォンス様まで⁉」

一介《いっかい》の鍛冶師であるカナタには荷が重いと思いきや、その隣《となり》でニコニコしながらリッコが口を開いた。

「よかったじゃないの、カナタ君！　ライル様とアル様だってよ！」

「……リッコに許した覚えはないのだが？」

「えぇー！　王都に来る時にはいいって言ってくれたじゃないですかー！」

「私は構いませんよ、リッコ様」

「さすがアル様！　話がわっかるー！」

「お、おい、アル？」

「カナタ様とリッコ様は戦場を共にし、並び立った戦友ですから。これくらいは当然かと」

涼《すず》しい顔でそう口にしたアルフォンスを見て、ライルグッドは渋《しぶ》い表情を浮かべた。

「いいですよーだ！　殿下だけ仲間外れにしちゃうもんねー！」

「ちょっと待て！　仲間外れとはなんだ！　いいだろう、リッコにもライルと呼ぶことを許す！」

「ライル様、ちょろいですね」

「あはは……うん、ちょろい」

「うおおおぉぉいっ!?」

最初こそ暗い雰囲気《ふんいき》で始まったスタンピードの報告だったが、最終的には笑いの絶えない賑《にぎ》やかな様子で幕を下ろした。

◆◇◆◇

その後もライルグッドからの報告は休憩《きゅうけい》を挟《はさ》みながら行われた。

彼が嬉しそうに報告してくれていたのは、カナタが作った武具の数々だ。

結局、それらの武具は騎士団が一括《いっかつ》で購入《こうにゅう》することとなり、カナタの懐《ふところ》もだいぶ潤《うるお》ったのだが、それ以上に騎士たちが大興奮していた。

元々あった武具ではなく、カナタの武具を使いたいと取り合いとなり、模擬《もぎ》戦で使用権を得たいと言い出す者まで出てくる始末だ。

中には自身の武具を持っている者までカナタの武具を使いたいという者までいて、騎士団は混沌《こんとん》とし始めた。

最終的には騎士団長が出てきて怒声を響かせ、騎士たちは訓練場の外周を一〇周以上走らされる結果になってしまった。

カナタの武具に関してはルール作りが行われ、部隊長以上が基本は使用し、その部隊長が認めた者の手にも渡《わた》ることになった。

カナタとしては驚きの結果だが、それだけ多くの人間が彼の武具を使いたいと言ってくれていることを知り、自然と笑みを浮かべていた。

さらに、冒険者ギルドからも多くの報酬《ほうしゅう》がカナタへ支払《しはら》われた。

素材はギルドの持ち出しだったものの、製作過程においてカナタの働きが最も重要だったということもあり、相場の二倍もする金額が支払われたのだ。

最初こそ非常事態だったのだからと断ったのだが、他の職人たちが奮起するためにも受け取ってほしいと言われ、そこまで言われると断ることができなかった。

商業ギルドのカナタの口座にはこの数日だけで膨大《ぼうだい》な金額が振《ふ》り込まれており、もしかするとロールズ商会よりも彼個人の方が資産を持っているという可能性まで出てきた。

お金を使う予定もなく、このままでは口座に貯《た》まっていく一方だと、有益な使い方がないか考えなければならないと思うようになっていた。

諸々《もろもろ》の報告と手続きを終えたカナタとリッコは、ついにワーグスタッド領へ戻る日がやってきた。

「カナタよ、錬金《れんきん》鍛冶についての知識を得ることはできたか？」

出発前にライアンとの謁見《えっけん》を行っている。

「はい。新たに得た知識を使い、私も錬金鍛冶の熟練度を高めていきたいと思います」

「リッコもライルやアルフォンスについて動いてくれた、感謝しているぞ」

「勿体ないお言葉。ありがとうございます、陛下」

簡単な挨拶《あいさつ》を済ませると、ライアンは二人の後方に立っていたライルグッドへ視線を向けた。

「ライルよ、そなたにはしばらくの間、暇《ひま》を与《あた》えようと思っている」

「はっ」

「えっ？」

ライアンの言葉を受けて素直《すなお》に返事をしたライルグッドだったが、カナタの口からは驚きの声が漏れていた。

「その暇を使い、カナタの護衛としてアルフォンスと共にワーグスタッド領へ向かうのだ」

「かしこまりました、陛下」

「……えっ？　ええええええええええっ⁉」

ライアンの御前《ごぜん》であるということも忘れ、カナタとリッコは大声をあげてしまった。

「あっ！　し、失礼いたしました、陛下！」

「ふはは！　よいよい、気にするな！」

「で、ですが、陛下。アル様は騎士ですからまだわかるのですが、どうしてライル様まで？　皇太子殿下なのですよ？」

慌てて謝罪を口にしたカナタにライアンは笑みを飛ばし、リッコが疑問を口にした。

「壺の発言については我も報告を受けている。その言葉を素直に受け止めるのであれば、カナタは誰よりも守らなければならない存在だということだ」

「そこで俺とアルがカナタの護衛を買って出た、というわけだ」

「私たちはカナタ様に作ってもらった武具のお返しもできておりません。しばらくの間、私たちをこき使っていただいて構いませんよ」

「こ、こき使うとか無理ですから！　そもそも、一緒に来ていただかなくても大丈夫ですから！」

「ならんぞ、カナタよ。これは王命だからな」

「そういうわけだ」

「カナタ様、リッコ様、今後ともよろしくお願いいたします」

カナタとリッコを差し置いて、三人はいたずらに成功したような笑みを浮かべている。

「……これってマジなのか、リッコ？」

「……冗談だって言ってもらった方が嬉しいんだけど？」

顔を見合わせながらそう口にすると、諦《あきら》めたように大きく肩を落とした。

「なんだ、俺たちと一緒なのがそんなに嫌《いや》なのか？」

「それは寂《さび》しいですね」

「そ、そういうわけじゃないですよ！」

「なんでアル様まで、ライル様みたいに面倒なことを言い出しているのよ！」

「おい、リッコ！　面倒とはなんだ、面倒とは！」

「言葉通りの意味ですよ！」

「ふははは！　賑やかなのはいいことだなあ！」

最後はライアンの笑い声が王の間に響き渡り、謁見は終了《しゅうりょう》となった。

王城を出たカナタたちは、その足で王都の南門の方へ向かう。

ワーグスタッド領に戻ることは紅蓮《ぐれん》の牙《きば》にも伝えており、すでに護衛を依頼《いらい》して待ってもらっていた。

ただし、彼らは同行者がカナタとリッコだけだと思っている。

そこにライルグッドとアルフォンスまで姿を見せたことで、目を見開いたまま固まってしまった。

「ワーグスタッド領までよろしく頼《たの》むぞ」

「オシド様、また模擬戦でもやりましょう」

「えっ？　……あ、あぁ、わかった……です」

二人は当然のようにライアンが準備していた馬に跨《また》がり、出発を待っている。

「……おい、リッコ？　いったいどうなっているんだ？」

「……私が聞きたいところなんだけど、とりあえず一緒に行ってくれるんだって」

「……これは喜んでいいのかしら？」

「……まあ、戦力が増える分にはいいのではないか？」

「……うぅ、皇太子殿下だとわかったら、緊張《きんちょう》してきましたぁ」

困惑《こんわく》している者、疑問を抱《いだ》いている者、期待している者、緊張している者。

二人の存在は多くの者に影響《えいきょう》を与えているが、悪い影響ではない。

「ふむ……であれば、紅蓮の牙にも俺とアルのことを愛称で呼ぶことを許そう」

「「「「……はあああぁぁぁあぁぁ!?」」」」

「皆様《みなさま》、よろしくお願いいたします。さあ、出発いたしましょう」

驚きが抜けないまま準備を進めていく紅蓮の牙を横目に見ながら、リッコは華麗《かれい》に馬へ跨がると、馬上からカナタに手を伸《の》ばした。

「さあ、カナタ君！　私たちの家に帰りましょう！」

「あぁ、そうだな！」

伸ばされた手をカナタが握《にぎ》り、リッコがグイッと引っ張り上げる。

慣れたもので、カナタはリッコの肩に手を置いて後ろに跨がった。

「うふふ。まずは乗馬の練習からかしらね」

「格好《かっこう》がつかないからなぁ。よろしく頼むよ、リッコ」

「任せてちょうだい、カナタ君！」

ライルグッドたちが、紅蓮の牙が先を行き、それを追い掛けてリッコが馬を走らせる。

向かう先はリッコの故郷であり、カナタの新しい故郷となったワーグスタッド領だ。

錬金鍛冶が持つ神の力に、魔王の目覚め。

これから先、二人を待ち受ける困難は想像を絶するものになるかもしれない。

しかし、今だけは考えないようにしよう。

スレイグたちに報告したいことも多く、二人の表情は自然と笑みを刻んでいる。

今この時だけは、進む先にある幸せに思いを馳《は》せるのだった。

〈終わり〉

◆◇◆◇あとがき◇◆◇◆

この度《たび》は拙著《せっちょ》の『錬金鍛冶師《れんきんかじし》の生産無双《むそう》2　生産&複製で辺境から成り上がろうと思います』をお手に取っていただき、誠《まこと》にありがとうございます！　渡　琉兎《わたりりゅうと》です！

今回、読者様の応援《おうえん》のおかげで2巻を出させていただけることになりました！　本当にありがとうございます‼

早速《さっそく》ですが、2巻の内容に触《ふ》れていきたいと思います。

今回のお話は、カナタが王命に従い王都へ向かい、そこで騒動《そうどう》に巻き込《こ》まれる、というものです。物語の本節はウェブ版に沿っておりますが、その内容は大きく異なっております。そう——書き下ろしです！

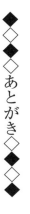

内容で言えば七割？　八割？　書き下ろしになっており、1巻と同様にウェブ版を読んでくれている読者様にも存分に楽しんでもらえる内容となっております！

……マジで、面白《おもしろ》いですよ？　クライマックスなんて、本当にドキドキしちゃいますよ？　自画自賛していますが、あとがきから読んでいる人がいましたら、ぜひお早めに本文を読んでほしい！それくらい楽しく書くことができた2巻になっております！

続いてキャラデザの話に入っていきたいと思いますが、今回はライルグッド、アルフォンス、ライアンのキャラデザをくろでこ先生にお願いいたしました！

……最高です。……ええ、最高なんです。

あとがきを書く際、毎回イラストレーター様のイラストを最高と評しておりますが、それ以外の言葉が出てこないのです。

私のお気に入りはアルフォンス！

優《やさ》しそうな表情がもう、見ていて飽《あ》きないんですよ！　これこそ最高！　という言葉しか出てきません！　どうしましょう！

ライルグッドもイケメンだし、ライアンもイケおじだし、今回のキャラデザも1巻と同様に見た瞬間《しゅんかん》から小躍《こおど》りをしてしまいました！


今回、執筆《しっぴつ》を行う際に他の作業がいくつか被《かぶ》ってしまい、いつもなら前倒《まえだお》しで行う作業が全て締《しめ》切《き》りギリギリとなってしまいました。

担当様に何度も『いつまでなら大丈夫《だいじょうぶ》そうですか？』と確認《かくにん》を取っていたのを考えると、本当にご迷惑《めいわく》をお掛《か》けしたなぁ……と思っております。

事実、このあとがきを書いている時も刻一刻と締切りが忍《しの》び寄ってきているのですよ。……いやはや、本当に申し訳なかったです。

ですが、逆に締切りギリギリになるなら、最後までいいものを求めてやろう！　と切り替《か》え、何度も申しておりますが、絶対に楽しんでもらえる作品になりました！

最後に謝辞へ移らさせていただきます。

期日ギリギリまで待ってくれた担当様、大変なご迷惑をお掛けしました。その分、素晴《すば》らしい作品に仕上がったと思います、本当にありがとうございました！

新たなキャラデザ、そしてカバーや口絵、挿絵《さしえ》で素晴《すば》らしいイラストを描《か》いてくれたくろでこ先生、何度も感動させていただき感謝感激です！

そして、引き続きウェブ版から応援してくれている読者様、さらには書籍《しょせき》版から応援してくれている読者様も、心から感謝しております！

これからもお付き合いいただければ幸いでございます、何卒《なにとぞ》よろしくお願いいたします。

DRAGON NOVELS
ドラゴンノベルス

錬金鍛冶師の生産無双 2
生産＆複製で辺境から成り上がろうと思います

2023年6月5日　初版発行

著　　者　渡琉兎《わたりりゅうと》

発 行 者　山下直久

発　　行　株式会社 KADOKAWA
〒102-8177　東京都千代田区富士見 2-13-3
電話 0570-002-301（ナビダイヤル）

編　　集　ゲーム・企画書籍編集部

装　　丁　杉本臣希

D　T　P　株式会社スタジオ205 プラス

印 刷 所　大日本印刷株式会社

製 本 所　大日本印刷株式会社

DRAGON NOVELS ロゴデザイン　久留一郎デザイン室＋YAZIRI

●お問い合わせ
https://www.kadokawa.co.jp/（「お問い合わせ」へお進みください）
※内容によっては、お答えできない場合があります。
※サポートは日本国内のみとさせていただきます。
※ Japanese text only

定価（または価格）はカバーに表示してあります。

ISBN978-4-04-074953-2　C0093